AMBITION 1부

토룡영인

구선모 新무협 판타지 소설

FANTASTIC ORIENTAL HEROES

토룡영인 5

구선모 新무협 판타지 소설

초판 1쇄 찍은 날 § 2009년 10월 20일
초판 1쇄 펴낸 날 § 2009년 10월 23일

지은이 § 구선모
펴낸이 § 서경석

편집장 § 문혜영
편집책임 § 정서진
편집 § 주소영

펴낸곳 § 도서출판 청어람
등록번호 § 제1081-1-89호
등록일자 § 1999. 5. 31
어람번호 § 제2-1833호

주소 § 경기도 부천시 원미구 심곡2동 163-2 서경B/D 3F (우) 420-822
전화 § 032-656-4452 팩스 § 032-656-4453
http://www.chungeoram.com
E-mail § eoram99@chol.com

ISBN 978-89-251-1969-4 04810
ISBN 978-89-251-1459-0 (세트)

AMBITION 1부

도룡영인

구선모 新무협 판타지 소설

FANTASTIC ORIENTAL HEROES

5

[황궁보고]
완결

도서출판 청어람

目次

第一章
역시 사람은 출세하고 볼 일이야

土龍
瑛絪

토룡
영인

태원.

주변이 산으로 둘러싸인 태원분지.

그리고……

비옥한 태원분지 중앙에 자리 잡고 있는 산서성의 성도 태원성.

이자성과 대순군은 멀리 태원성의 성벽이 보이기 시작하자, 누가 먼저라 할 것 없이 진군을 멈추고 태원성을 바라보았다. 오래전부터 북방민족의 침입을 방어하기 위해 세워진 성이었기에, 성벽 둘레의 길이가 30리를 넘고 그 높이도 40자에 이를 정도로 위용이 대단했다.

"드디어 도착했군."

이자성은 눈앞에 펼쳐져 있는 태원성을 한동안 바라보았다.

드디어……! ·

이자성의 말마따나, 림분을 출발한 이자성은 산서성의 중심지인 태원을 드디어 눈앞에 둘 수 있었다.

순간적으로 울컥 올라오는 울분 때문인지, 운거에 앉아 있던 이자성의 몸에 잔떨림이 생겼다. 세월의 풍파를 견디며 우뚝 솟아 있는 성벽이 멋있어 보여서도 아니었고, 성벽을 붉게 물들이며 사라지는 석양으로 인해 만들어진 고즈넉한 분위기 때문도 아니었다. 분위기는 시인묵객들이 찬탄을 금할 수 없을 정도로 장엄했지만, 이자성을 울컥하게 만든 것은 따로 있었다.

주우길을 볼 수 있다는 생각.

이자성과 대순군의 모든 장수들과 병사들을 울컥하게 만든 것은, 태원성에 주우길이 있다는 것이었다.

격동이 아닌 격노.

이자성과 대순군의 발길이 태원성에 이르기까지, 매서운 바람이 몰아치는 추위와 배고픔은 아무것도 아닌 생각이 절로 들 정도로 상당한 고난을 겪어야 했다.

주우길의 명을 받은 병사들의 끈질긴 매복과 습격.

이자성이 태원에 이르는 동안, 대순군의 발목을 잡기 위한 시도는 끈질기게 이어졌다. 주우길이 병사들에게 어떤 위협과 보상을 제시했는지 모르지만, 주우길의 명령을 수행하기 위한 병사들의 끈질김은 몸부림 수준을 넘어선 정도였다.

장소와 시간, 그리고 날씨를 불문하고 벌어지는 매복과 기습공격.

그러나 매복이나 기습은 대순군을 위협할 정도로 강하지 않왔다. 오히려 대순군이 반격하려는 모습만 보여도 지레 겁을 먹고 허겁지겁 꽁무니를 뺄 정도였다. 상대하는 것 자체가 허무할 정도였다. 마치 파리나 모기처럼 귓가에 윙윙거리다가 순식간에 사라지는, 그런 공격이 하루에 보통 두세 번은 행해졌던 것이다.

진군할 때.

식사를 할 때.

피곤한 하루를 마감하기 위해 숙면을 취할 때…….

항상 분위기가 어수선할 때를 노린 공격이 시도 때도 없이 이어진 것이다.

당연히 이를 상대해야 하는 장수들과 병사들의 신경을 자극하기에 충분했다. 아니, 충분할 정도가 아니라 넘칠 정도였다. 피해를 입지 않기 위해선 언제 어느 때든 주변을 살필 수밖에 없었고, 죽지 않기 위해선 장수들과 병사들은 신경을 날카롭게 세우며 경계에 만전을 기해야 했기 때문이다. 상황이 이렇게 되자 태원까지 오는 동안 장수들과 병사들의 입에선 거친 욕설이 끊이지 않았다.

"망할 놈들!"

"주우길인지 죽일 놈인지 하는 그 산서총병 새끼가, 저 태원성에 자라새끼처럼 웅크리고 있단 말이지?!"

"그래. 그 갈아 마셔도 시원찮을 놈이, 죽을 자리로 태원성을 택했다고 하더구먼."

"그렇다면 무덤으로 만들어 줘야지. 아암!"

"무덤은 무슨! 난 아예 뼈까지 갈아 마셔 버릴 거다."

장수들과 병사들은 태원성을 바라보며 너도나도 모두 속에 있던 울분과 분노를 표출하기 바빴다. 그리고 그 중심에는 주우길이 있었고, 주우길을 따르는 병사들이 태원성에 자리하고 있었다.

"우상서."

"예, 폐하. 하명하십시오."

"어떻게 했으면 좋겠는가? 날이 어두워지려면, 아직 반시진 넘게 남은 것 같은데……."

"폐하, 당장은 무리입니다."

"그런가? 흐음… 그렇겠지. 좋다, 오늘 공격은 없다. 병사들이 최대한 체력을 회복할 수 있도록 쉬게 하라."

"명을 따르겠습니다, 폐하. 그럼 소신이 군영을 준비하도록 명하겠습니다."

"그렇게 하라."

당장에라도 공격 명령을 내릴 것 같던 이자성.

그러나 추운 겨울 날씨와 싸우며 하루 종일 진군한 병사들을 쉬게 하는 것이 먼저였다. 아무리 복날에 개 패듯 때려잡은 후, 살을 한점씩 발라내고 싶은 적이 눈앞에 있더라도, 전투는 지친 병사들의 체력을 정상으로 회복시킨 후였다. 아직까진 냉철한 이성이 불같이 치솟아 오르는 뜨거운 감성을 누를 수 있는 상태였기 때문이다.

장수들과 병사들은 우금성의 명에 의해 일사분란하게 움직이며 군영을 만들기 시작했다. 지금까지 만들었던 허술한 형태의 군영이 아니었다. 하루저녁 야영을 준비하는 것이 아니었기 때문이다. 태원성을 언제 점령할 수 있을지 확신하지 못하였기에,

최소한 며칠은 머물 것을 생각한 것이다. 따라서 우금성은 이자성이 머무를 막사를 중심으로 방진을 구성하며 군영이 만들어지도록 세세한 것까지 지시했다.

"야, 드디어 태원성에 도착했다."

"그래, 네 말대로 정말 태원성이다."

"이곳까지 오는데 이렇게 힘들 줄은 몰랐다. 참, 너도 오늘 잡힌 녀석들 얼굴 봤냐?"

"그래, 봤다."

영인은 명규의 물음에 대답하면서, 자연스럽게 군영의 한 곳으로 시선을 옮겼다.

임시로 만들어진 통나무 울타리.

그곳엔 70명이 조금 넘는 인원이 차가운 땅바닥에 널브러진 상태로 쓰러져 있었다. 포로들이었다.

병사들이 한창 잠들어 있던 인시와 아침식사 때, 그리고 점심을 먹은 후 휴식을 취할 때 기습 공격이 있었다. 태원분지에 들어서면서 매복할 수 있는 장소가 없었기에, 대순군의 경계가 조금이라도 허술해지는 시점에 공격을 행한 것이다.

하지만 오늘의 기습 공격은 득보다 실이 컸다. 대순군은 태원까지 오는 동안 수많은 경험을 했기에, 오히려 수많은 사상자와 포로를 만들고 말았다. 오늘이 공격할 수 있는 마지막 기회라는 생각에, 지휘 장수가 평소와 달리 무리한 작전을 행한 것이다. 덕분에 대순군은 병사들의 사기를 높여줄 수 있는 포로들을 잡을 수 있었고, 지금까지 병사들의 화풀이 대상으로 만들며 말에 묶은 후 이리저리 끌고 왔던 것이다.

포로로 잡힌 병사들의 상태는 최악이었다. 병사들에 의해 만들어진 시퍼런 멍 자국은 상처라 말할 수 없을 정도였다. 말을 험하게 몰며 이리저리 끌고 다녔기에, 병사들의 몸에선 붉은 피가 가느다란 선을 이루며 흘러내렸다. 하지만 날씨가 추웠기에 피는 금방 얼었고, 상처 주변은 검게 변색이 되었다. 추운 날씨로 인해 피부가 급격하게 얼어버린 것이다.

그러나 이런 포로들을 보면서도 병사들 중 그 누구도 동정의 눈길을 주지 않았다. 오히려 얼어붙은 피를 일부러 뜯어내며 상처를 더욱 크게 키우기 일쑤였다. 그것도 웃으면서…….

"저 녀석들, 언제 죽인다고 하냐? 지금이라도 죽이라고 하면 내가 그냥……!"

"아서라. 그냥 놔둬도 오늘을 넘기지 못할 것 같다."

"그러니까 지금 죽여야지, 왜 편하게 죽도록 하냐고. 그동안 당한 걸 생각하면 지금도 이가 갈린다. 최소한 잠잘 시간은 줘야 할 것 아냐. 안 그러냐?"

"훗, 그래. 저 녀석들 때문에 평요를 출발한 이후 밤에 제대로 잔 적이 없지. 그렇지만 대단해. 겨우 5천의 병사로 우릴 그토록 괴롭혔다니 말이야."

"그러면 뭐 하냐, 마지막이 좋아야지. 오늘 공격은 무리였어. 지휘관이 판단을 잘못한 거지."

"덕분에 지겨운 녀석들을 잡을 수 있어서 다행이었지. 그렇지 않았다면 태원성을 점령하는데 상당히 까다로웠을 거다."

"오~ 상당히 예리해졌는데? 회의에 몇 번 참가하더니, 머리 굴리는 것이 많이 달라졌다. 너같이 주변이 어떻게 돌아가는지 관심도 없는 녀석이, 상황 파악을 그 정도까지 할 수 있다니… 정말 놀랍다. 나도 한번 회의에 참가하고 싶을 정도다."

"네 말대로 많이 발전하긴 했지. 그런데 회의라는 거… 참석할 만한 정도는 아니다. 아주 고역이야."

"그래? 하긴……."

영인의 말에, 명규가 잠깐 생각하는 듯하더니 이내 고개를 끄덕였다. 자신이 생각해도 영인의 말이 옳았기 때문이다. 아무런 말없이 몇 시진을 한 자리에 앉아 듣고만 있어야 하는 처지라면, 그리 즐거운 시간은 아니었기 때문이다.

"그나저나 영인아, 우 대인의 확신대로 주우길이 태원성에 있을까? 있으면 좋겠는데 말이야."

"반드시 있을 거다. 이곳 태원성 말고는, 산서성에서 우리를 막을 수 있는 대병력이 한곳에 머물 만한 곳은 없다. 그 말은… 태원성만 확실하게 점령하면, 북경까지는 큰 문제가 없다는 말이지. 물론 후군도독부 녀석들이 조용히 있어줘야겠지만……."

"쉽지 않은 일이지. 아니, 불가능한 바람이다. 그 녀석들이 어떤 녀석들인데 가만히 있겠냐. 더구나 수도 없이 전투를 치룬 녀석들인데."

"그렇겠지? 그나저나… 우리 많이 달라진 것 같지 않냐? 너하고 이런 얘기를 나누게 될 줄 누가 알았겠냐."

"요즘 너하고 이런 대화를 나눌 때마다 나도 신기한 생각이 들 정도다. 역시, 지위가 사람을 만든다는 말이 딱 맞다. 그 중거가 바로 너하고 나지. 그렇지 않냐, 영인아?"

"쩝……."

탁탁!

"자! 앞으로도 종종 이런 유익한 대화를 나눠보자고. 큭큭, 역시 사람은 출세하고 볼 일이야. 아~ 이런 것이 인생이지, 아암!"

영인의 어깨를 몇 번 친 명규가 한껏 거드름을 피우며 대원들이 있는 곳으로 걸어갔다. 막사가 완성되었는지 확인하기 위해서였다. 잔뜩 어깨에 힘이 들어간 모습이었다. 하지만 이런 명규의 뒷모습을 바라보는 영인의 입가엔 씁쓸함이 자리하고 있었다.

"흐음……."

'이런 것이 정말 인생일까? 비리비리했던 내가, 이렇게 변할 줄 누가 알았을까? 5년… 겨우 5년도 안 되는 시간이 흘렀을 뿐인데. 전쟁터에서의 5년… 내 인생을 바꾼 세월이지만, 송 아저씨 나이가 되었을 때 어떤 생각을 할까? 돈과 권력… 이런 부귀영화가 송 아저씨 말대로 정말 한순간일까? 아니면 언제까지 이어질 수 있을까……? 휴~ 인생이란 것이 정말 복잡하고 우습구나. 내가 얼마나 살았다고 이런 생각을 하고 있는지…….'

영인은 삼일 전 악호와의 대화 이후, 자신을 되돌아보는 계기를 가질 수 있었다. 더불어 그동안 아무 생각없이 하루하루 살았다는 것을 깨달았다. 하지만 후회는 없었다. 힘든 5년이었지만, 지렁이보다 보잘 것 없던 인생이 스스로 개척할 수 있을 정도로 바뀌었기 때문이다. 이젠 어디를 가더라도 살아남을 수 있는 능력이 있는 것이다. 대단한 발전이었다.

그러나 미래는 모르는 일이었다. 악호는 그러한 것을 얘기해

주었고, 영인은 혼자 사색에 빠지는 일이 많아졌다. 왠지 모르게 시간이 흐를수록 불안한 마음이 들었던 것이다. 뚜렷한 이유는 없었다. 단지 가슴이 답답했고 기분이 착 가라앉았다. 그에 불안하게 만든 이유를 찾기 시작했고, 오늘에서야 이유를 명확히 알 수 있었다. 이유는 바로 악호였다.

영인의 부탁으로 대원들을 가르치기 시작한 이후, 악호의 행동은 눈에 띄게 많이 변했다. 아니, 변한 것은 악호뿐만이 아니었다. 도길과 궁우, 그리고 이구도 예전과 다른 행동을 보였다. 처음엔 영인도 활기차게 움직이는 이들을 보며 좋은 일이라 생각했고, 당연히 기뻐해 주었다. 그러나 무슨 생각을 하는지, 시간이 흐를수록 말수가 줄어들면서 표정이 변하기 시작했다. 그리고… 3일 전에 악호가 대표로 영인을 찾아왔다.

예전엔 미처 생각하지 못했던 것들, 그리고 해보고 싶었지만 용기가 없어 엄두도 내지 못했던 일.

악호 등은 대원들을 가르치면서 자신들의 삶을 되돌아보게 되었고, 그러면서 삶의 회한과 허탈함이 밀려왔다. 그에 서로 많은 얘기를 하게 되었고, 얼마 지나지 않아 극복할 수 있는 방법을 알게 되었다. 잊고 있었던 것, 그리고 잊으려고 했었던 것이 생각난 것이다. 그에 악호는 어려운 결심을 하게 되었고, 도길 등이 적극 동참을 하였다. 악호의 고향인 산동성 창읍(昌邑)에 가서 함께 무관을 열겠다는 결정이었다.

악호가 창읍을 떠난 후 34년이 흘렀다. 젊은 시절 고향을 떠날 때 했던 결심을, 지금까지 이루지 못했던 것이다. 비록 금의환향을 하지는 못하겠지만, 부친의 유지에 따라 무관을 열겠다는 결심을 어렵게 하게 된 것이다. 전국이 한창 전쟁 중이라 시국이 어수선하여 많이 힘들겠지만, 얼마 남지 않은 삶의 마지막을 더 이상 전쟁터에서 보내고 싶지 않았기에 내린 결정이었다.

악호의 설명을 들으면서, 영인은 처음엔 믿지 않았다. 그러나 설명이 계속될수록 악호 등의 결심이 확고한 것을 알게 되었고, 서운한 마음이 들었지만 좋은 생각이라고 흔쾌히 말해주었다. 더불어 오히려 지겨운 노인들을 보지 않아도 되겠다는 마음에 홀가분한 기분이 들기도 했다. 그러나 아니었다. 시간이 흐를수록 홀가분함보다는 서운함이 더 컸음을 알게 되었다. 그에 악호에게 황성을 함락하면, 자신이 앞장서서 북경에 큰 무관을 차려주겠다는 말을 넌지시 전했다. 하지만 화무실일홍(花無十日紅) 인불백일호(人不百日好)란 대답만 들을 수 있었을 뿐이었다.

"휴~ 아저씨들하고의 인연은 태원성 전투가 마지막인가? 젠장, 기분 더럽네. 이참에 나도 그만두고 확! 무림에 뛰어들까? 한번 신중하게 생각해 봐야겠다."

"잘 생각했다."

"응? 아, 아저씨가 이 시간에 어쩐 일로……?"

"송 형이 한번 가보라고 해서 왔다. 네놈 얼굴이 요즘 별로 좋지 않다고, 송 형이 많이 걱정하고 있다. 내가 보기에도 영 아니다 싶어서, 겸사겸사 와봤다."

"아……."

도길의 말에, 영인의 고개가 저절로 숙여졌다. 그동안 혼자 생각할 시간을 가졌을 뿐인데, 자신도 모르는 사이에 주변 사람들을 걱정시켰다는 민망함과 미안한 마음이 들었기 때문이다.

그리고 왜 악호가 도길을 보냈는지도 이해할 수 있었다. 평소 티격태격하며 때때로 언성을 높이는 사이지만, 편하게 대화를 할 수 있는 것도 도길이었기 때문이다.

"훗, 녀석. 그나저나 네가 요즘 뭘 하나 했는데, 그런 생각을 하고 있는 줄은 몰랐다. 머리가 똥덩어리로 가득 찬 명규처럼 생각없이 사는 녀석인 줄 알았는데, 꼴에 대주라고 돌보다 더 딱딱한 머리로 생각은 하고 사는구나."

"예전의 제가 아닙니다. 저도 나름대로 생각하며 살고 있다고요. 뭐, 생각하다 보니까 좀 복잡해져서 문제지만……."

"복잡은 무슨! 여하튼 그게 나이를 먹고 있다는 증거다. 그리고 내 나이쯤 되면 이것저것 재는 복잡함보다, 단순하고 명확하면서도 편안한 것을 생각하게 되지. 그리고… 내가 지금까지 별 볼일 없는 인생을 살았다만, 네놈 하는 꼬락서니를 보니 한 가지는 확실하게 말해줄 수 있을 것 같다."

"제 꼬락서니가 어때서요?"

영인의 질문에 도길이 아무런 말없이 맨땅에 털썩 주저앉자, 영인은 못마땅하다는 듯 인상이 찡그렸지만 옆에 따라 앉았다. 그러나 도길의 입은 열리지 않았다. 그렇게 둘은 차 한 모금 마실 정도의 시간이 흐르는 동안 아무런 말없이 정면을 주시했다.

"흠, 네가 우 대인의 눈에 들어 승승장구하고 있음을 알고 있다. 보위대의 자랑이지. 네가 있음으로 해서 보위대가 있다는 말이 나올 정도니까. 오죽하면 아무 짝에도 쓸모없는 우리들이, 전쟁터에서 죽을 걱정없이 편하게 지낼 수 있겠냐."

"아저씨들은 자신의 몫을 충분히 하고 있습니다."

"그러냐? 훗! 네가 그렇게 말해주니, 고맙기는 하다. 여하튼, 넌 상상도 할 수 없는 권력을 손에 쥐고 있다. 물론 지금의 네가 있기까지 우 대인의 힘이 컸지만, 상당한 권력을 휘두를 수 있는 위치에 있는 것은 사실이지."

"흐음……."

"권력을 휘두르는 맛이 달콤하지? 변변한 품계도 받지 못한 나조차 교관이 되면서 꽤 괜찮은 권력 맛을 보고 있는데, 정3품 보위대 대주인 네놈은 오죽할까. 내가 그런 자리에 있어보지 못해서 정확히는 모르겠다만, 아마도 네가 손만 벌리면 취하지 못할 것이 없을 거다. 돈과 명예, 그리고 여자까지… 그렇지 않냐?"

"…맞습니다. 아저씨 말대로 지역 유지들이나 웬만한 상가의 가주, 그리고 표국의 국주들조차 제 얼굴을 바로 보지 못할 정도니까요."

"그래, 그럴 거다. 그것이 권력이지. 천하가 알아주는 명문이 아닌 이상, 널 무시할 수 있는 곳은 드물지. 그런데 왜 죽을상을 하고선 고민을 하고 있을까? 그런 막강한 권력을 가지고 있는 네가 말이다. 이상하지 않냐?"

"끄응… 도대체 뭐가 이상하단 말입니까? 난 고민 좀 하면 안 됩니까?"

"고민하는 것은 좋지. 고민을 해야 성장을 하니까. 그런데 지금 내가 말하고자 하는 것은 다른 거다."

"뭐가 다른데요?"

"누가 뭐라고 해도, 넌 현재 모든 사람들이 꿈조차 꾸지 못하는 복 받은 삶을 살고 있다. 그런데 뭐가 아쉬워서 고민을 할까? 돈? 여자? 아니면 무공? 훗! 네가 지금 무슨 고민을 하든, 대부분의 사람들은 너를 보고 등 따시고 배부른 녀석이 헛지랄 떤다며 욕할 거다."

"흐음……."

"후후, 그런 것이 바로 인생이다. 그리고 너처럼 갑자기 굉장한 힘을 가지게 된 녀석들의 고민은, 더 큰 것을 바라든지 아니면 지키고 싶다는 욕심 때문에 생기지. 무림인들은 무공에 욕심을 내고, 권력의 맛을 알게 된 이들은… 흠, 무슨 말을 하려고 그러는지 알겠지? 내가 볼 때, 넌 지금 권력을 지키고 싶은 욕심 때문에 고민하고 있는 것으로 보인다."

"권력을 지키려고 고민을 한다고요? 참나, 도대체 말이 되는 소리를 해야 들어주지. 조용히 들어주니까, 자꾸 나를 이상한 사람으로 만들고 있네. 아저씨, 내가 고민한 것은 모두 아저씨들 때문이란 말입니다. 알겠습니까?"

영인은 도길의 말에 발끈하여 소리치듯 도길을 향해 목청을 높였다. 그러나 듣고 있는 도길은 어림없는 소리라는 듯, 귓구멍을 한번 후벼 판 후 영인의 두 눈을 직시했다.

"우리들 때문이라고? 왜? 송 형과 함께 창읍에서 무관을 연다니까 걱정이 돼서……? 물론 그동안 함께한 정이 있으니까, 네 말대로 걱정을 좀 했을 수도 있겠지. 그러나 그게 전부일까? 내가 무식하지만, 너보다 오래 산 내 눈에는 권력을 놓치고 싶지 않아 발버둥치는 것으로 보일 뿐이다."

"아저씨! 정말 이럴 겁니까? 더 이상은 저도 못 참습니다."

"녀석, 성질머리는! 알았다, 알았어! 넌 그 지랄같은 성질을 고치지 않으면, 나중에 크게 후회할거다."

"아저씨!"

"아아, 알았다. 장난은 그만 하마. 흠! 그런데… 마지막으로 한마디만 더 하자. 그래도 되지?"

"끄응… 알았습니다. 무슨 말을 하고 싶은지 모르겠지만, 한 번 해보세요."

도길이 웃으며 말하자, 영인은 마지못해 고개를 끄덕였다.

"헛흠! 영인아, 내가 왜 이런 말을 하는 줄 아나?"

"모릅니다."

"이놈아, 얘기 끊지 마라! 헛흠, 아까 송 형하고 얘기할 때… 네 표정을 보았다. 그때 네놈 표정이 어땠는지 아냐? 마치 설사병에 걸려 어찌하지 못하는 녀석처럼, 잔뜩 일그러져 있었다. 어떻게든 동창을 상대해서 살아남아 지금 누리고 있는 권력을 놓고 싶지 않은데, 마치 우리가 네 마음도 모르고 떠난다는 결심을 바꾸지 않으니까 화를 내는 것 같았단 말이다."

"크흠, 그건……."

"네가 잘못했다는 것이 아니다. 그리고 네가 그런 생각을 하지 않았을 수도 있겠지. 물론 나도 그렇게 생각한다. 우리와 헤어지는 것이 싫어서겠지. 그런데 영인아, 우린 너무 지쳤단다. 물론 널 따라다니면 노후 걱정없이 편할 수도 있겠지. 하지만 언제까지 우리들이 네 도움을 받을 수 있겠냐? 그리고 무엇보다 얼마 남지 않은 인생, 전쟁터를 전전하며 살 수는 없지 않겠냐."

"흐음……."

"네 맘을 모르는 것이 아니다. 우리 모두 네가 우리를 얼마나 소중하게 생각하는지 잘 알고 있다. 하지만… 우리도 죽기 전에 뭔가 하나라도 남겨놓고 가야 되지 않겠니? 비록 보잘 것 없는 작은 무관이라 해도, 우리 같은 늙은이들이 남은 여생을 보내기 엔 충분할 거다. 그리고 네 덕분에 교관을 하면서 경험도 꽤 쌓았지 않냐. 네 도움으로 새롭게 시작할 수 있다는 자신감을 가질 수 있었고, 그래서 창읍으로 가려고 하는 거다. 그리고… 굴비도 함께 가기로 했다."

"옛? 굴비 형이요?"

"그래, 굴비도 이젠 자리를 잡고 싶다는구나. 고향이 아니라 는 것이 좀 걸리나 본데, 어차피 한창 전쟁 중이라 따라나설 결심을 한 것 같다. 고향에 있는 식구들도 함께 갈 생각이니까, 자리를 잡는 것은 어렵지 않을 거다."

"아……."

"험! 네가 우리를 보고 싶으면, 나중에 창읍으로 찾아오면 되지 않냐. 그러니 영인아, 편한 마음으로 우리가 떠날 수 있도록 해다오. 네가 이렇게 계속 불안해하면, 우리가 마음 편히 떠날 수 없다. 그리고 세월이 흘러 이 지겨운 전쟁이 끝나면, 우리 건강한 모습으로 만나자. 살아만 있다면, 언젠가는 만나지 않겠냐?"

"…휴~ 무슨 말인지 알겠습니다. 제 욕심으로, 아저씨들 마음고생 시켰네요."

도길의 얘기를 들을수록, 영인의 마음은 차분하게 가라앉았다. 그리고 더 이상 도길 등의 마음을 돌릴 수 없다는 것도 알게 되었다. 그에 홀가분한 마음으로 떠날 수 있도록, 기쁘게 보내주기로 했다. 만남이 있으면 헤어짐이 있지만, 도길의 말대로 세상이 아무리 넓다고 해도 만날 사람은 반드시 만나게 되기 때문이다. 그런 것이 바로 인연이었고, 영인은 그 누구보다 인연을 믿었다.

*   *   *

이자성이 태원성을 눈앞에 둔 이후.

금방이라도 공격 명령을 내릴 것 같던 이자성은, 대신들 및 장군들과 함께 모종의 회의를 한 후 병사들을 하루 더 쉬도록 조치를 취했다. 전투 준비에 한창이던 병사들은 안도의 한숨을 쉬었지만, 지금과 다른 치열한 전투가 예상되기에 불안한 시간을 보냈다.

다만 군영에 변화가 있다면, 포로들의 처형이었다. 태원성에서 모든 상황을 정확히 볼 수 있는 거리에 말뚝을 박은 후, 포로로 잡힌 병사들을 묶었다. 그런 후 병사들의 사지를 자르며 충분히 고통을 느끼게 한 후, 머리를 잘라 창에 고정시켜 태원성의 모든 병사들이 볼 수 있게 효수(梟首)를 한 것이다.

이자성의 이러한 행동을 본 주우길과 장수들은 전의를 다졌지만, 일반 병사들 대부분은 불안감에 떨어야만 했다. 자신들이 상대해야 하는 이자성이란 인물이, 적에게 어떠한 자비도 허용하지 않는 무자비한 자임을 두 눈으로 확인하였기 때문이다. 그런 만큼 주우길과 장수들은 병사들의 동요를 잠재우기 위해 동분서주하며 비지땀을 흘려야 했고, 대순국 병사들의 사기는 조금씩 오르기 시작했다. 서서히 전운이 감돌기 시작한 것이다.

하지만 영인은 아침에 있었던 회의에 참석하지 못했기에, 어떤 논의가 이뤄졌는지 전혀 알지 못했다. 공격 명령이 떨어질 것이라 예상하였기에, 아침 일찍 대원들의 상태를 점검하고 전투를 치를 때 어떻게 행동해야 하는지 훈시를 하느라 바빴기 때문이다. 비록 공격 명령이 철회되어 헛일이 되었지만, 그래도 보위대 대주로서 자신이 해야 할 일이었기에 만족했다. 그리고 무엇보다 개인적인 볼일도 있어, 회의에 참석할 시간적인 여유가 없었다.

다만 이른 아침에 손중수 종주의 동생 손중군(孫仲君)이 부하들과 함께 군영을 급히 찾아온 이후, 공격 명령이 갑자기 철회되었다는 말을 명규를 통해 전해들을 수 있었다. 그러나 전혀 신경 쓰지 않았다. 어차피 작전은 병부상서인 우금성이나 대장군들이 알아서 논의하고, 결정은 황제인 이자성이 지을 것이기 때문이다.

"명규야, 아저씨들은 이번 전투에서 완전히 빠지도록 했지? 절대로 참가시키지 마라."

"당연하지. 노인네들 잘못되면 어떻게 하라고 전투에 투입하냐. 어차피 태원성도 얼마 버티지 못할 거다. 그러니 며칠 편하게 있다가 떠날 수 있도록 해줘야지."

"좋다. 그럼 앞으로는 너와 영도가 아저씨들 대신 대원들을 훈련시켜. 특히 넌 100명을 따로 선발하도록 해."

"응? 100명을 따로……?"

"그래. 선발할 100명은 실력도 중요하지만, 무엇보다 나에 대한 충성도가 높은 녀석들로 선발해라. 그래서 너와 영도가 집중적으로 가르치도록 하고, 나머지 700명은 지금처럼 명령에 충실하도록 가르치는데 중점을 두면 될 거다."

"너… 정말로 그렇게 할 거냐?"

"그래. 난 네가 선발한 100명한테, 내 모든 것을 걸 거다."

"모든 것을 걸겠다고? 정말로 마음을 굳힌 거냐?"

"아무리 생각해도 답은 그것뿐이다. 네가 싫다면 빠져도 좋아. 하지만 내가 부탁한 것은 반드시 해줬으면 좋겠다."

명규는 영인을 지그시 바라보았다. 평소답지 않게 굳게 다문 입술이, 영인의 결심을 대신 말해주고 있었다. 더욱이 명령이 아닌 부탁이란 말을 사용하였다. 그만큼 영인의 의지가 분명하다는 것으로, 명규의 이마에 깊은 주름이 잡혔다.

어제저녁, 영인은 도길과 얘기를 나눈 이후 한동안 막사 안에서 사색에 잠겼다. 그러던 중 명규와 영도가 들어왔고, 이들과 대화를 통해 나름 자신들이 처한 현실을 직시하게 되었다. 그에 앞으로 어떤 행보를 할 것인지 논의를 하게 되었고, 몇 가지 좋은 생각들로 추릴 수 있었다.

그것들 중 한 가지.

명규는 영인의 지시한 내용을 통해, 자신이 가장 우려하며 반대했던 것으로 영인이 결심했음을 알게 되었다. 그에 이마 깊숙이 주름이 잡혔지만, 어쩔 수 없다는 것을 깨닫고는 편안한 얼굴로 영인을 쳐다보았다.

"휴~ 좋다. 네가 정말로 그렇게 결심을 했다면, 내가 별 수

있겠냐. 그리고 네가 없는 보위대라면, 나도 개털이다. 개털이
되지 않으려면 널 따라갈 수밖에 없겠지. 앞으로 거머리처럼 널
따라다닐 테니까, 굶겨 죽이지만 말아라."

"훗, 고맙다. 그리고… 내가 말하기 전까지는 무조건 입을 다
물고 있어야 돼. 우리가 우 대인을 위해 목숨 걸고 일한 만큼, 최
대한 받아 내야 하잖냐."

"그래, 네 말이 맞다. 돈이 됐든 뭐가 됐든 간에, 최대한 받아
낼 수 있는 것은 모두 챙겨야지. 그래야 우리가 나중이 편할 거
다. 그런데… 언제까지 입을 다물고 있어야 하냐? 혹시 우 대인
이 우리의 행동을 이상하게 생각하기라도 하면……."

"걱정마라, 나도 다 생각이 있다. 그리고 당장 어쩌지 못하는
이상, 황궁 안에는 들어가 봐야지."

명규가 자신의 말에 동조하자, 영인은 편한 마음으로 자신의
생각을 말할 수 있었다. 만약 명규가 동조하지 않았다면 결코
말할 수 없는 부분까지 허심탄회하게 거론했다.

"황궁? 너, 너 혹시……?"

"그래, 황궁보고는 들어가 봐야 하지 않겠냐."

"미친놈아, 황궁보고를 어떻게 들어간다는 거냐?"

"쉽지 않겠지. 하지만 우 대인에게 황궁보고 중 무고에 있는
비급을 볼 수 있게 해달라고 얘기할 거다. 황궁만 접수하면 수
월할 거다. 그동안 우리가 공을 많이 세웠잖냐. 덤으로 경비도
보위대가 할 수 있으면 좋겠지."

"흐음, 우 대인이 우리한테 무고를 개방해 주겠냐? 귀한 비급
들이 많을 텐데, 그건 좀 힘들 거다. 그리고 귀찮게 경비는 왜 하

려고 그러는데?"

"왜긴! 황궁보고를 경비한다는 것이, 무엇을 의미하겠냐. 밖의 경계만 하는 것이 아니지, 그 안의 경비까지 모두 책임지겠다는 것이다. 흠! 최소한 한 달 정도면 충분하겠지. 안 그러냐?"

"뭐? 야, 이 미친놈아! 뭐 때문에 경비를 하려고 하나 했더니, 이 새끼가 완전히 돌았잖아? 황궁이 함락되면, 중원의 주인은 황제 폐하야. 대순국의 천하라고. 그런데 비고를 털겠다고? 평생 도망치며 살고 싶어? 안 해, 못해! 난 평생 도망치며 살기 싫고, 그렇게 죽기도 싫어!"

명규는 혹시나 하는 생각에 영인의 계획에 관심을 기울였지만, 얼토당토않은 계획을 입에 올리자 어이가 없었다. 아니, 화가 났다. 그에 목청을 높이며 삿대질까지 했다. 그러나 영인은 아무런 표정 변화 없이 자신의 생각을 차근차근 설명했다.

"그렇게 흥분하지 말고 잘 생각해 봐. 황궁을 점령했다고 해서 중원의 주인이 된 것은 아니잖아. 장강 이남은 말할 것도 없고, 사천성을 지배하고 있는 팔대왕 장헌충도 있잖아. 그리고 무턱대고 비고를 털겠다는 것이 아니다. 상황을 봐 가며 하겠다는 거다."

"무슨 상황을 보겠다는 건데?"

"대순국이 정말로 중원을 지배할 것 같으면, 조용히 나오면 되잖아. 그리고 만약 아저씨들의 우려대로 상황이 불리하게 돌아가면, 그때 비고를 털고 도주하는 거지. 북쪽에 청나라가 있고, 오군도독부 중 가장 강하다는 후군도독부의 정예 병력이 집결해 있다. 영원총병 오삼계가 이끄는 병력이지. 우리가 비고를 털고 도주해도, 그들을 막아야 하니까 당장 쫓아오지 못할 거다."

"그… 렇기는 하지만… 쩝! 그럼 도주하면, 어디로 갈 건데……?"

"많지, 우리가 갈 곳이 없겠냐? 정 안 되면 운남이나 서장으로 가면 되고, 그것도 여의치 않으면 천축으로 가서 자리를 잡으면 되잖아. 돈이 있는데, 뭐가 걱정이겠냐? 중원이 아니더라도, 우리가 떵떵거리고 살 수 있는 곳은 충분하다."

"휴~ 네가 아저씨들과 굴비가 떠난다고 하니까 심경에 변화가 생긴 것은 알겠는데, 아무리 생각해도 이 계획은 너무 무모한 것 같다. 그리고 누가 네 계획에 동참을 하겠냐? 아무리 네게 충성심이 높은 녀석들로 고른다고 해도, 미친놈 소리를 듣거나 우 대인에게 너를 고발하려고 할 거다. 너무 위험해."

"그러니까 나를 대신해서 죽어줄 수 있을 정도로 충성심이 깊은 녀석들을 선발하라는 거잖아. 100명이 안 되면, 되는 놈들만 함께하면 되지. 실력이 중요하지 않아, 우리의 명에 목숨을 걸 수 있는 녀석들이면 된다. 10명이 안 되도 좋으니까, 그렇게 선발해라."

"흐음……."

"그리고 우 대인이 지금 우리를 대우해 주고 있지만, 언제까지 그렇게 될 것 같으냐? 어차피 우리는 우 대인의 손발에 불과해. 그것도 언제든지 대체가 가능한 손발이라고, 알겠냐? 언제 죽을지 모르는 파리 목숨이란 말이다."

"그렇기는 하지만……."

"너도 한번 생각해 봐. 우 대인이 지금까지 우리에게 명한 것들이 뭐였냐? 우리가 다행히 소기의 성과를 냈으니까 망정이지, 그렇지 못했다면 당장 내쳐졌을 거다. 그렇지 않냐?"

"끄응… 그래, 네 말이 옳은 것은 인정하마. 그리고 아저씨들 말대로, 언제 일장춘몽으로 끝날지 모른다고 치자. 하지만 이건 아니다. 아무리 생각해도 너무 위험해, 무모한 일이라고."

"알아, 그러니까 네게 먼저 말하는 거잖아. 그리고 당장 황궁 보고를 어떻게 하겠다는 것도 아니잖아, 우 대인이 내 부탁을 들어줄지도 아직 모르고. 그러니까 너무 어렵게 생각하지 말고, 상황 봐가면서 결정하자. 앞으로 결정할 일이 있으면 필히 너하고 먼저 상의할게. 그러면 되잖아. 상황이 정 여의치 않으면… 흠, 바로 접을게. 죽이 되든 밥이 되든 이대로 살던지, 아니면 조용히 떠나면 되잖아. 그럼 되지……?"

"휴~ 그래, 그렇게 하자. 여하튼, 최대한 신중하게 하자 결정할 일이 있으면 반드시 내게 먼저 알려주고. 알았지? 그리고 영도한테는 내가 따로 말할 테니까, 넌 우 대인이나 신경써라."

"고맙다. 너하고 영도가 있어서 이런 계획을 세울 수 있는 거니까, 앞으로 한 몸처럼 움직이자. 그리고… 훗, 죽기 싫으면 알아서 해라. 어차피 네가 나하고 함께 결정했으니, 살려면 네가 어떻게 하느냐에 달렸다. 이렇게 된 거, 나 혼자 죽지는 않을 테니까."

"뭐라고? 이 빌어먹을 새끼야! 개차반 같은 놈! 똥통에 거꾸로 처박힐 새끼! 휴~ 물귀신 새끼, 정말 이럴 때는 내가 그냥 확

죽여 버리고 싶다니까."

영인의 마지막 말에, 명규는 순간적으로 할 말이 없어 입만
벌리고 있었다. 그러나 영인이 시야에서 사라질 쯤 무슨 의미로
한 말인지 깨닫게 되었다. 그에 나오는 것은 온갖 욕설이었다.
하지만 영인은 이미 자신이 할 말을 끝마치고 사라진 후였기에,
허탈한 마음에 나오는 것은 한숨뿐이었다.

철옹성이라 생각했던 태원성의 성문이 활짝 열렸다. 공격을
시작한 지 두 시진이 되지 않아서 벌어진 일이었다. 아무리 대
순국의 병사들이 총공격을 강행하기는 했지만, 철벽처럼 굳건
하게 닫혀 있던 성문이 너무 쉽게 열린 것이다. 비록 내부의 조
력자가 있었다고 하지만, 너무 어이없게 무너진 것이다. 공격하
기 위해 대기하고 있던 영인과 대원들뿐만 아니라, 공격하고 있
던 병사들까지 함정이 아닌가 하는 의심이 들 정도로 허무하게
무너졌다.

주우길을 무너뜨린 내부의 조력자는, 전혀 생각지도 못했던
인물이었다. 산서성의 모든 군사를 통솔하는 도지휘사(都指揮
使) 왕조기(王調起)였는데, 평소 원숭환(袁崇煥)을 존경하고 있
던 왕조기가 손중수의 설득을 받아들인 것이다. 즉 산종과 손을
잡은 왕조기가 주우길을 배신했고, 왕조기를 따르는 도지휘사
사의 장수들과 병사들이 성문을 지키고 있던 병사들을 지원하
는 척하면서 공격한 것이다.

이때 손중수가 왕조기를 만나 설득하는데 노력했지만, 무엇
보다 원숭환의 아들인 원숭지의 역할이 컸다. 어릴 적 부친을

찾아왔던 왕조기를 원승지가 몇 번 본 적이 있기에, 왕조기를 만나고 쉽게 대화의 물고를 틀 수 있었던 것이다.

　왕조기는 주우길에게 성 안의 치안과 유사시 후방을 지원하 겠다는 약조를 했었다. 그렇기에 주우길은 홀가분한 마음으로 대순군을 상대할 수 있었고, 모든 역량을 성 밖에 둘 수 있었다. 더욱이 성 밖에선 이자성이 포로들을 잔인한 방법으로 처형을 한 이후였기에, 주우길로서는 왕조기가 배반하리라고는 전혀 생각지도 못했다. 배반하고 싶어도, 평소 왕조기의 강인한 성품 으로는 그렇게 할 수도 없다고 믿었기 때문이다. 그리고 무엇보 다 자신이 무너지면 태원성의 백성들이 처참하게 도륙을 당할 것은 물론이거니와, 제대로 된 기왓장 하나 남아나지 못할 것이 분명했기 때문이다.

　그러나 왕조기는 주우길의 예상과 전혀 다른 결정을 내렸고, 자신을 믿고 따랐던 장수들과 함께 처참한 최후를 맞이하게 되 었다. 왕조기의 명을 받은 병사들에게 둘러싸여 대책을 강구할 시간적 여유도 없이 순식간에 사로잡히게 되었고, 성문 밖에서 기다리고 있던 이자성 앞에 개처럼 끌려가는 치욕을 당한 것이 다.

　하지만 주우길은 이자성의 앞에 서서도, 끝까지 산서총병으 로서의 기개를 잃지 않았다. 시퍼렇게 벼려진 칼에 목이 언제 떨어질지 모르는 풍전등화의 상황이었지만, 이자성의 두 눈을 직시하며 당장 반란을 일으키는 것보다 힘을 합쳐 청나라의 남 침을 막는 것이 먼저임을 당당하게 주장한 것이다.

　그러나 이자성은 주우길의 말을 무시해 버렸다. 어차피 숭정제를 죽이고 자신이 진정한 중원의 황제가 되면, 청나라 정도는 쉽게 물리칠 수 있다 자신하였기 때문이다.

주우길은 통탄의 분루(忿淚)를 흘렸다. 자신이 이자성을 막지 못함으로 인해, 명나라의 국운이 다했음을 직감했기 때문이다. 자신이 무너짐으로써 북경은 고립무원이 되었고, 사방이 적으로 둘러싸인 형국이라 어떤 도움도 받을 수 없는 처지가 되었기 때문이다.

이자성은 주우길의 절규를 보면서 인상을 찡그렸다. 그동안 많은 혜택을 누리며 살아온 선택받은 자의 몸부림으로 보였기 때문이다. 그에 더 이상 주우길이 발버둥치는 것을 보기 싫었던 이자성은, 우금성에게 주우길을 당장 처리할 것을 명했다.

이자성의 명을 받은 우금성은, 태원성의 백성들이 다시는 대순국의 황제인 이자성에게 반기를 들지 못하도록 본보기를 보여야 한다고 주청했다. 왕조기의 동참으로 더 이상 태원성을 건드릴 수 없게 되었기에, 주우길과 장수들에게 가장 처참한 형 중 하나인 능지형(陵遲刑)을 해야 한다고 주청한 것이다. 더욱이 왕조기도 자신에게 적대적인 성향이 강한 고관대작들과 장수들을 추려내야 한다고 주청을 했고, 이자성은 타당성이 있기에 흔쾌히 받아들였다.

태원성엔 피의 숙청이 이루어졌다. 주우길을 비롯하여 100명의 병사들을 거느릴 수 있는 군호 이하의 관직을 제외한, 부백호 이상의 모든 장수들을 참한 것이다. 더불어 왕조기에 의해 도지휘사사의 이인자인 지휘동지(指揮同知)와 도지휘첨사(都指揮僉事)가 포함되었고, 조금이라도 이자성에게 거부하는 행동을 취한 장수들과 군관들도 참형을 면하지 못했다. 태원성을 함락한 후, 불과 4일 만에 벌어진 일이었다.

휘이이잉~

"준비는 다 됐습니까?"

"그래, 네 덕분에 무사히 떠날 수 있게 되었다. 정말 고맙구나, 영인아."

"아저씨들이 제게 어떤 분들인데, 그 정도 편의도 못 봐드리겠습니까. 그나저나 아직 전쟁이 한창입니다. 되도록 몸조심하면서 가야 할 겁니다."

"그렇지 않아도 하남성을 거쳐 갈 생각이다."

"잘 생각했습니다. 좀 돌아가더라도, 하북성을 경유하는 것보다는 안전할 겁니다."

태원성의 동문.

영인은 악호 등을 배웅하기 위해 보위대 전원을 이끌고 성 밖에 정렬을 시켰다. 개인적으로 친분이 두터운 자신뿐만 아니라, 대원들에게도 자신들을 열심히 훈련시킨 교관들이 떠나는 것이기에 행한 조치였다.

"흠! 영인아……."

"왜 또 그렇게 부릅니까? 이제 그런 식으로 친한 척해봐야 소용없습니다."

"누가 네놈한테 친한 척한다고 그래?"

"그럼 뭐 때문에 그래요?"

"네놈이 걱정이 되서 그런다. 명규 녀석이야 워낙 살살거리고 다니니까 상관없고, 영도는 유종민 장군이 웬만큼 뒤를 봐주니까 걱정할 것이 없다만. 네놈은 어디로 튈지 모르니까 불안해서 그런다."

"흐음!"

영인은 도길의 말에 찔끔한 표정으로 옆에 서 있던 명규를 쳐다보았다. 혹시라도 그동안 명규가 자신의 계획을 도길이에 말한 것이 아닌가 하는 생각에서였다. 그러나 명규가 살짝 고개를 옆으로 흔들자, 도길이 노파심에서 한 말임을 알 수 있었다.

"세상에서 가장 더럽고 치사하며, 또 가치없는 것이 무엇인지 알지? 바로 권력이다. 그러니까 너무 욕심내지 말고, '나 죽었소!' 하며 윗사람들 눈치를 살피면서 지내야 한다. 그래야 권모술수가 난무하는 진흙탕 같은 곳에서 살아남을 수 있다. 그리고… 네가 아니다 싶으면 망설이지 말고 창읍으로 와라. 네가 오기만 한다면, 우리는 언제든지 반갑게 받아줄 수 있으니까."

"쳇! 아저씨가 받아주는 겁니까? 송 아저씨가 받아주는 거지."

"여하튼! 이놈의 새끼는 끝까지 언성을 높이게 만들고 있어!"

"영인도 꿰 형이 무슨 말을 하는지 잘 알아들었을 거네. 그러니까 그만 하고 가세. 더 이상 하면, 늙은이들 잔소리밖에 되지 않네."

"알았네, 알았어. 젠장! 마지막에 폼 좀 잡아보려고 했더니, 저 녀석만 보면 될 것도 안 된다니까. 여하튼, 더는 말하지 않으마. 단! 흠흠, 잠깐 귀 좀……."

"……?"

"영인아, 넌 항상 우 대인을 살피고 조심해야 한다. 권력의 맛을 보고 욕심내기 시작한 학자는, 더 이상 고고한 학자가 아니다. 개새끼도 권력 맛을 본 학자는 더러워서 피한다는 말이 있다. 항상 뒷구멍에 구린내가 진동하니까, 그런 말이 나오는 거다. 그러니까 너도 알아서 피해 다녀. 알았냐?'

"훗, 알았습니다."

영인은 도길이 주변을 한차례 둘러본 후 귓가에 소곤거리자, 무슨 뜻인지 알아듣고는 입가에 미소를 그렸다. 평소 퉁명스럽게 대하는 듯해도, 마지막까지 걱정해 주는 마음이 고마웠기 때문이다.

도길이 뒤로 물러나자, 뒤에 서 있던 궁우와 이구가 앞으로 나서며 한마디씩 했다. 모두 죽지 말고 잘살라는 당부의 말이었다. 그리고 갑자기 떠나게 된 것을 미안해하면서, 죽기 전에 한번은 꼭 보자는 다짐을 하고서야 뒤로 물러났다.

"형, 노인네들 잘 돌봐드려. 그리고 나이 더 먹기 전에 참한 형수 만나서 자식들 줄줄이 낳도록 해. 형이 혼인한다는 소식이 들리면, 무슨 일이 있어도 달려갈 테니까, 알았지?'

"그래, 고맙다. 아저씨들은 걱정하지 말고, 지금부터는 네 몸이나 챙겨라. 이젠 내가 너를 챙겨줄 수 없으니까, 되도록 부상은 입지 마라. 무리해서 싸우지 말라고. 알았냐?'

"쩝, 알았수다. 어디가나 잔소리꾼만 넘쳐 나는군. 참! 명규야, 그거 굴비 형 줘라."

"알았다. 자, 여기 받아."

"응? 나 형, 이게 뭐요? 헉! 이, 이건……?'

굴비는 명규가 건네준 상자를 살짝 열어보았다. 묵직한 느낌대로, 안에는 은자가 가득 들어 있었다. 무게가 묵직했는데, 어림잡아 300냥이 넘는 것 같았다. 더욱이 태원상가에서 발행한 어음도 몇 장 들어 있었는데, 그 금액이 장난이 아니었다. 은자 100냥짜리 어음이 5장이 들어 있었던 것이다. 그에 굴비는 명규와 영인의 얼굴을 번갈아 쳐다보며 입을 다물지 못했다. 웬만한 상인들도 쉽게 만질 수 없는 금액이었기 때문이다.

은자 한 냥이면 기름기가 잘잘 흐르는 미곡 20섬을 살 수 있었고, 은자 10냥이면 비옥한 밭 1묘를 살 수 있을 정도로 어마어마하게 큰돈이었다. 더욱이 일반 평민 가족이 1년에 은자 2냥이면 배부르게 살 수 있는 금액이었고, 고을을 관리하는 현령도 1년에 20냥을 받는 수준이었다. 이런 사정을 잘 알고 있기에 상자를 들고 있는 굴비의 표정은 급격히 굳어졌고, 벌어진 입은 다물어질 줄 몰랐다.

"어… 떻게 된 거냐? 네가 한 달에 받는 것이 은자 5냥이잖아. 그런데……."

굴비의 말대로 영인은 한 달에 받은 녹봉은 은자 5냥이었다. 부대주인 명규와 영도가 두 냥이었고, 대원들은 반 냥을 한달에 받았다. 당연히 일반 병사들은 은자를 보기 위해선 반년을 기다려야 할 정도였다.

"걱정마. 그동안 틈틈이 모아둔 것이니까."

"그래도 이건……."

"쉿! 그냥 주는 거 절대 아니니까 그런 표정 짓지 마라. 내가 반드시 찾아가서 이자까지 받을 거니까, 잘 쓰고 많이 벌어서 나중에 꼭! 돌려주면 돼, 알았지?"

"하지만 이렇게 많이……."

"돌려주긴 뭘 돌려줘! 형은 명규 말 들을 필요 없어. 여하튼 별거 아니니까, 형은 신경 쓰지 않아도 돼. 얼마 되지 않지만, 형하고 아저씨들이 자리 잡기엔 충분할 거야."

"영인아……."

영인의 말에 굴비의 눈이 붉어졌다. 금방이라도 눈물이 떨어질 것 같았다. 그에 옆으로 시선을 돌렸는데, 그곳에 영도가 서 있었다.

"아……."

굴비는 영도와 시선이 마주쳤다. 영도가 조용히 고개를 끄덕이며 푸근한 미소를 지어 주었다. 무슨 의미인지 충분히 알 수 있었다.

영인은 그동안 모아 두었던 자금을 몽땅 굴비에게 주었다. 그 속에는 명규와 영도가 가지고 있던 돈뿐만 아니라, 보위대 활동 자금까지 일부 들어 있었다. 어차피 모자라거나 문제가 발생하면, 그동안 명규가 했던 것처럼 주변 상가나 중소문파를 찾아가서 차 한잔 대접받으면 해결될 일이었기에 크게 신경쓰지 않았다. 이제부터는 자신의 지위를 적극 활용할 결심을 했고, 우금성이 제지하지 않는 범위에서 최대한 챙길 생각이기 때문이다.

"더는 못 줘. 현재 우리가 챙겨 줄 수 있는 것은 그게 다니까, 어디에 쓰든 형이 알아서 써. 하지만 아저씨들한테 주지 마, 특히 궤 아저씨한테 그 돈이 넘어가면 절대로 안 돼. 알았지?"

"훗! 그래, 고맙게 쓰마."

굴비는 영인 등의 마음을 고맙게 받아들였다. 그리고 혹시라도 잃어버리지 않게 주머니를 가슴 깊숙이 집어넣었다. 주머니

안에 들어 있는 돈의 가치보다 더욱 소중한 사람들의 마음이 들어 있었기에, 굴비는 창읍에 도착할 때까지 소중하게 간직할 생각이었다. 절대로 몸에서 떨어뜨리지 않겠다는 다짐을 하면서……

"아저씨, 이제 가셔야지요."

"그래, 가야지. 이렇게 갑자기 떠난다고 해서 미안하구나."

"아닙니다. 제가 미리 챙겨 드렸어야 하는데, 그렇지 못해서……."

"그렇지 않다. 오히려 네 덕분에 이렇게 살아남을 수 있었다는 것을 잘 알고 있다. 네가 신경 많이 써 주었지."

"……!"

"영인아, 네 덕분에 잊고 있었던 꿈을 다시 꿀 수 있게 되었다. 그냥 이렇게 한세상 살다가 갈 생각이었는데, 자꾸 욕심이 나더구나. 네가… 좀 이해해 주었으면 좋겠다."

"아저씨 마음, 충분히 이해합니다. 그리고 이참에 누님도 만나보셔야지요. 반평생 떨어져 계셨는데, 많이 반가워해 주실 겁니다."

"허허, 그래… 누이가 살아 있다면……."

"정정하실 겁니다."

"고맙구나. 그런데 영인아… 네게 부담을 주고 싶지 않았는데, 한마디는 해야 할 것 같구나."

"말씀하세요. 아저씨는 제게 스승입니다. 그런데 무슨 말을 못 들어 드리겠습니까."

"허허, 스승이라… 떠난다고 하니까, 네가 그런 말도 할 줄 아는구나."

영인에게서 스승이라는 말을 듣자, 악호가 푸근한 표정을 하며 바라보았다. 처음 영인을 만났을 때, 그리고 조금씩 성장해 가는 모습을 흐뭇하게 바라보던 일들…….

영인을 만다고 함께 고난을 극복하며 지내온 세월들이, 주마등처럼 떠올라 순식간에 시야가 흐릿해졌다.

"이런, 늙으니까 눈이 침침해지는구나. 흐흠!"

"아저씨……."

"고맙다, 영인아. 내가 마지막으로 네게 바라는 것이 있다면, 그것은… 흠! 네가 나중에 자뢰전구류비록(紫雷電求流秘錄) 상의 무공을 대성하게 되면, 그때 내게 와서 한 번 보여 줄 수 있겠냐? 비록 시작도 못해 봤지만, 내가 그동안 어떤 무공을 익히고 있었는지 알고 싶구나. 그래야 내 인생이 허망하지… 아니다, 아니야. 자뢰심공과 자뢰마격검이라도 좋으니까, 그 무공이 어떤 위력을 지닌 것인지 죽기 전에 한 번만 보여다오. 그렇게 해 줄 수 있겠느냐……?"

"예! 아저씨가 제게 주신 무공들을 반드시 대성하겠습니다. 그래서 아저씨가 어디에 계시든 꼭 찾아가겠습니다. 아저씨가 두 눈으로 직접 확인하실 수 있도록, 자뢰전구류비록 상의 무공이 어떤 위력을 지닌 것인지 견식시켜 드리겠습니다."

"그래, 고맙구나. 모두 내 욕심이겠지만, 널 통해서라도 내가 못 이룬 꿈의 한 자락이라도 보고 싶구나. 비록 네게 부담을 주는 일이라 해도, 없었던 일로 하지는 않겠다. 어차피 네가 걸어갈 길의 끝에 그것이 있기 때문이다. 그리고 어떻게 해야 하는지 나보다 네가 더 잘 알 것이다."

"……."

"나처럼 후회하는 인생을 살지 않으려면, 주어진 현실에 만족하지 말고 최선을 다해야 할 것이다. 특히, 완전하다고 생각될 때 뒤를 돌아보면, 네가 생각하지 못했던 것을 볼 수 있을 것이다. 이 세상에 완전한 것은 없다, 그저 순간의 깨달음만 존재할 뿐이다. 이것이 지금까지 살면서 내가 깨달은 것이고, 내 마지막 가르침이다. 알겠느냐?"

"훗! 마지막까지 가르침을 주시고 가시네요. 알았습니다. 아저씨… 아니, 스승님의 말씀 명심하겠습니다."

"허허… 그래, 그럼 나중에 건강한 모습으로 보자구나."

"안녕히 가십시오. 나중에 여유가 되면, 꼭 찾아가겠습니다."

"잊지 않고 기다리고 있으마. 그리고 꿰 형의 말대로, 항상 주변을 살피는 것 잊지 마라. 특히 명규! 저 녀석은 무슨 짓을 할지 모르니, 한시도 눈을 떼지 말고 주의 깊게 신경을 써라."

"젠장! 아저씨, 주의 깊게 살펴야 할 녀석은 제가 아니라 영인이라고요. 왜 나만 가지고 그래요? 떠날 거면 곱게 갈 것이지, 가만히 있는 나는 왜 못 잡아먹어서 안달입니까……?"

"뭐라! 네 녀석이 그동안 어떻게 행동했는지, 여기 모르는 사람이 누가 있냐? 그런데 네 입에서 그런 말이 나오냐?"

"그러게나 말이야. 내가 누누이 얘기했잖나. 저 녀석은 은혜도 모르는 녀석이라고. 에잉! 저 녀석과 있으면, 항상 뒤를 조심해야 한다니까……."

"하하, 알겠습니다. 명규는 제가 알아서 할 테니까, 아저씨들은 너무 걱정하지 마세요. 자! 명규와 영도, 그리고 대원들은 교관들을 향해 예를 갖춰라!"

"충! 교관님들께서 무사히 고향에 도착하시길 기원하겠습니다. 안녕히 가십시오!"

"너희들도 전쟁이 끝날 때까지 무사히 살아남아 고향에 갈 수 있기를 바란다. 그리고 나중에 산서성 창읍을 지나갈 일이 있거든, 어려워하지 말고 꼭 들려주기 바란다. 우리가 살아 있는 한, 너희들이 방문하면 기꺼운 마음으로 반겨줄 것이다."

"알겠습니다, 교관님! 충!"

"이리얏, 가자~!"

히이이잉, 히이잉~

두두두두두~

"아……."

'아저씨들이 정말 가는구나. 이제… 마음 터놓고 얘기할 수 있는 사람은 명규와 영도뿐인가? 훗, 이제부터 계획했던 것들을 차근차근 실행해야겠구나. 내 인생의 새로운 도약의 열쇠를 황궁보고에서 얻을 것이다.'

영인은 멀어지는 악호 등의 뒷모습을 보면서 눈가에 살짝 이슬이 맺혔다. 그러나 싸늘한 바람에 금방 사라져 아무도 보지 못했다.

"흐음… 아저씨들을 이렇게 떠나보내도 괜찮겠냐? 우 대인이 뭐라고 하지 않을까?"

"그게 무슨 말이냐?"

"아저씨들 말이다. 말이 좋아 떠나는 거지, 쉽게 떠날 수 없는 사람들이잖아. 네가 아무 소리 않기에 지금까지 보고 있었지만, 혹여 우 대인과 다른 장군들이 문제를 삼고자 한다면 곤란해질 수도 있다."

"큭, 괜찮다. 아저씨들 모두 움직이기 힘든 노인네들이야, 차라리 잘 떠보다냈다고 할거다. 만약 문제되면 개소리하지 말라고 하지 뭐. 그리고 상관인 내가 귀찮아서 보냈다고 하면 된다."

"큭큭, 하긴……."

"자, 이제 우리도 할 일 하자. 아저씨들 갔다고 놀면 안 되지."

"아암."

악호 등의 모습이 시야에서 완전히 사라진 후, 영인은 대원들을 해산시켰다. 그리고 명규와 영도를 데리고 태원성에서 가장 크고 화려한 객잔으로 향했다. 말로는 일을 해야 한다고 했지만, 오늘은 모든 것을 잊고 마음껏 술을 마시며 취하고 싶었기 때문이다. 더불어 화월이가 문을 연 주점도 구경하고 싶은 마음도 있었기에, 명규 등과 함께 걷는 영인의 걸음이 조금씩 빨라졌다.

第二章
우리들 얘기에 왜 갑자기 네 사부가 거론되는 건데……?

태원성의 일을 마무리한 이자성은, 병사들을 이끌고 혼주(忻州)를 향해 출발했다. 하북성으로 진입하기 위해선, 혼주를 경유하여 안문관(雁門關) 및 편두관(偏頭關)과 함께 산서성 삼관(三關) 중 하나인 영무관(寧武關)을 함락시켜야 했기 때문이다.

　영무관에 주둔하고 있는 병사들의 수는 만 명도 되지 않았다. 그러나 워낙 험준한 곳에 자리를 잡고 있었기에, 공격하기 위해선 어느 정도 피해를 감수해야만 하는 곳이었다. 그렇다고 영무관을 그냥 지나쳐 갈 수도 없는 상황이었다. 주우길이 만약 태원성에서 억울하게 배반을 당해 죽지 않았다면, 이자성의 발목을 잡기 위한 마지막 보루가 바로 영무관이었기 때문이다. 즉 영무관의 병사들은 주우길을 중심으로 따랐던 장수들이 이끌고 있었기에, 하북성으로 진입하기 전에 완전히 함락시키지 않는다면 나중에 문젯거리를 만들 수 있는 여지가 충분한 곳이었다.

다행히 아무런 전투없이 영무관이 위치해 있는 영무현에 도착한 이자성은, 병사들을 하루 쉬게 한 후 항산(恒山)을 올라갔다. 영무관이 항산에 자리 잡고 있었기 때문이다. 그리고 총공격을 강행하였는데, 자그마치 열흘이 넘게 공격해서야 간신히 함락할 수 있었다. 하지만 영무관 전투로 인해 이자성은 많은 것을 잃어야 했다. 수많은 병사들과 장수들이 부상을 당하거나 전사를 하였고, 특히 친족인 이과와 이쌍희가 심각한 부상을 당해 이자성의 마음이 착잡했다. 그만큼 영무관은 천험의 요새였고, 치열한 공방전이 치러진 것이다.

"모두 처형하였는가?"

"폐하의 명에 따라, 모두 능지형으로 다스렸습니다."

"좋다. 앞으로 짐에게 반하는 적들은, 모두 능지형으로 다스릴 것이다. 그러니 우상서는 적들에게 추호도 자비를 베풀지 말도록 하라."

"명심하겠습니다, 폐하."

이자성은 영무관을 함락한 후, 지휘관의 집무실을 임시로 사용하고 있었다. 여기저기 불에 그슬리고 파괴된 흔적이 고스란히 남아 있지만, 싸늘한 산바람을 막아주기엔 충분했다.

"지긋지긋한 주우길의 잔병(殘兵)을 모두 처리했으니, 이제 하북성으로 들어서기만 하면 되겠군. 그렇지 않은가, 승상? 내일 일찍 출발한다면 저녁때쯤 항산을 넘고도 남을 테니까, 역현(易縣)이나 고비점(高碑店)을 주둔지로 생각한다면 내달 초순쯤에 북경을 볼 수 있겠군."

"폐하, 아직 산서성을 완전히 복속시키지 못했습니다. 하북성으로 진입하기 전, 대동(大同)은 반드시 함락시켜야 할 것입니다."

"짐도 그 생각을 하지 않은 것은 아니다. 그러나 대동으로 향하게 되면, 거용관(居庸關)과 선부(宣府)까지 공격해야 함을 어찌 모르는가. 그곳들은 산해관과 영원성에 주둔하고 있는 병력과 비교해도, 절대 떨어지지 않는 정예 병력이다. 이곳 영무관과는 질적으로 다른 요새들이란 말이다."

이자성은 우금성의 주청에 순간 역정을 냈다. 영무관을 함락시키는데 무려 열흘 이상을 공격해야 했고, 수많은 병력을 잃어야 했다. 겨우 만 명도 안 되는 병력이 지키는 요새를 함락시킨 것 치고는, 너무도 많은 손실을 입은 것이다. 오히려 일부러 피해가도 모자랄 판에, 우금성은 영무관보다 더 위험한 곳을 향해 움직여야 한다는 주청을 하고 있었기에 화가 난 것이다.

이자성의 말대로, 대동과 거용관 및 선부에는 각각 수만 명의 정예 병력이 주둔하고 있었다. 청나라가 산해관을 피해 침공할 수 있는 길목에 자리를 잡고 있는 요새였기에, 산해관과 영원성에 주둔하고 있는 정예 병력과 비슷한 수준의 병력과 강력한 화포 등의 장비로 무장하고 있었던 것이다.

그만큼 이자성은 대규모 정예 병력이 주둔한 곳에서 승리를 자신할 수 없었다. 영무관에서 요새를 장악하고 있는 정예 병력이 얼마나 대단한 위용을 발휘하는지 깨달았고, 또 함락시키기 위해선 막대한 병력 손실을 감수해야 했기 때문이다. 그렇기에 처음 계획했던 진로를 고집하지 않고, 바로 하북성에 들어설 생

우리들 얘기에 왜 갑자기 네 사부가 거론되는 건데……? 49

각이었다.

"폐하, 소신이 한 말씀 올리겠습니다."

"승상도 짐의 생각이 틀렸다고 할 참인가 보군. 그래, 승상은 기탄없이 말해보라."

"성은이 망극하옵니다, 폐하. 흠! 폐하께서 무엇을 우려하시는지 잘 알겠습니다. 그러나 지금 우상서가 주청 드린 곳을 공격하지 않는다면, 북경을 완전하게 함락시킬 수 없습니다. 오히려 북경 일대의 경비뿐만 아니라, 군사력이 강화될 수도 있습니다. 그렇게 되면 폐하께서 원하시는 황궁의 점령은 기약할 수 없게 될 것이니, 무리를 해서라도 북쪽의 군대가 움직일 수 없을 정도로 반드시 큰 피해를 주어야 할 것입니다."

"흐음, 도어사의 생각은 어떠한가? 도어사도 승상과 우상서처럼, 북쪽을 평정한 다음에 북경으로 향하는 것이 옳다고 생각하는가……?"

이자성은 한동안 생각에 잠겨 있다가, 이암을 향해 시선을 주었다. 아무래도 이암의 생각이 어떠한지 들어본 이후에 결정을 내리는 것이 좋겠다는 생각이 들었기 때문이다.

이자성의 시선을 받은 이암은 조용히 자리에서 일어나 예를 취하면서 좌중을 둘러보았다. 그동안 수많은 전투를 치루고 승리를 쟁취했던 장수들이 한눈에 들어왔다. 어떤 전투에 임한다 해도, 믿고 맡길 수 있는 장수들이었다.

"폐하, 한 번 좌중을 둘러보십시오. 모두 폐하의 장수들이옵니다. 폐하의 한마디면 죽음도 불사하고 적진을 향해 진격할 장수들이 여기 있사온데, 무엇이 두려우시기에 적을 일부로 피해서 가셔야 한단 말입니까."

"흐으음……."

"폐하, 폐하의 장수들을 믿어 보십시오. 우상서의 주청대로, 북방을 안정시키지 않고는 황궁을 점령해 봐야 소용이 없습니다."

"도어사도 우상서의 생각과 같다는 말인가?"

"그렇습니다, 폐하. 아마도 힘들고 어려운 난관들이 기다리고 있을 것입니다. 그러나 피해갈 수 없는 길이옵니다."

"피해갈 수 없는 길이라… 여러 대신들과 장수들도 그렇게 생각하는가?"

"폐하, 소장들을 믿어 주십시오. 소장들이 신명을 다 받치겠습니다."

"폐하, 마침 최추산 장군을 따라 갔던 유종민 장군도 이곳에 와 있습니다. 뿐만 아니라 원종제 장군과 전견수 장군도 합류하였으니, 충분히 북방을 안정시킬 수 있을 것입니다."

"그렇단 말이지? 좋다! 우상서, 짐이 그대의 주청을 받아들인다면 책임지고 북방을 짐에게 줄 수 있겠는가?"

"신의 보잘 것 없는 목숨을 바쳐서라도, 반드시 그렇게 만들겠사옵니다. 그리고 폐하의 운거가 자금성에 이를 수 있도록, 최선을 다하겠습니다."

"폐하, 소신을 비롯한 많은 대신들과 장수들이 우 승상을 돕는다면, 충분히 폐하께서 원하시는 뜻을 이루실 수 있을 것입니다."

"폐하……."

우리들 얘기에 왜 갑자기 네 사부가 거론되는 건데……? 51

"소신들을 믿어 주십시오, 폐하!"

"흐음……."

이자성은 우금성과 이암의 말이 끝나자마자, 바닥을 향해 머리를 숙이며 주청을 올리는 장수들과 대신들을 바라보았다. 너도나도 할 것 없이 이자성을 제외한 모든 이들이, 바닥에 머리를 두드리며 대동을 향해 진군할 것을 목청 높여 외쳐댔다.

상황이 이러하자, 이자성은 우금성의 주청을 받아들일 수밖에 없었다. 무엇보다 불필요한 전투를 피하고자 하던 이암마저 우금성의 의견에 동조하였기에, 이자성으로서도 더 이상 자신의 고집만 앞세울 수 없게 된 것이다.

"좋다. 우상서의 의견대로, 내일 대동을 향해 진격할 것이다. 그러니 장수들은 앞으로의 일정에 차질이 없도록 우상서와 상의함은 물론, 병사들의 사기가 떨어지지 않도록 만전을 기해야할 것이다. 특히 부상을 당한 병사들의 상세를 살핌과 함께 소정의 위로금을 하사할 것이며, 사망한 병사들은 그 가족에게 장수들이 일정 금액의 위로금을 하사하도록 하라."

"성은이 망극하옵니다, 폐하!"

"승상은 짐의 명이 차질없이 행해질 수 있도록, 직접 챙기도록 하시오."

"명을 받들겠습니다, 폐하."

송헌책은 이자성의 조치에 흐뭇한 미소를 지으며 깊숙이 예를 취했다. 앞으로 어려운 전투가 없다면 모르겠지만, 힘겨운 전투가 예상되는 상황에서 부상자들과 사망자들을 챙긴다는 것은 적절한 조치였기 때문이다.

병사들의 떨어진 사기를 끌어올린다는 것은 결코 쉬운 일이 아니다. 하지만 부상병들의 치료와 사망한 병사들의 가족까지 황제가 챙겨준다면, 바닥까지 떨어졌던 사기도 금방 하늘 높이 치솟는 것은 당연했다. 더불어 충성심까지 높아질 것이 분명하기에, 송헌책은 최선을 다해 이자성의 명을 수행할 생각이었다.

영인은 회의가 끝난 후, 대원들이 머물고 있는 곳을 향해 움직였다. 전투가 끝난 지 하루밖에 지나지 않았기에, 치열한 전투가 벌어지면서 만들어진 흔적들이 주변 곳곳에 남아 있었다.

영인은 걸음을 옮기면서도 입맛이 썼다. 이번 전투에서 대원들 상당수가 부상을 당하거나 사망했기 때문이다. 비록 이자성이 위로금을 내려준다고 해도, 대원들에게 많은 금액이 지급되지는 않을 것이 분명했다. 치열한 전투가 있었던 만큼, 상당수의 병사들이 죽거나 다쳤기 때문이다.

'젠장, 이렇게 되면 동창 녀석들을 만나기 전에 모두 죽고 말겠다. 정말로 우 대인을 계속해서 믿어야 되나? 하필이면 힘든 일은, 왜 보위대가 전부 해야 하는 건데? 빌어먹을······!'

영인의 입에서 직접적으로 우금성에 대한 욕이 튀어나오지 않았지만, 더 이상 믿고만 있을 수 없다는 생각이 자리를 잡게 되었다. 그만큼 영인으로서는 살아남기 위한 자구책을 강구해야 하는 당위성이 확실해졌으며, 일전에 계획했던 일을 추진할 결심을 굳힐 수 있었다.

"회의는 끝났냐?"

"휴··· 그래, 끝났다. 그런데··· 별로 좋지 않게 되었다."

우리들 얘기에 왜 갑자기 네 사부가 거론되는 건데······? 53

"응? 그게 무슨 말이냐? 좋지 않다니?"

"그래, 도대체 무슨 논의가 있었기에 그런 말을 하냐?"

"그게……."

명규와 영도의 질문에, 영인은 회의에 있었던 일들을 모두 설명해 주었다. 어차피 명규와 영도도 알고 있어야 할 내용들도 있었기 때문에, 시간이 걸리더라도 차분히 설명해 주었다.

"뭐라고? 또다시 대동으로 향한다고?"

"빌어먹을! 우 대인이 미쳐도 단단히 미쳤구나!"

"우 대인은 무슨 놈의 우 대인이야! 전투에 환장한 놈에게, 대인이란 말이 가당키나 하냐? 폐하께서 피해 가자고 하면, 그냥 따르면 되잖아, 안 그래?"

"야!"

"명규, 자네……!"

"내가 뭘? 내가 못할 말이라도 했어? 왜 힘들게 대동으로 가냐고! 왜? 자기는 그냥 명령만 내리면 그만이라고 생각하는 것이 분명해. 직접 적들과 칼을 맞대고 싸워봤으면, 절대 그런 생각을 할 수가 없다고. 당장 이 새끼를 그냥 죽… 읍, 으읍!"

"쉿! 너 미쳤냐? 정말 왜 그래? 나도 가만히 있는데, 네가 왜 큰소리를 치고 지랄이야?"

"영인이 말이 맞다. 자네 너무 흥분했어, 조용히 좀 하게!"

명규의 목소리가 커지자, 영인이 순간적으로 명규의 입을 손으로 막으며 눈을 부라렸다. 자칫 우금성의 귀들이 듣기라도 하면 큰일이었기 때문이다.

영도도 명규의 욕설에 놀랐는지, 한마디 거들고는 부리나케 밖으로 나가서 주변을 둘러보았다. 다행히 어제 있었던 전투로 피곤했는지, 모든 대원들이 쉬고 있었기에 주변을 서성이는 대원들은 없었다. 이에 안도의 한숨을 내쉬며 들어올 수 있었다. 하지만 너무 놀라 심장이 벌렁거렸다. 다행히 몇 번 숨을 깊게 들이마신 후 내쉬자 한결 좋아졌다.

영인에게 영도가 괜찮다는 언질을 준 후에야, 명규의 입을 틀어막고 있던 손이 치워졌다.

"푸후~ 퉤!"

"너 미쳤지? 그렇게 죽고 싶어? 정 죽고 싶으면, 우리 없을 때 혼자 실컷 떠들고 죽어."

"카악, 퉤! 젠장! 속에서 열불이 나니까 그렇지. 나라고 그런 말을 하고 싶었겠냐?"

"그래도 할 말이 있고, 못할 말이 있는 거다. 누가 듣기라도 했으면 어떻게 될 뻔 했냐!"

"휴~ 나도 모르게 욕이 튀어나왔다. 미안하다. 이제 부터는 주의할게. 그런데 손이 왜 그렇게 짜냐?"

"야!"

"알았다, 조용히 할게. 쩝~!"

"휴~ 내가 너 때문에 조마조마해서 못 살겠다. 젠장!"

"무사히 넘어갔으면 됐지. 그런데 위로금은 얼마나 나올 것 같아?"

"글쎄… 좀 넉넉하게 준다고 했으니까, 잘하면 은자 한 냥 정도 나오려나? 그나저나 현재 부상병들은 몇 명이나 되냐? 어제 100명이 넘을 것 같다고 대충 듣기는 했는데, 정확한 인원을 말해 봐."

"네가 회의 들어간 이후 확인해 봤는데, 사망 237명에 부상자가 176명이다. 그나마 부상자들 대부분 중상이 아니어서 다행이다."

"젠장, 많이도 죽었네. 그럼 부상자를 제외하고, 당장 움직일 수 있는 인원이 몇 명이야?"

"몇 명이긴, 겨우 387명이지."

영도의 보고를 받으면서 영인의 이마에 깊은 주름이 잡혔다. 반이 넘는 인원이 사망하거나 다친 것이다. 이렇게 되면 보위대라고 할 수도 없었다. 물론 지금도 이자성의 곁에서 호위하는 임무를 근위대가 모두 책임지고 있기에, 보위대란 이름이 전혀 어울리지 않지만…….

"정말 첩첩산중이 따로 없네. 열심히 키워 놓았다 싶으면 이렇게 죽거나 다치니, 도대체 언제쯤 제대로 된 보위대를 만들 수 있겠냐."

"제대로 만들 생각은 있고……?"

"젠장할 새끼! 열 받아 미치고 팔짝 뛰겠는데, 계속 옆에서 알짱거릴 거야?!"

"아, 아! 미안, 미안~."

"됐다, 내가 말을 말아야지. 그나저나 일전에 선발한 녀석들 중, 몇 명이나 멀쩡하냐?"

"23명. 네가 물어볼 것 같아서, 미리 확인해 봤지. 아쉽게도 부상자는 없다. 23명이 전부고, 12명은 죽었다."

"휴~ 어쩔 수 없지. 그럼 부상자들 중에서 일주일 내에 완쾌

될 수 있는 인원은 얼마나 돼?"

"기대하지 마. 아침에 녀석들하고 잠깐 얘기를 나눴는데, 더 이상 보위대에 남을 생각이 없는 것 같더라. 나 같아도 그런 생각이니까, 녀석들을 뭐라고 할 수도 없지. 더구나 부상도 당했으니, 부상에서 완쾌되더라도 이참에 다른 곳으로 가려고 할 거다."

"뭐야? 빌어먹을 새끼들! 내가 송 아저씨한테 온갖 구박을 다 받으며 뇌정십팔도법을 전수해 주었는데, 이런 은혜를 몰라주고 날 배신하려고 한단 말이지? 좋아! 그 새끼들은 내가 보위대 대주로 있는 한, 내 손을 벗어나지 못하게 해주겠다. 죽더라도 내 손에 죽어야 할 거야. 반드시 그렇게 해주겠다. 은혜를 원수로 갚는 배신자 새끼들……!"

명규의 설명에 흥분한 나머지, 영인은 대원들이 드러누워 있을 법한 곳을 향해 시선을 주며 이를 갈았다. 얼마나 심하게 이를 갈았는지, 그 소리에 옆에 있던 명규와 영도가 온몸에 소름이 돋을 정도였다.

"너희들은 그 새끼들한테 내 얘기를 똑바로 전해줘. 한번 보위대는, 영원한 보위대라고. 내가 그만두던가, 그 새끼들이 죽기 전에는 떠날 수 없는 곳이 바로 보위대라고. 알았냐?"

"아, 알았다."

"알았으니까, 그만 좀 이를 갈아라."

"여하튼, 돈이 나오면 모두 주지 말고 적당히 챙겨 둬. 배신하려고 마음먹은 새끼들한테, 전부 챙겨 줄 필요 없어. 잠깐! 아니지, 이참에 그 녀석을 활용해야겠다. 배용길(裵勇佶)이라고 했

우리들 얘기에 왜 갑자기 네 사부가 거론되는 건데……? 57

지? 그 녀석, 이따가 나한테 오라고 그래."

"응? 배, 백부장은 왜?"

"그 녀석이 대원들한테 신망이 두텁다며. 그러니까 앞으로 그 녀석을 전면에 내세울 생각이다. 이참에 승진도 시켜주고."

"야, 그 새끼를 왜 승진시켜?!"

갑작스러운 영인의 말에, 명규가 동그랗게 두 눈을 치켜뜨며 대들었다. 가뜩이나 대원들을 선동하며 명규의 명에 반하는 행동을 하고 있는데, 승진까지 시킨다고 하자 화가 났던 것이다.

물론 명규와 마찬가지로 영인도 자신 외에 대원들의 신임을 받고 있는 배용길이 싫었다. 눈에 거슬린다고 할까? 여하튼 마음에 들지 않았었는데, 이참에 행동대장으로 승진시켜 자신에게 충성하지 않는 대원들을 맡길 생각이었다.

"다 우리를 위한 일이다. 앞으로도 전투를 치러야 하는데, 매번 우리가 움직일 수 없잖아. 우리를 대신해서 움직일 녀석이 필요하지. 배용길의 실력도 뛰어나니까, 충분히 기대에 부흥할 거다."

"그렇… 지만……."

"생각은 좋은데, 위험하지 않을까?"

"괜찮다. 내가 다 알아서 할게. 난 지금 우 대인을 만날 테니까, 이따가 배용길을 내 막사로 부르는 것 잊지 마라. 그리고 나머지는 너희들이 알아서 해."

"허……."

"흐음……."

명규와 영도에게 자신이 할 말만 하고 밖으로 나간 영인은,

바로 우금성이 있는 곳을 향해 움직였다. 보위대의 상황도 설명할 겸, 계획했던·일들 중 하나를 실행에 옮기기 위해서였다.

"어서 오시게, 태 대주. 그렇지 않아도 태 대주와 차나 한 잔 하려고 사람을 보낼 참이었는데, 마침 잘 왔네. 자, 이리와 앉으시게."

"그러셨습니까? 다행히 제때 왔나 봅니다."

영인이 갑자기 찾아왔는데도 불구하고 우금성이 반갑게 맞이하자, 영인은 군례를 취한 후 우금성이 안내한 자리에 앉았다.

"후~ 흠, 차가 알맞게 다려졌구먼. 흐음… 그나저나 이번에 보위대의 피해가 상당하다 들었는데……?"

"그렇지 않아도, 그 일 때문에 이렇게 찾아뵙게 되었습니다."

"태 대주의 표정을 보니, 정말로 피해가 심각한가 보구먼. 도대체 얼마나 큰 피해를 입었기에, 전장의 혈마라 불리는 태 대주가 그런 어두운 표정을 하고 있는 것인가?"

"하하, 전장의 혈마라니요. 그나마 우 대인께서 제광마라 불러 주시지 않는 것만도 고맙습니다."

"어찌 태 대주에게 그런 말을 하겠나. 자자, 도대체 대원들이 얼마나 피해를 입은 것인가?"

"흐음~ 우 대인께서도 제가 대원들 모두에게 보잘 것 없지만, 나름 무공을 가르치고 있었다는 것을 잘 아실 것입니다."

"얘기는 들었네."

"예, 그런데 이번에… 힘들게 키웠던 대원들이, 반 이상 넘게 죽거나 다쳤습니다. 조금 전 확인해 보니, 당장 움직이지 못하는 부상자를 제외하고 보니까 멀쩡한 인원이 387명에 불과하더군요. 아무리 무공을 본격적으로 수련한지 얼마 되지 않았다지만, 너무 큰 피해를 입었습니다. 이래 가지고는 어디 가서 폐하를 호위하는 보위대라고 말할 수도 없는 실정입니다."

"헛허, 이런… 그 정도로 피해가 심각할 줄은 몰랐네? 이거참, 상황이 정말 심각하구먼……."

'예상 밖의 큰 피해로군. 당장 움직일 수 있는 인원이 400명도 안 된다면, 앞으로 작전에 투입하기 힘들겠군. 이거참… 태대주가 하소연하러 올 만하군.'

영인의 설명이 계속될수록, 우금성은 보위대가 처한 상황의 심각성을 알 수 있었다. 그러나 그게 다였다. 당장 어떻게 해줄 수 있는 문제가 아닌 것이다. 단지 기습이나 침투작전에 활용하기 힘들다는 것이 문제일 뿐이었다.

"모두 제가 제대로 수련시키지 못한 잘못입니다."

"어찌 그것이 태 대주의 잘못이겠나. 그나저나 당장 인원 보충을 해주고 싶어도 그럴 수 없으니, 어떻게 한다……?"

"흐음……."

영인은 우금성이 두 눈을 지그시 감고 생각에 빠져들자, 잠시 동안이라도 생각에 잠길 수 있도록 조용히 배려해 주었다. 당장 할 말이 많았지만, 무턱대고 요구할 수 없었기 때문이다. 상황을 만들어야 했고, 만반의 준비를 해온 상태였기에 느긋하게 기다릴 수 있었다.

"아무리 생각해 보아도, 당장 태 대주를 도와 보위대에 인원을 늘려 줄 방법이 없군."

"아닙니다. 도와달라고 온 것이 아니고, 그냥 심란한 마음에 하소연이나 하려고 잠깐 온 것입니다. 만약 우 대인께서 격무에 바쁘셨다면, 그냥 돌아갔을 것입니다. 신경 쓰지 마십시오."

'젠장, 이젠 나도 아첨꾼이 다 됐네. 나도 모르게 명규가 입에 기름이라도 발랐나? 아예, 술술 나오는구먼.'

"하하~ 내가 태 대주를 신경 쓰지 않으면, 누가 쓴단 말인가. 아, 이러면 되겠군. 태 대주와 보위대가 이번에도 큰 공을 세웠으니, 말이 나온 김에 내가 도와줄 수 있는 것이 있다면 말해 보게. 비록 인원 보충을 해주지는 못하지만, 내가 해줄 수 있는 것이라면 최대한 들어주겠네."

"우 대인께서 그렇게 말씀해 주신다면……."

'당연히 들어줘야지. 두 손에 포탄을 하나씩 들고 화살과 포탄을 피하며 죽기 살기로 성벽을 향해 뛰어갔는데, 거기다 성벽을 타넘고 온몸으로 도검을 막아가며 간신히 성문까지 열어줬는데, 어떤 것이라도 들어줘야지. 아암~!'

"왜 그러나? 갑자기 얼굴이 홍시처럼 붉어졌네. 어디 아픈 것이 아닌가?"

"아, 아닙니다. 우 대인께서 갑자기 그런 말씀을 하시니, 생각지도 못한 일이라 무엇을 말해야 할지 몰라서 그렇습니다."

"하하, 그런가? 내가 괜히 태 대주를 곤란하게 했나 보구먼."

"곤란하게 하다니요, 절대 아닙니다. 그렇지 않아도 이번 일을 계기로 우 대인께 부탁드리고 싶은 것이 있기는 했었는데, 제가 생각해도 너무 어이없고 황당한 것이라 선뜻 입을 열지 못하고 있었습니다. 하지만 보위대가 제대로 된 무력을 갖추고 어

우리들 얘기에 왜 갑자기 네 사부가 거론되는 건데……? 61

떤 위험에서도 폐하의 안위를 책임질 수 있게 만들려면, 아무래도 우 대인께 말씀을 드려야 할 것 같습니다."

"무엇인데 그리 뜸을 들이는가? 그리고 태 대주가 내게 어려워할 것이 무엇이 있단 말인가, 어서 말해보게. 도대체 폐하의 안위를 책임질 수 있을 정도로, 보위대의 실력을 향상시킬 수 있는 방법이 무엇인가?"

"그게 다름이 아니라… 나중에 황궁을 접수하게 되면, 그때 황궁보고 중 무고에 보관되어 있는 비급을 몇 권 볼 수 있었으면 합니다. 우 대인께서 힘써 주신다면, 가능할 것도 같은데…….'

"응? 태 대주, 지금 자금성에 있는 황궁보고를 말하는 것인가?"

"그렇습니다, 우 대인."

"그렇다? 핫하, 이거참…….'

우금성은 황당한 표정으로 영인을 쳐다보았다. 아직 황궁의 그림자도 보지 못한 상황인데, 자신에게 황궁보고를 논하고 있으니 너무도 어이가 없었던 것이다. 더구나 생각지도 못한 말이기에, 당황한 표정을 감추지 못했다.

"이보게, 태 대주. 황궁보고를 지금 논한다는 것이 말이 되는 상황인가? 더구나 그것은 폐하의…….'

"우 대인, 많은 것을 바라는 것이 아닙니다. 그저 대원들이 쉽게 익힐 수 있는 수준의 무공이면 됩니다. 제가 아무리 무공을 가르친다고 해도, 겨우 이류에 불과할 뿐입니다. 저 역시 우 대인께서 힘써 주신 덕분에, 영단을 복용하고 나서야 간신히 이류를 벗어날 수 있었습니다. 만약 우 대인 덕분에 공력을 얻지 못했다면, 저 역시 지금의 대원들처럼 자신의 목숨이나 건사하길 바라며 전투에 임하고 있었을 것입니다."

"그런… 흐음……."

"우 대인, 절대 개인적인 사심에서 드리는 말이 아닙니다. 모두 폐하의 안위를 위해서입니다. 대원들이 저와 부대주들처럼, 폐하의 성은을 받아 영단을 복용할 수 있는 기회는 희박할 것입니다. 아니, 그런 일은 거의 없을 것입니다. 그렇다면 무공이라도 제대로 된 것을 익혀야 하지 않겠습니까. 만약 지금처럼 대원들을 수련시킨다면, 절대로 지금의 수준을 벗어날 수 없습니다. 폐하를 호위할 보위대라면, 최소한 근위대 정도의 실력은 못되더라도 근접한 수준은 되어야 하지 않겠습니까."

"흐음……."

우금성은 열변을 토하는 영인을 한동안 주시하며 생각에 잠겼다. 황궁보고에 대한 개인적인 사심이 있든 없든 간에, 영인이 무엇을 말하고자 하는지는 쉽게 알 수 있었기 때문이다. 하지만 문제는, 당장 자신이 뭐라고 답을 해줄 수 없다는 것이었다. 황궁을 점령하면 황궁보고는 누구의 소유도 아닌, 황제인 이자성의 소유가 된다. 그렇기에 황제의 소유물을 가지고 신하가 어떻게 해주겠다고 미리 언질을 줄 수가 없는 것이다.

그리고 우금성에게 있어서 영인과 보위대에 대한 믿음이 아직까지 절대적이지 못했다. 어떻게 하다 보니 급한 마음에 보위대를 활용하게 되었고, 그것이 좋은 결과를 내면서 지금까지 관계를 이어왔던 것이다. 그렇기에 우금성에게 있어서 영인과 보위대는 계륵과 같은 존재였다. 자신의 영향력 하에 있으면 그만이지만, 없으면 무척이나 아쉬운…….

　사색에 잠긴 우금성의 모습을 보면서, 영인은 초조하게 답을 기다렸다. 그러나 우금성이 쉽게 결정을 내려줄 것이란 기대는 하지 않았다. 단지 오늘은 자신이 무엇을 원하고 있는지 살짝 언급만 하는 정도로 그칠 생각이었기에, 우금성이 어떤 답변을 하든 편하게 받아드릴 생각이었다.

　이 각이 넘는 장고의 시간이 흐른 후에야, 굳게 다물어져 있던 우금성의 입이 열렸다. 우금성 역시 영인의 말이 일리가 있다고 생각했기에, 쉽게 답변을 해줄 수 없었던 것이다.

　"태 대주가 무엇 때문에 그런 말을 하게 되었는지 짐작할 수 있네. 그리고 지금의 나 역시 태 대주의 말에 조금은 공감을 하고 있고…….."

　"옛? 저, 정말입니까?"

　"그렇다네. 하지만 태 대주가 언급한 것은, 당장 답변을 해줄 수 없는 민감한 일임을 태 대주도 잘 알 것이라 생각하네."

　"예, 알고 있습니다."

　"하지만 좋은 얘기였네. 나는 지금까지 보위대의 무력을 높이기 위해선, 대원들이 아니라 태 대주와 부대주들의 무력만 높이면 된다 생각하고 있었네. 그러나 오늘 태 대주의 설명을 듣고 보니, 내가 크게 잘못된 생각을 하고 있었음을 깨닫게 되었네."

　"흐음……."

　"그래서 말인데… 태 대주가 원하는 곳을 들어갈 수 없을 지도 모르니, 다른 곳에서라도 대원들의 실력을 향상시킬 수 있는 무공을 찾아보는 것이 어떻겠냐? 내가 비록 학문을 익힌 학자지만, 무림에 완전히 문외한은 아니라네. 대원들 대부분이 검이 아닌 칼을 수련하더군. 그러니 이참에 도법으로 명성이 높은 팽가를 방문해 보는 것이 어떻겠나?'

"옛? 팽가요?"

"그렇네. 무림에서 하북성 하면 팽가라는 말이 있을 정도로, 꽤 유명한 곳이 아닌가? 유 장군에게 듣기로는 그렇다 알고 있었는데……?'

"아, 맞습니다. 저도 그렇게 알고 있습니다."

'젠장! 팽가에 대해 궤 아저씨가 뭐라고 했었던 것 같은데, 기억에 없으니…….'

영인은 갑자기 우금성이 팽가를 언급하자 당황했다. 예전에 도길이 무림에 뭐가 있고 어떤 곳이 유명하다며 살짝 언급했었던 것은 기억나지만, 세세한 것은 알지 못했기 때문에 당황하여 살짝 얼버무리는 것이 다였다.

"폐하께서 황궁을 함락시키고 숭정제를 처단하고 나면, 그 영향력이 천하에 뻗칠 것이네. 그렇게 되면 팽가라 해도, 태 대주를 소홀히 대하지 못할 것이 아니겠나. 그러나 아까도 말했지만, 이것은 차선책이네. 팽가가 비록 무림에서 활동하는 세가라 하나, 하북성에선 상당한 영향력을 지닌 곳이라 들었네. 황궁보고에 있는 무공을 수련할 수 있다면, 굳이 팽가를 자극할 필요가 없겠지."

"마, 맞습니다. 아무리 팽가의 무공이 대단하다고 해도, 황궁보고에 있는 무공만 하겠습니까. 그리고 황궁보고가 왜 황궁보고겠습니까. 그만큼 대단하기 때문이 아니겠습니까?"

"그렇겠지. 중원의 제일보고는, 누가 뭐라고 해도 황궁보고지."

"암요, 우 대인의 말씀이 백번 맞습니다. 어찌 황궁보고와 비교를 할 수 있겠습니까."

"헛흠! 그래서 말인데… 만약 황궁을 함락시킨 후 보위대의 실력을 향상시켜야 할 필요성을 폐하께서 인정하시게 된다면, 황궁보고 안에 보관되어 있는 무공 비급을 태 대주가 볼 수 있도록 최선을 다해 주청해 주겠네.

"헉! 저, 정말이십니까? 제가 지금 잘못 들은 것은 아니지요, 우 대인?"

"정확히 들었네. 내가 왜 이런 말을 하게 되었나 하면, 현재 보위대에 인원 보충을 해줄 수 없기 때문이네. 그래서 생각해 본건데, 지금 있는 인원의 실력을 최대로 향상시킨다면, 충분히 일당백이 되지 않겠는가? 그렇게 만들 수 있다면, 아마 태 대주가 원하던 진정한 보위대가 되지 않을까 해서 말한 것이네.

"아…….."

"그러나 태 대주, 이 일은 당분간 태 대주와 나만의 비밀로 해야 할 것이네. 그 누구도 오늘 태 대주와 내가 나눈 대화의 내용을 알아서는 안 된단 말이네. 알겠는가?"

"헉! 예, 예! 알겠습니다. 당연히 아무도 몰라야지요. 반드시 비밀을 지키겠습니다."

"하하~ 그 약속, 반드시 지켜야 할 것이네. 내가 폐하께 주청을 드리기 전까지, 주변에서 절대 잡음이 들리지 않아야 된다는 말이네. 그래야 내가 좀 더 수월하게 폐하께 주청드릴 수 있을 것이고, 태 대주가 원하는 방향으로 일을 진행할 수 있지 때문이네."

"지당하신 말씀입니다. 지금부터 황궁보고라는 말은 절대 입에 올리지도 않겠습니다. 아니, 생각하지도 않겠습니다."

다짐을 받는 듯한 우금성의 말에, 영인은 자신의 입을 꽉 잡는 시늉을 하면서 결의를 보여주었다. 그만큼 영인으로서는 자신의 계획이 이뤄질 수만 있다면 당장에라도 입을 바늘로 꿰매라면 그렇게 하고 싶은 심정이었을 만큼 우금성의 도움이 절실했다.

"후후~"

"우 대인… 너무도 아쉬운 마음에 염치없이 우 대인께 부탁을 드리긴 했지만, 소인은 크게 기대하지 않고 있었습니다. 그런데 염려해 주는 것도 모자라 도움까지 약조해 주시다니… 우 대인께서 보위대를 그 정도로 생각해 주시는지 몰랐습니다. 정말 감사합니다. 그리고 나중에 대원들이 이 사실을 알게 된다면, 분명 우 대인의 은혜를 고마워하며 목숨이라도 받칠 각오로 충성을 다할 것입니다."

"하하, 그만 하시게. 모두 폐하와 대순국을 위한 일인데, 어찌 내가 모른 척할 수 있겠는가. 그리고 충성은 폐하께 하는 것이네. 보위대는 폐하를 위해 만들어진 것이니, 앞으로 다시는 그런 말은 하지 말게. 알겠는가? 필히 유념하도록 하게!"

"아! 제가 실언을 했습니다. 폐하께 충성을 다함은 물론이고, 결코 우 대인의 은혜도 잊지 않겠습니다."

"태 대주와 보위대가 있으니, 내가 아주 든든하네. 하하하~"

우리들 얘기에 왜 갑자기 네 사부가 거론되는 건데……? 67

"감사합니다. 만약 일이 성사된다면, 책임지고 대원들 한 명한 명을 일당백으로 만들겠습니다. 하하~"

'아~ 생각도 못한 성과다. 우 대인이 폐하께 주청을 드린다면, 거의 이뤄진 것이다 진배없지. 자칫 성급하게 움직이는 것은 아닌지 우려되었지만, 역시 말하기를 잘 했어.'

*　　　　*　　　　*

우금성의 집무실을 밝은 얼굴로 기분 좋게 나온 영인은, 이 소식을 얼른 명규와 영도에게 전해주기 위해 분주한 걸음으로 움직였다. 그러나 주변을 돌아볼 수 없을 정도로 여유가 없지는 않았다. 그리고 주변을 둘러보던 영인의 눈가에 주름이 잡혔다. 마음에 드는 구석이라고는 하나도 없었기 때문이다.

영무관 주변은 병사들의 분주한 움직임으로 인해 어수선했다. 거의 난잡을 넘어선 수준이었다. 해가 중천에 걸려 있는데, 아직까지 시체 치우는 작업조차 완전하게 마무리되지 않았기 때문이다. 하지만 영인에게 있어서 이런 일들은 중요하지 않았다. 신경 쓸 필요조차 없는 일이기 때문이다. 쉴 틈조차 없이 이곳저곳으로 상관의 명령에 따라 몸을 움직여야 하는 병사들이나 고달플 뿐이었다. 하지만 좋았던 기분이 한순간에 가라앉기에는 충분한 분위기였다.

산골짜기를 비집고 불어오는 차가운 바람에도 불구하고, 병사들의 이마에선 연신 굵은 땀방울이 흘러내리고 있었다. 그만큼 힘들게 움직이고 있는 것이다. 내일이면 대부분의 병사들이 영무관을 떠날 것인데, 병사들을 너무 혹사시키는 것이 아닌가 하는 의문도 들었다. 어차피 영무관이 지닌 위치적 중요성 때문에, 소수지만 어느 정도의 병력이 남게 될 것이다. 당연히 나머지 일은 이들이 알아서 해도 충분한 것이다. 시체 썩는 냄새야, 하루 정도는 충분히 버틸 수 있기 때문이다.

'어차피 내일 떠날 텐데, 왜 병사들을 못 잡아먹어서 안달이야? 시체야 남아 있을 녀석들이 알아서 하면 될텐데. 하여간 병사들을 생각해 주는 장수는 한 명도 없군.'

힘들게 일하는 병사들과 군관들 때문에 차마 입 밖으로 내뱉지는 못했지만, 머릿속에서는 연신 투덜거렸다. 하지만 정작 자신도 직접 나서서 도와줄 마음이 없기에, 영인은 구경하듯 주변을 둘러보면서 자신의 집무실로 향했다. 당연히 발걸음도 빨라졌다.

대원들이 보이기 시작하자, 영인은 밝은 얼굴로 명규와 영도를 찾았다. 그리고 금방 찾을 수 있었다. 하지만 절대 보고 싶지 않은 얼굴도 함께 보였다. 웬만하면 보고도 그냥 지나치고 싶은 얼굴, 꿈에서조차 마주치고 싶지 않은 얼굴이었다. 그에 자신의 눈이 잘못된 것이 아닌가 하여 두 눈을 비비고 다시 보았다. 하지만 역시나… 보고 싶지 않은 그 얼굴은, 그 자리에 그대로 있었다.

"오랜만이군, 태 대주."

"오… 랜만이군."

"후후~ 표정을 보아하니, 태 대주는 내가 온 것이 마땅치 않은 것 같군."

우리들 얘기에 왜 갑자기 네 사부가 거론되는 건데……? 69

"…느낀 그대로. 나에게 있어서 넌, 되도록이면 죽기 전까지 보고 싶지 않은 얼굴들 중 하나니까."

"보고 싶지 않은 얼굴들 중 하나라? 하하~ 태 대주의 거침없는 성격은 전혀 변하지 않았구먼. 역시 이곳에 오길 잘했다는 생각이 드는군. 하하하~"

영인은 애써 속마음을 돌려서 말하지 않았다. 원숭지에게 직설적으로 불편함을 드러낸 것이다. 더욱이 반존대는 고사하고, 반말로 일관했다.

화산파와 산종에 막대한 영향력을 행사할 수 있는 원숭지에게 있어서, 영인의 언행은 상당히 무례하고 불쾌감을 유발하는 것이었다. 하지만 원숭지는 영인의 태도에도 불구하고, 무엇이 좋은지 호쾌하게 웃었다.

"크흐음……."

'빌어먹을 새끼. 볼게 뭐가 있다고 날 찾아와? 못 본 척하다가 내일 조용히 떠나면 좋잖아.'

"흠! 영인아, 갔던 일은 잘 됐냐?"

"…그럭저럭."

"그, 그래. 다행이다. 그럼 우리… 자리를 옮길까?"

"아니, 그럴 필요 없다. 왜 왔는지 모르지만, 이곳에 오래 있지 않을 거다."

"그렇겠지? 나도 그렇게 생각했다. 자자, 그럼 잠시 앉기라도 하는 것이……."

영인이 기분 나쁜 표정을 감추지 않고 드러내자, 이에 당황한 명규가 화제를 다른 곳으로 돌리기 위해 나섰다. 하지만 영인의

대답은 무뚝뚝했고, 간결했다. 그만큼 영인의 기분이 최악임을
온몸으로 표출한 것이다.

"아니오, 나 부대주. 이곳보다는, 다른 곳으로 옮기는 것이 좋
을 것 같소."

"다른 곳? 내가 왜 그래야 하지?"

"영인아. 흠흠! 원 소협, 우리 대주가 원래 말이……."

"괜찮소, 나 부대주. 흠! 태 대주, 내가 이곳에 왜 왔겠나? 태
대주하고 나눌 말이 있으니까 오지 않았겠나?"

"우리 사이에 무슨 할 말이 있다는 거지?"

"찾아보면 할 얘기는 많지. 그리고 멀리 가지 않을 거니까, 잠
시 자리를 옮기는 것이 어떻겠나?"

"흐음……."

"이곳도 상관없지만, 조용한 곳에서 얘기를 나눴으면 좋겠는
데……."

"…할 얘기가 긴가?"

"글쎄? 하기 나름이겠지."

"하기 나름이라… 무슨 말을 하고 싶은지 모르겠지만, 되도
록 길지 않았으면 좋겠군. 앞장 서, 따라갈 테니까."

"그렇게 하지. 멀지 않은 곳에 작은 공터가 있더군. 주변이
조용해서 대화를 나누기엔 적당한 장소지."

"……."

"훗!"

원숭지가 움직이지 않고 계속 말하자, 더 이상 참지 못한 영
인이 원숭지에게 빨리 앞장서라고 손을 휘저었다. 이런 영인의

행동을 바라본 명규와 영도는 어이가 없었다. 대단한 실례였기 때문이다.

그러나 원승지는 영인의 행동에 단지 어이없고 황당하다는 표정을 한차례 지었을 뿐, 별다른 지적없이 영무관 밖으로 걸음을 옮기기 시작했다.

원승지가 움직이자, 영인도 뒤를 따라 움직였다. 그러나 표정은 어느새 딱딱해져 있었다. 별로 유쾌한 대화가 이뤄질 것이 아님을 직감했기 때문이다. 하지만 불안감보다는 살짝 흥분이 되었다. 무의식적으로 허리에 메여져 있는 도에 손이 간 것이다.

'흐음… 지금이라면, 이길 수 있지 않을까?'

원승지의 뒷모습을 보면서 영인은 생각했다. 하지만 자신할 수 없었다. 깨져도 무참히 깨졌었기 때문이다. 절대 패한 것이 아니었다. 당시 원승지는 단 한 번도 제대로 된 실력을 보이지 않았기 때문이다.

원승지의 말대로, 이 각 정도 걸어가자 한적한 곳이 나왔다. 주변 경치도 볼만했다. 주변에 튀어나온 바위도 있어, 편안히 앉아 얘기를 나눌 수 있는 장소도 있었다.

원승지와 오 장 정도 거리를 유지하며 뒤를 따랐기에, 영인은 터벅터벅 걸어 원승지가 기다리고 있는 곳으로 갔다. 그리고… 그 뒤를 명규와 영도가 조심스럽게 따랐다. 아무래도 영인을 혼자 보내는 것이 걸렸던 것이다.

"흠! 무슨 얘기를 하자고 이리로 온 거야? 바쁘니까 빨리 말해, 나 생각보다 바빠."

"급하고 거친 성격은 여전하군. 항상 차분하게 평정심을 유지해야 하는 무인에게 있어서, 결코 좋은 자세는 아닌데……."

"평소엔 차분하게 평정심을 유지하며 살고 있으니까, 신경쓰지 않아도 돼. 어서 날 여기까지 부른 이유나 말해봐."

"정말 태 대주하고는 대화를 하기가 힘들군. 그럼 본론부터 말하겠네. 예전에… 내가 했던 말, 기억하고 있나? 화산파의 제자로서, 태 대주에게 했던 말, 말이네."

"응? 우리가 무슨 말을 했다고, 갑자기 기억하냐고 묻는 거야? 쉽게 말해, 괜히 어렵게 빙빙 돌려서 말하지 말고."

"크흠… 태 대주, 정말 기억 못하는 건가? 분명 화산파의 제자로서 했던 말이라고 했네. 그런데도 전혀 기억이 나지 않는단 말인가?! 그 정도로 화산파가 태 대주에게 보잘 것 없는 곳인가? 화산파의 장문인을 대신해서 말한 것이었다."

"아~ 무슨 말을 하는지 알겠군. 그런데 나한테 왜 그렇게 화를 내지? 화산파가 그대에게 중요할지 모르지만, 나한텐 무당파나 소림사와 같은 무림문파일 뿐이다. 알겠나? 그런데 갑자기 그걸 왜 묻는 거지?"

그동안 영인의 도발에도 아무런 표정 변화 없이 받아주던 원승지였다. 그러나 화산파를 언급할 때는 딱딱하게 굳어졌다. 영인의 언행이 도를 넘어섰다 판단한 것이다.

하지만 영인에게 있어서 화산파는 무림을 영도하는 한 축일 뿐이었다. 장문인이 적극적으로 이자성을 도와주고 있었기에 충돌하는 일만은 피하고 싶은 곳이지만, 보위대와 직접적인 관계가 있는 근위대를 생각한다면 기분 좋게 생각할 수 있는 곳도

우리들 얘기에 왜 갑자기 네 사부가 거론되는 건데……? 73

아니었다. 근위태의 뿌리가 바로 화산파였기 때문이다.

'흐음… 많이 변했군, 그동안 몰라보게 달라졌어. 보위대의 위상이 달라졌다고 하여 쉽게 믿지 않았는데, 이렇게 태 대주를 대하고 보니… 그 말이 사실임을 실감하겠군.'

"이제 생각이 났는가?"

"그래, 생각났지. 날 화산파의 제자로 받아주겠다 했었던 것 같은데, 맞지?"

"정확하게 기억하고 있군."

"내 기억력이 워낙 좋아서, 웬만한 일도 쉽게 잊어먹지 않거든. 그런데 지금에 와서 다시 그 얘기를 꺼내는 이유가 뭐지? 이유가 있으니까 묻는 것일 텐데… 혹시 오늘도 그 얘기를 하려고 왔나? 그렇다면 서로 시간 낭비 했군. 그때 말했듯이, 내 대답은 지금도 그때와 변한 것이 하나도 없으니까."

"그런가? 흐음… 아직 그 생각이 변하지 않았다니, 나로서는 꽤 유감이네. 괜찮은 사제를 둘 수도 있었는데."

'결국 화산의 그늘로 끌어오지 못하겠군. 아쉽지만, 이렇게 되면 사부님의 말씀을 따를 수밖에 없단 말인데…….'

"말했잖아, 난 싫다고. 그러니까 유감일 것도 없지. 그리고 사제라고? 어림없는 소리지. 아암~!"

"흠! 태 대주는 그렇게 생각하는지 모르겠지만, 나로서는 정말 유감스런 일이네. 하지만 오늘은 그 일을 다시 거론하고자 온 것이 아니네. 사부님께서 태 대주에게 직접 전하라는 말씀이 있어 오게 된 것이네."

"뭐? 사부님이라면… 신검선원(神劍仙源) 목인청(木仁淸) 장

문인··· 께서······?'

'뭐야? 목 장문인이 내게 할 말이 있다는 거야? 도대체 무슨 말을 하려고······.'

원승지의 말에, 영인은 순간적으로 몸이 굳어졌다. 이자성에게 막대한 도움을 주고 있는 목인청의 이름은, 거론된다는 것 자체만으로도 영인에게 있어서 적지 않은 부담이기 때문이다.

"그래도 사부님께 막말을 하지 않는군. 고맙다고 해야 하나?"

"빌어먹을! 우리들 얘기에 왜 갑자기 네 사부가 거론되는 건데?"

"왜긴, 정말 몰라서 그런 말을 하는가? 당시 내가 분명히 태 대주에게 사부님을 대신하여, 화산파의 이름으로 태 대주에게 문인으로 들 것을 권유한다고 했었는데, 기억나지 않는가?"

"흐음··· 그랬었지. 젠장! 전할 말이 있다고 하지 않았나? 유쾌하지 않은 상대와 길게 대화를 나눌 정도로 한가한 사람이 아니야. 예전의 내가 아니란 말이지. 그러니까 할 말이 있으면 빨리 해봐."

"그런가? 그렇군··· 그렇다면 서로를 위해서라도, 짧게 끝내도록 하겠네. 흠! 사부님께서 전하라 하신 말씀이네. '화산은 함부로 문인을 받지도 않지만, 또한 들어오고 싶어도 들어올 수 없는 곳이다. 그런데 내 제자인 원승지가, 화산의 이름으로 파격적인 특혜를 주었다. 하지만 그대는 일언지하에 거절하였다. 물론 개인적으로 본다면, 그대의 잘못은 없다. 하지만 화산의 이름으로 권유하였기에, 그대의 행동은 적절하지 못했다. 그에… 화산의 권유를 거절한, 합당한 이유를 밝혀야 할 것이다. 따라서 화산의 명성에 누가 되지 않도록, 그대의 실력을 보여라. 화산의 그늘이 없어도 충분하였기에 거절했다는, 그 사실을 증명해야 할 것이다. 만약 이를 증명하지 못한다면… 화산과 본인은, 그대가 화산의 이름을 의도적으로 훼손하기 위해 거절한 것으로 간주할 것이다.' 흠… 이상이네."

"뭐?! 지금… 내가 잘못 들은 거지?"

"모두 사실이네. 만약 어린 아이가 행한 것이라면, 어설픈 객기로 벌어진 사소한 일로 치부하셨겠지. 하지만 사부님과 장로들께선, 태 대주의 행동이 화산의 이름을 업신여겨 일부러 벌인 행동이라 판단하신 것 같네. "

"그럴… 리가 없잖아. 내가 왜 쓸데없이 그렇게 했겠……."

"물론! 내 개인적인 판단으론, 태 대주가 절대 일부러 했다고 믿지 않네. 하지만 사부님과 장로들께선, 충분히 그렇게 생각하셨을 수도 있네. 당시 내가 태 대주에게 했던 행동들은, 그분들께서 판단하시기에 파격적인 특혜였기 때문이지. 물론 태 대주는 일언지하에 거절했지만."

"흐음……."

'빌어먹을! 그때 송 아저씨가 우려하며 했던 말이, 그대로 현실이 되었잖아. 하지만 왜 이렇게 된 거지? 뭐가 문제라고? 그리고 실력으로 뭘 증명해 보이라는 거야?'

예전에 악호가 했던 말이 떠오른 영인은, 그때 가볍게 넘겼던 것을 후회했다. 그러나 이미 지나간 일이었다. 후회하기보다는, 해결책을 찾아야 하는 것이 먼저인 것이다. 그에 이리저리 눈을 굴리며 생각해 보았다. 하지만 마땅한 해결책이 떠오르지 않았다.

'젠장! 이럴 때 아저씨들이 있었으면 좋았을 텐데……'

"문제가… 태 대주가 생각하는 것 이상으로 심각하네. 스승님과 장로들께서, 당시 태 대주가 취했던 언행에 대해 알게 되었네. 어떻게 아시게 되었는가가 중요한 것이 아니라, 모든 사실을 아셨다는 것이 문제지."

"그… 크흠……"

"그 일로 인해, 사부님과 장로들께서 크게 진노하시고 계시네. 땅에 떨어진 화산의 명예를 회복해야 한다고 말이야. 그리고… 내가 이렇게 태 대주 앞에 서게 된 것은, 어떻게든 좋은 방향으로 해결할 수 있는 방법을 찾아보고자 온 것이고……"

"흐음."

원승지가 낮은 목소리로 속삭이듯 말했다. 마치 영인에게 '지금이라도 화산의 그늘로 들어오겠다 하면, 모든 일을 없었던 일로 만들 수 있다.'고 말하는 것 같았다. 원승지의 눈빛에서도 그런 느낌을 받을 수 있었다.

하지만 영인은 쉽게 고개를 끄덕일 수 없었다. 지금에 와서 고개를 숙인다는 것은, 도저히 스스로가 용납할 수 없었기 때문이다. 더욱이 자신은 정3품의 고관대작이었다. 또한 대순국의 실세라 할 수 있는 병부상서 우금성이 배후를 받쳐주고 있었다. 화산파의 위명이 아무리 대단하다 해도, 목 장문인이 뛰어난 무공을 지녔다고 해도 고개를 숙일 필요가 없는 것이다.

"빌어먹을! 자기들 마음대로 받아주겠으니 들어와라 하고선,

내가 거절하니까 노인네들이 역정을 냈다는 거잖아? 세상 참 웃기네. 방귀뀐 놈이 성낸다고, 도대체 지금 나하고 뭐하자는 거야? 어떻게 하자는 건데? 내 목이라도 노인네들한테 들고 가겠다는 거야? 그런 거야?!"

"헉! 태 대주, 노인네라니……!"

"여, 영인아!"

"명규, 넌 끼어들지 말고 가만히 있어! 이번 일은 네가 나설 자리가 아니야."

"하지… 아, 알았다."

명규는 영도와 함께 한쪽에 서서 조용히 영인과 원승지의 대화를 듣고 있었다. 하지만 대화의 내용이 심각해지고, 가뜩이나 영인의 입에서 상상도 하지 못했던 말이 튀어나오자 급히 뛰어나와 제지를 하려고 했다. 하지만 영인의 말대로 자신이 끼어들 자리가 아니었다. 그에 불안한 마음을 뒤로한 채, 어쩔 수 없이 영도와 함께 물러설 수밖에 없었다.

"왜? 내가 노인네라고 하니까, 듣기가 거북한가? 너한테나 사부지, 나한테는 그냥 노인네일 뿐이잖아. 안 그래?"

"태 대주, 말이 너무 심하군. 아무리 일면식도 없다 해도, 사부께선 무림의 이끌어가고 계시는 화산파의 장문인이시네. 태 대주가 아무리 대순국의 고위직에 있다고 해도, 함부로 입에 올릴 수 없는 분이시란 말이네."

"내 말이 심하다고? 함부로 입에 올릴 수 없다고? 그럼 말을 똑바로 했어야지. 내가 싫어서 거절한 것도 잘못인가? 싫다는 사람을 억지로 문인이 되라고 한 것이 잘못 아닌가?"

"흐음……."

"무림에 화산파만 있는 것은 아니잖아. 소림사나 무당파와 같은 곳도 있지만, 팽가처럼 가족으로 구성된 세가도 있잖아. 그런데 나한테 왜 화산파에 들라며 강요를 하냐고. 개인적으로 수련할 수도 있잖아. 도사가 되기 싫어서 입문하지 않겠다고 한 것인데, 그것이 왜 문제가 되냐고?!"

"그… 흐음, 그렇게 말한다면… 할 말이 없네. 그리고… 내가 그때 좀 성급했던 것은 인정하네."

"그래, 당연히 그렇게 나와야지. 내 의사를 무시했으니 이런 일이 벌어진 거잖아. 안 그래? 이제 해결됐네. 문제의 발단은 그쪽에 있으니까, 알아서 하면 되겠네."

"그건… 휴~ 그렇지가 않네."

"뭐?"

"당시 내 결정이 잘못되었다 생각하지 않네. 단지 내가 오판한 것이 있다면, 태 대주가 이렇게 빨리 막중한 자리에 오를 줄 몰랐다는 것이지. 그때 태 대주는, 다른 병사들보다 약간 더 두각을 나타내는 병사들 중 한 명에 불과했었으니까."

"……!"

"많이 어설프고 거칠기는 했지만, 나름 무공에 자질을 보이는 태 대주가 안타까웠네. 그래서 결정했지. 화산파라면 태 대주의 자질을 충분히 이끌어줄 수 있을 거라고. 나로서는 그때… 태 대주에게 최고의 호의를 베푼 것이네."

"하~ 미치겠네. 호의? 호의라고? 빌어먹을! 그래. 호의라고 한다면, 그렇게 말할 수도 있겠지. 하지만 아무리 좋은 호의라도, 받아들일 사람의 마음도 헤아려 줘야 하는 것이 당연한 것 아닌가? 힘 있는 새끼가 불쌍하다고 손을 내밀면, 힘없는 놈은 '예, 고맙습니다.' 하며 무턱대고 덥석 잡아야만 하는 거냐고! 그렇게 해야 되는 거야? 아니잖아. 만약 그렇다고 말하는 새끼가 있으면 데려와 봐. 내가 주둥이를 인두로 확! 지져줄 테니까."

"크흠……."

"아아, 여하튼 좋다고! 그렇게 계속 호의였다고 하니까, 나도 앞으로는 그렇게 생각하면 되겠지. 그럼 아무런 문제가 없잖아. 젠장! 더 이상 떠들어 봐야 머리만 복잡해지고 입만 아프니까, 차라리 내가 사과하지. 흠! 호의였으나, 내가 받아들일 준비가 안 되어 있었다. 고맙게 생각하지만, 거절하게 되어 미안하게 생각한다. 됐지? 목 장문인께 가서 전해. 정3품 보위대 대주가 고개를 숙이는 거라고. 그러니까 더 이상 복잡하게 거론하지 말자고."

"허……."

원승지는 영인의 말에 순간 할 말을 잃었다. 어떻게 보면 일리가 있는 말이지만, 자신의 사부와 화산파를 전혀 배려하지 않는 일방적인 말이었기 때문이다.

"왜? 이래도 안 돼? 이것도 안 된다면, 도대체 어떻게 해줘야 하는데? 해결해 보자고 날 찾아온 것이라 했잖아. 그럼 어떻게 해결할지 말해야지. 내가 어떻게 해줄까?"

"흐음……."

말이 길어질수록, 영인의 입이 거칠어지며 점점 흥분하기 시작했다. 근래 들어 보기 드문 일이었다.

요즘 영인은 되도록 체면을 생각해서 욕설을 자제하고 있었다. 그런데 반말은 기본이고, 얘기 중간중간에 욕설이 튀어나온 것이다. 그러나 아직 이성을 완전히 잃지 않았는지, 예전처럼 듣는 사람의 얼굴이 붉게 달아오를 정도로 험한 욕설이 난무하지는 않았다. 그만큼 영인도 스스로 자제하기 위해 최대한 노력을 하고 있었던 것이다. 하지만 분기를 원승지가 참지 못하고 검을 뽑아서 휘두를 수 있을 정도는 충분했다.

영인의 입에서 욕설이 튀어나올 때마다, 조마조마하게 지켜보고 있던 명규와 영도의 심장이 팔짝팔짝 뛰었다. 언제 원승지가 검을 뽑아 달려들지 몰랐기 때문이다. 하지만 영인이 끝까지 자제력을 잃지 않는 모습을 보이자, 둘은 안도의 한숨을 쉴 수 있었다. 정말 다행스러운 일이었기 때문이다. 최소한 상황이 최악으로 진행되는 것을 막을 수 있는 여지가 남겨졌기 때문이다.

하지만 긴장을 늦출 수 없기에, 명규와 영도는 최악의 상황이 벌어지지 않기를 바라며 촉각을 곤두세우기에 여념이 없었다. 그리고… 되도록이면, 큰 문제가 벌어지지 않기만을 바랄 뿐이었다.

第三章
의동생은 됐고, 차라리 친우하자. 어때?

휘이이잉~

갑자기 불어온 바람에, 나무에 간신히 매달려 있던 눈송이가 날아갔다. 산골짜기 안쪽을 통해 불어온 바람이라, 눈송이들을 하늘 위로 올려 보낸 것이다. 비록 하늘에서 내리는 눈이 아니지만, 연인이 정겹게 얼굴을 맞대고 대화를 나눌 수 있는 정도의 운치를 만들어냈다.

그러나······.

정작 운치를 감상하기엔 너무도 불편한 두 사람이 냉기를 풀풀 풍기며 서로를 노려보고 있었다.

"왜 말이 없지? 내가 어떻게 해줘야만 하냐고, 화산파가 원하는 것이 무엇이냐고 묻고 있잖아."

"···실력으로 증명하게. 화산의 호의를 승낙하지 않아도 무방

했다는 것을, 태 대주가 실력으로 확인시켜 주면 되네."

"비무를 하자는 것인가? 화산파가, 목 장문인이 원하는 것이⋯⋯."

"맞네, 사부님께서 제시한 방법이 바로 비무네. 따라서 나와의 비무를 통해, 태 대주는 자신을 증명하면 되네."

"흐음⋯⋯."

'빌어먹을! 비무를 하자고? 내가 그날 어떻게 깨졌는데, 그런 비무를 또 하자고? 이건, 비무를 통해 날 죽이겠다는 말이잖아.'

"만약 나와의 비무를 거절한다면, 다음엔 사부님께서 직접 태 대주를 찾게 될 것이네."

"크으흠⋯⋯."

사면초가.

영인으로서는 도저히 거절할 수 없는 상황에 직면했다. 목인청을 상대하는 것보다는, 그나마 한 번 상대해 봤었던 원숭지가 나았기 때문이다. 하지만 속에선 울화가 욱! 하고 치밀었다. 차마 입에 담지 못할 욕설들이, 목구멍을 벗어나 입 밖으로 튀어나가려고 발버둥을 쳤다. 하지만 죽을힘을 다해 잇몸을 꾹 악물며 참았다. 누군가 이 상황을 지켜볼 수도 있겠다는 생각이 뇌리를 번쩍 스치고 지나간 것이다.

'젠장할! 전생에 지은 죄가 정말 큰가? 이렇게 되면 비무를 거절할 수도 없잖아. 분명 모종의 지시를 받고 왔을 텐데⋯ 재수 없으면 이번에 사지 중 하나는 절단 나겠군. 완전히 비무를 가장한 사투잖아. 오른팔만 아니면 좋겠는데, 니미럴⋯⋯.'

"어떻게 하겠나, 태 대주? 비무를 하겠나?"

"…젠장! 거절하면 목 장문인이 온다며? 명문대파 장문인의 제자가 직접 협박까지 하는데, 비무를 거절하면 죽이려고 덤벼들지 않겠나?"

"사실을 알려줬을 뿐이지, 협박하지 않았네."

"그게 협박이지 뭐야! 여하튼! 내가 비무를 받아들이면 되잖아. 받아들일 테니까, 언제 싸울지 날짜하고 시간이나 정해."

"받아들이겠다니 다행이군. 그리고 비무는 지금 했으면 하네. 어차피 내일 각자 다른 방향으로 움직이게 될 테니까, 지금 아니면 서로 만날 수 있는 시간도 없지 않나."

"그… 렇군. 오, 오늘하면 되겠군……."

'빌어먹을 새끼! 나를 잡으려고 계획적으로 접근한 거였어. 오늘만 피하면 방법을 찾을 수 있을 것 같았는데…….'

실낱같은 희망조차 완전히 사라졌다. 이젠 죽어라 하고 싸우는 일만 남은 것이다. 말은 실력을 증명하는 비무였지만, 예상되는 것은 피 튀기는 혈투였기 때문이다.

죽지 않기 위해선 최소한 비겨야 하는데, 영인의 실력으론 어림없는 일이었다. 절정고수인 원승지와 대등한 격투를 벌이기 위해선, 목숨을 내놓지 않고서는 거의 불가능하기 때문이다. 영인이 아무리 영단을 복용하여 일 갑자가 넘는 절정의 공력을 지니고 있다 해도, 실력이란 공력이 전부가 아니기 때문이다. 당연히 천하가 공인하는 절정고수인 원승지와 영인은, 도저히 비교할 수 없는 현격한 차이가 있었다.

영인이 동의하는 듯하자, 원승지가 옆으로 움직이며 공간을 만들었다. 비무를 시작하기 위한 준비였고, 굳은 표정으로 영인을 주시하였다. 마치 온몸이 날카로운 검으로 변한 것 같았고, 영인의 움직임에 모든 신경을 집중했다.

"강자에 약하고, 약자에 강한 것이 세상임을 다시 한 번 느끼게 되는군. 지금정도면 충분히 벗어날 수 있는 위치라 생각했는데… 좋아! 세상이 나를 가만히 내버려 두지 않는다면, 내가 부수면 되지. 자, 시간도 없는데, 바로 시작하지."

스르릉~

"흠! 사부님께서 말씀하셨지, 모든 일에는 순리(順理)를 따르는 것이 좋다고. 또한 스스로는 순리를 따르고 있다 생각해도 역리(逆理)를 행하고 있을지 모르니, 항상 스스로를 되돌아 볼 줄 알아야 깨닫게 된다고."

"무슨 헛소리야? 비무 안 해……?"

"항상 자네를 볼 때마다 느낀 것이 있는데, 그것이 무엇인지 아나? 세상에 대한 적의와 불만이 가득한 시선으로, 보고 느끼며 판단하는 것이었지. 보기 딱할 정도로 안타까웠다. 마치 예전의 나를 보는 것 같았거든. 하지만 그것은 순리가 아니다. 순리란 스스로를 먼저 알아야 한다. 그리고 나 이외의 다른 사람을 생각할 수 있어야 하지."

"지랄하고 있네! 그런 것이 순리라면, 차라리 난 역리인지 뭔지가 훨씬 좋다. 나 혼자 잘 먹고 잘 살기도 벅찬데, 무엇 때문에 다른 녀석들까지 생각해야 하는데? 그리고 세상에 그런 정신 나간 새끼가 있으면 데리고 와봐. 세상이 그렇게 만만한 줄 알아? 씨팔! 계속 그렇게 되도 않는 소리나 주절거릴 거면, 차라리 내

칼이나 받아! 하아압~!'

획!

챙, 챙챙! 챙챙~!

갑자기 상황에 맞지 않게 고고한 성품을 지닌 학자나 도사처럼 말하는 원숭지의 모습이 보기 싫었다. 그에 더 이상 이상한 말로 정신을 흩뜨려 놓지 못하도록 선공을 가했다. 대단한 초식이 아닌, 그저 빠르게 우에서 좌로 그어 올리는 것이 다였다. 하지만 이후 연속해서 이어진 것은, 영인이 가장 자신있게 펼칠 수 있는 뇌격십팔도였다.

원숭지에게 조금이라도 타격을 주기 위해, 영인은 초반부터 빠르게 움직이며 칼에 내공을 실었다. 원숭지가 제대로 실력을 발휘하기 전에 승부를 걸어야만, 약간이나마 승산이 있다고 판단한 것이다.

영인의 판단이 적중했다. 호랑이가 달려들 듯 맹렬히 퍼붓는 공격에 내공까지 실리자, 원숭지의 검이 분주하게 움직이며 막는데 급급한 모습을 보였기 때문이다. 하지만 뇌격십팔도법이구 초식을 지나면서부터 원숭지의 움직임이 변하기 시작했다. 예전에 한 번 견식한 경험이 있었기에, 영인의 움직임을 예측할 수 있었던 것이다.

"예전보다 날카로워졌군. 움직임도 빨라지고, 상당히 예리해졌어. 더구나 발기가 가능할 줄은 몰랐군."

"흥! 예전의 내가 아니다. 지금처럼 그때 나한테 공력이 있었으면, 상황은 완전히 달라졌을 거다."

칙, 치이익~

깡! 깡깡, 까앙~!

영인과 원숭지가 각자의 도검에 본격적으로 공력을 담기 시작하자, 서로의 도검이 부딪칠 때마다 날카로운 무언가가 찢어지는 듯한 소음이 발생하며 사방을 가득 메웠다. 멀찌감치 떨어져서 관전하고 있던 명규와 영도가 깜짝 놀랐는데, 공력으로 귀를 보호한 후에야 편안하게 지켜볼 수 있을 정도였다.

'저런 것이 절정고수들의 비무인가? 대단하군.'

'저렇게 쉽게 발기가 가능하다니, 일류와 절정의 차이가 바로 저런 것이구나…….'

칙, 치이익~

깡! 깡깡, 까앙~

"이잇! 이것도 받아봐!!"

"헛! 크흠…….'"

초식이 거듭될수록 영인의 움직임에 자연스러움이 배어들었다. 초반의 딱딱하고 거친 움직임에서 벗어난 것이다. 평소 수련할 때처럼 초식과 초식의 자연스럽게 연결되고 이어지면서, 원숭지가 만들어내는 검막(劍膜)의 틈을 파고들기 시작한 것이다.

'그래, 나도 절정고수였어! 내 실력이, 이 정도였다고……!'

"하하하~ 받아라, 내 칼을 받으란 말이다! 그동안 공력이 없어서 빌빌거렸지만, 이제 나도 절정고수란 말이다."

"크흠…….'"

깡! 깡깡, 깡깡, 까앙~

칙, 치이익~

"영인의 실력이 저 정도였던가? 언제 저렇게 실력이 높아진 거야?"

"그러게… 정말 놀랍군. 우리 둘이 덤벼도… 패하는 것은 우리겠군."

"젠장! 영단만 몇 알 더 먹었어도……."

"흐흠……."

명규의 아쉬움이 가득 담긴 말에, 영도가 침음을 흘렸다. 공감이 갔기 때문이다. 반 갑자의 공력이면 결코 적은 것이 아니지만, 그렇다고 해서 높은 것도 아니었다. 무림에서 간신히 이름을 알리는 수준인 것이다. 그만큼 영인의 향상된 실력을 직접 보게 되자, 명규와 영도는 놀라움에 입을 다물 수가 없었다.

"이익! 빌어먹을~!"

"공력이 높아졌다고 해서, 실력이 높아진 것은 아니네. 틈이 너무 많아."

"그럼 공격해 봐, 방어만 하지 말고!"

"예전보다 나아졌지만, 아직 자신의 것으로 만들지 못했군. 진의를 파악하지 못한다면, 앞으로 실력은 나아지지 않을 것이네."

"주둥이로만 떠들지 말고, 실력을 보이란 말이다! 똥통에 빠져도 주둥이만 뜰 새끼야~!"

"크흠… 거친 입은 여전하군. 좋다.. 한 번 받아봐!"

획, 휘익~ 획획, 휘이익~!

지금까지 영인의 공격을 이리저리 막고 흘려보내며 방어만 하던 원승지의 검의 움직임이 달라졌다. 속도도 빨라졌지만, 무엇보다 송곳으로 찌르듯 들어오는 검의 궤적에 의해, 영인의 움직임에 제동이 걸렸다. 흐름이 끊긴 것이다.

원숭지의 공격에 영인은 정신이 하나도 없었다. 그리고 순간순간 얼마나 놀랐는지, 심장이 쿵쾅거리고 등에서 식은땀이 흘렀다. 생각지도 못했던 방향으로 공격이 들어왔기 때문이다. 연환초식을 펼칠 때 발생하는 초식과 초식 사이의 틈을 공격한 것이 아니라, 완전하다 생각했던 초식의 흐름을 뚫고 들어왔던 것이다.

"큭! 비, 빌어먹을~!"

쉭! 쉬이익~!

깡! 끼기긱, 깡깡~!

"생각하지 못했던 공격인가? 모두 자네 혼자서 수련했기 때문에 생긴 틈이네. 하나인 것 같은 초식에도, 흐름을 이어주는 고리가 있지. 초식과 초식 사이에만 고리가 있는 것이 아니란 말이네. 절정의 의미가 무엇인지 아나? 자신이 수련했던 무공의 진의가 무엇인지 초식 하나하나에 담긴 의미를 알았을 때를 말함이고, 그 모든 것을 자신의 것으로 만들었을 때를 최절정에 들었다 하네."

"크흠……."

"그런데 자네는 아무 생각없이 초식을 펼치고 있어. 예전에도 마찬가지였지. 아무리 내공이 절정의 경지에 이를 정도로 높아졌다 해도, 초식이 받쳐주지 않으면 아무 소용이 없다네. 초식에 내공을 담는 것이 아니라, 초식이 내공을 이끌어야 한다는 말이지."

"흐으음……."

'그, 그렇구나. 그랬어! 난 지금까지… 아~'

영인의 눈이 새롭게 떠졌다. 무공을 바라보는 시각이 바뀌었고, 새로운 세상을 본 것처럼 개안된 것이다.

깨달음.

원숭지가 한마디 내뱉을 때마다 자신의 무공에 대한 의구심이 들었고, 의표를 찌르는 듯한 공격에 깜짝 놀랄 때마다 느꼈던 부분이 새롭게 정리되기 시작했다.

원숭지의 검에서 매화꽃이 막 반개하려고 할 때, 영인의 움직임이 거짓말처럼 멈췄다. 사납게 움직이던 도극이 아래로 내려졌고, 다리가 땅에 뿌리를 박고 서 있는 석상처럼 움직일 줄 몰랐다.

"휴… 사부님께 뭐라고 해야 할지 모르겠군."

자신의 한 마디에 영인이 깨달음을 얻게 되자, 원숭지는 할 말이 없었다. 부족한 부분이 눈에 띄어 한마디 하게 된 것인데, 그것이 깨달음을 주는 결정적인 계기를 만들어주게 될 줄은 몰랐던 것이다.

"응? 허~ 이거참, 이미 절정의 문턱에 이르러 있었던가? 나도 얼마 전에야 깨달을 수 있었던 것을, 어찌……."

반 각이 조금 넘었을 쯤, 영인이 움직이기 시작했다. 하지만 영인이 무아지경에서 깨어난 것은 아니었다. 눈은 반쯤 감긴 상태였는데, 무엇을 생각하는지 초점이 없었다. 무의식중에 움직이고 있는 것이다.

원숭지는 영인의 움직임을 보면서 놀라움에 저절로 입이 벌어졌다. 자신은 사부인 목인청의 조언과 세세한 설명을 들은 후에야 정중정의 상태에서 깨달을 수 있었던 경지, 그것을 지금 영인은 동중동의 무의식 상태에서 깨달아가는 중이었기 때문이다.

'난 지금까지 뇌격십팔도를 완벽하게 깨달았다고 생각했다. 수련할 때마다 송 아저씨가 옆에서 조언도 해주었고, 또 완벽하다는 말도 해주었지. 그런데 아니었어. 뇌격십팔도는 자뢰마격검을 기초로 만들어진 것이다. 애초부터 완벽할 수 없는 것이었어. 그런데 아저씨와 난… 불완전한 변형에 지나지 않는 것을 보며 완벽하다 생각했었으니…….'

영인은 뇌격십팔도법을 처음부터 끝까지 시전하기 시작했다. 그리고 멈추지 않았다. 끝나면 처음부터 다시 시작하기를 반복했던 것이다. 처음엔 빠르게, 그리고 느리게 했다가 또 빠르게…….

반 시진 가까이 뇌격십팔도를 시전했다. 그런데 조금씩 영인의 손에서 펼쳐지는 뇌격십팔도가 변하기 시작했다. 새로운 것이 추가되고, 초식의 앞과 뒤가 바뀌기도 했다. 하지만 전혀 어색하거나 이상하지 않았다. 마치 원래부터 그랬던 것처럼, 영인의 손에서 펼쳐지는 뇌격십팔도법은 너무도 자연스러웠다.

크르룽, 크룽~

'그래, 이것이야! 이것이야 말로 진정한 뇌격십팔도다. 아저씨가 노력과 열정으로 만들었지만, 자뢰마격검이 지닌 의미를 깨닫지 못했다. 그렇기에 초식들이 지닌 의미와 맞지 않게 변형이 되었던 거였어. 초식이 지닌 의미, 그것이 먼저였던 거야…….'

"헉, 저게 뭐야? 뇌격십팔도가, 저런 위력이 있었던 거야?"

"그, 그러게……."

영인의 움직임에 명규와 영도의 눈이 튀어나왔고, 입에선 침이 흘러내렸다. 너무 놀라 정신을 차릴 수 없었다. 자신들이 수련하고 있는 뇌격십팔도법의 위용에, 온몸이 굳어버린 것이다.

명규와 영도 그리고 원승지의 놀람에도 아랑곳하지 않고, 영인의 움직임은 반 시진이 더 흘러도 멈춰지지 않았다. 아니, 오히려 더욱 이상해졌다. 마치 도법을 시전하는 것이 아니라, 검법을 시전하는 것 같은 움직임을 보이기 시작한 것이다.

원승지는 처음부터 영인의 움직임에서 한시도 눈을 떼지 않고 있었다. 그만큼 세밀한 관찰을 할 수 있었다. 더불어 영인이 어떤 무공을 익히고 있는지도 정확히 알게 되었다. 뇌격십팔도를 직접 시전할 수는 없어도, 머릿속에 그려낼 수 있게 된 것이다.

그런데 조금 전부터 이상한 일이 벌어졌다. 머릿속에 그려놓았던 뇌격십팔도의 궤적이 흐릿해지기 시작한 것이다. 영인의 칼이 이상한 방향으로 궤적을 그리기 시작하면서부터 벌어진 일이었다. 도저히 있을 수 없는 기사였다. 그에 깜짝 놀란 원승지는, 영인의 움직임에 더욱 집중하기 시작했다.

'뇌격십팔도의 원류는 자뢰마격검이다. 뇌격십팔도가 아무리 완벽하다 해도, 자뢰마격검의 아류(亞流)에 불과할 뿐이다. 자뢰마격검이야 말로, 나의 진정한 무공이다! 그리고 내 인생을 모두 건다고 해도 아깝지 않은 진리가, 자뢰전구류비록에 담겨 있다. 자뢰전구류비록을 완벽하게 깨달을 수 있다면, 난… 검신

이 될 수 있을 것이다……'

무의식중에서도 영인의 얼굴이 환하게 밝아졌다. 의미를 알 수 없는 미소가 입가에 걸렸는데, 마치 모든 것을 다 가진 듯한 자만이 지을 수 있는 미소였다.

크룽, 크르르룽~

지직, 지지직! 지찌직, 찌지지직, 쩡~!

"헉! 저, 저건 또 뭐야? 칼이… 칼에서 뇌전이 흐르고 있어!"

"나도 봤어. 뇌격십팔도, 뇌격… 헙! 뇌전을 만들 수 있단 말인가? 그래서 뇌격십팔도였던 거야?"

"서, 설마… 뇌격실팔도는 송 아저씨가 만들었다고, 분명히 영인이가 말했었어. 그런데 송 아저씨가 저런 걸 만들 수 있는 고수가 아니잖아?"

"그, 그렇지. 그럼 혹시……?"

"헉! 마, 말도 안 돼! 아무리 깨달음을 얻어 무아지경에 빠졌다고 해도 그렇지, 어떻게 한순간에 저런 위력적인 초식으로 변형시킬 수 있겠어? 있을 수 없는 일이야. 그걸 인정한다면, 세상 사람들이 미친놈이라고 할 거다."

"하지만 지금 우리 앞에서 벌어지고 있잖아."

"크으… 저 새끼, 완전히 미친놈이었어. 미친놈이 아니고서야, 어떻게 이런 일이 벌어질 수 있겠어. 안 그래?"

"미쳤다고 하기보다는… 천재였다고 해야겠지. 젠장……."

"니미… 럴."

가뜩이나 차이가 벌어져 있었는데, 이제는 도저히 올려다볼 수 없을 정도가 되었다. 속이 쓰렸고, 복통이 밀려왔다. 이젠 영인에게 개갤 수도 없을 것 같았다. 그만큼… 명규와 영도는 씁쓸함에 잠겼고, 입맛이 썼다. 축하해 주고 싶은데, 지금으로서는 쉽지 않았던 것이다.

명규와 영도가 느끼는 감정과 달리, 원승지는 손이 떨려올 정도로 충격을 받고 있었다. 이미 절정의 경지에 올라 있었기에, 보는 시각이 달랐던 것이다.

'이, 이것은 뭐지? 보는 것만으로도 답답하고 두렵게 만들다니… 이것이 사부님께서 말씀하셨던, 그 마기라는 것인가? 그렇다면 태 대주가 익히고 있는 무공이, 마공이었단 말인가? 설마…….'

원승지의 머릿속에, 예전 영인과의 비무 때 마지막에 보았던 모습이 떠올랐다. 그때는 약간 패도적인 무공을 익히고 있다고 넘겼었는데, 지금 다시 보니 패도보다는 오히려 마도 쪽에 더 가까운 느낌을 받았던 것이다.

절로 침음이 흘러나왔다. 침이 고이고, 머릿속이 헝클어졌다. 지금까지 이 정도로 마기를 외부로 표출하는 무공이 있다는 것을 보지도 들어보지도 못했기 때문이다. 아무리 무림이 소문과 전설이 난무하는 곳이라 해도, 지금 무림에서 그런 전설을 믿고 있는 사람은 거의 없었다. 200년 전의 무림 전성 시대는, 그저 한번 웃고 넘겨버리는 전설일 뿐이었다. 그런데… 지금 영인은 그 전설의 시대가, 그냥 전설이 아니라 사실일 수도 있다는 확신을 심어주고 있었다.

크롱, 지직, 지지직!

크르르롱, 지찌직, 찌지지직, 쩡~!

쩌정, 쩌엉! 쩌엉, 쩡~ 쾅! 콰아앙~!

"컥! 제, 제길! 끄으으으……."

털썩!

"헉! 여, 영인아!"

"뭐야? 갑자기 왜 그래?"

"이런! 내 불찰이다. 중간에 막았어야 했는데……!"

무언가 절정을 향해 질주하는 것처럼 분주하게 움직이던 영인이, 화포가 터지는 것 같은 뇌성과 함께 피를 토하며 쓰러졌다. 얼마나 큰 뇌성이 울렸는지, 무의식중에 귀를 틀어막을 정도였다.

관람하던 3명은 누가 먼저라 할 것 없이 영인이 쓰러진 곳으로 몸을 날렸다. 도착해서 보니, 영인은 이미 정신을 잃은 것 같았다. 수중에 들고 있던 칼은 이미 산산조각 난 상태였고, 조각난 파편들엔 뻔적뻔적하면서 눈을 시리게 만들었던 기운조차 남아 있지 않았다. 그나마 제대로 남아 있는 것은, 영인의 손에 쥐여져 있는 손잡이 뿐이었다.

"어떻게 된 것입니까, 원 소협?"

"흐음… 아무래도 주화입마에 빠진 것 같습니다."

"주, 주화입마? 어떻게 그런……!"

"제가 의원이 아니라 정확히 말을 할 수는 없지만, 일전에 사부님께서 깨달음을 얻을 때 주의해야 할 것들에 관해 들었던 것이 있습니다. 그런데 태 대주의 상태를 살펴보니, 사부님께서 말씀하셨던 상태와 비슷합니다. 태 대주가 무념무상의 상태에서 깨달음을 얻었지만, 그것을 공력이 뒷받침해 주지 못해서 이와 같은 사태가 벌어진 것 같습니다."

"공력이 부족해서라고요? 영인의 공력은 일 갑자가 넘는데, 어떻게 그런 일이 벌어질 수 있습니까?"

"맞습니다, 원 소협. 일 갑자라면 절정의 공력인데, 도대체 어떤 초식을 펼치려고 했기에 부족할 수 있단 말입니까?"

"그… 것은 저도 잘 모르겠습니다. 하지만 분명한 것은, 이 상태가 지속되면 태 대주의 목숨이 위험하다는 것입니다. 빠른 시일 안에 자하신단(紫霞神丹)과 같은 절세의 영단을 복용시켜야만 합니다."

"헉! 자하신단이요?"

"빌어먹을! 우리에게 그런 영단이 어디 있고, 또 어떻게 구할 수 있겠습니까?"

"니미럴! 그러게 욕심을 작작 부리지, 왜 무리해서 이렇게 돼? 왜, 이 병신 새끼야~!"

"꼭 그런 절세의 영단이 필요한 것은 아닙니다. 하다못해 자양보단 하나만 있어도 충분합니다. 그러나 너무 늦게 복용시키면, 겨우 숨만 붙이는 정도가 전부입니다. 제가 화산에 가면 구할 수는 있겠지만, 그렇게 되면 너무 시일이 늦어버리게 되니. 하아……."

"자양보단이요? 그, 그것이라면!"

"맞다! 어서 영인의 옷 속을 뒤져봐. 아직 복용하지 않고 숨겨둔 것이 있을지도 모르잖아."

"그렇지. 나중에 복용해야 된다고 하면서 투덜거렸었잖아. 제발 가지고 있어라. 어디… 소매엔 없고, 그럼 이쪽인가? 여기도 없잖아? 도대체 어디에 숨겨둔 거야? 호, 혹시? 설마 거긴 아니겠지. 그래도 모르니까… 웅? 이건가? 어디… 이, 있다! 있어!'

영도의 말에 따라 명규가 영인의 옷 속을 뒤졌다. 아직 기혈이 들끓고 있어 건드리면 안 된다는 원숭지의 말에, 최대한 조심스럽게 움직였다. 그러나 소매를 뒤져도 보고 허리춤과 가슴도 풀어헤쳐 보아도 나오지 않았다. 그에 없겠구나 하며 그만두려고 했는데, 평소 영인의 성격을 생각했을 때 절대 몸에 없을 수가 없었다. 그에 마지막이란 생각으로 하복부 밑으로 손을 뻗어보았다. 절대 만지고 싶지 않은 물건이 손 끝에 느껴졌지만, 꾹 참고 주변을 더듬었다. 그리고… 드디어 찾고 있던 물건을 손에 쥘 수 있었다.

"어디, 정말 있었네? 그런데, 그건 자양보단이 아니잖아?"

"그래? 내가 복용했던 의보양신단도 아니야. 그럼 이건 뭐야……?"

"나 부대주, 주머니에 글자가 있습니까? 영단이라면, 무슨 영단인지 표기가 되어 있을 것입니다."

"그렇지. 어디보자… 창궁(蒼穹)이라고 쓰여 있는데, 혹시 이것이 무엇인지 원 소협은 아십니까?"

"창궁이라며, 혹시 남궁세가의 창궁뇌력단……? 어떻게 그 영단이 태 대주에게 있는 것입니까? 창궁뇌력단은 남궁세가에서도 귀하게 취급하는 것인데… 그리고 조금전 두 분의 말씀 중에 자양보단과 의보양신단을 복용했다고 하셨는데, 어떻게 된 일입니까?"

"그거요? 모두 폐하께서 하사해 주신 것입니다. 그나저나 지금 중요한 것은 그것이 아니지 않습니까. 원 소협, 이 정도면 되겠습니까?"

"그… 렇군요. 흠, 창궁뇌력단이라면 자양보단엔 못 미치지만, 지금이라면 충분히 가능합니다. 태 대주를 앉힌 후, 바로 복용시키시지요."

"알겠습니다, 원 소협."

원승지가 시키는 대로, 명규와 영도가 쓰러져 있는 영인을 바로 앉힌 후 영단을 입에 넣어주었다. 영인이 정신을 잃고 있기에 그냥 넣어주기 애매했지만, 차마 직접 씹어서 넣어줄 수 없기에 자연스럽게 녹아서 목구멍으로 흘러들어 갈 수 있도록 했다.

"끄응."

"아직 살아 있구나."

"그러게, 정말 다행이다. 이것으로 주화입마에서 벗어나야 할 텐데……."

"벗어날 거다, 벗어나야만 해. 벼락을 맞고도 살아난 놈이다. 이따위 주화입마에 죽을 놈이 아니라고……."

"그래, 이렇게 죽을 녀석이 아니지."

"으으……."

영인은 목구멍을 통해 들어온 창궁뇌력단이 위장에 이르자, 무의식적으로 자뢰심공을 운공하기 시작했다. 아직 기혈이 뒤틀린 상황까지 진행되지 않았지만, 위험한 순간인 것은 틀림없었다. 자칫 실수라도 하면 목숨이 여별로 있지 않는 한 끝인 것이다.

원숭지는 영인이 정신을 차리고 심법을 운기하는 것처럼 보이자, 안도의 한숨을 내쉬었다. 처음엔 자신이 영인의 명문혈에 기를 주입하여 운기를 도와주려고 했으나, 영인이 마공을 익히고 있을 수도 있기에 행할 수가 없었다. 자칫 자신의 도움이 영인을 최악의 상황으로 내몰 수 있었기 때문이다. 그렇기에 초조한 심정으로 지켜보아야만 했는데, 다행히 스스로 위험한 고비를 넘긴 것이다.

무의식중에 영인은 자뢰심공을 극성으로 이끌고 있었다. 제정신이 아닌 상태임에도 불구하고 자신이 위험한 상황임을 알고 있는지, 약력을 최대한 끌어 쓰기 위해 몸부림을 치는 것이었다. 다행히 아직까지 완전하게 용해되지 않았던 소환단이 창궁뇌력단의 약력을 받쳐주기 시작했다.

크르르릉~ 쾅, 쾌앙! 쾌아앙~!

"컥! 끄으으음……."

영인의 얼굴이 고통스럽게 변하면서, 입가에 실낱같은 핏물이 흘러내렸다. 차마 지켜보는 것만으로도 위태위태해 보였는데, 핏물까지 흐르자 지켜보는 사람들 모두 초조함을 감추지 못했다.

그러나 시간이 조금 흐르자, 오히려 영인의 얼굴에서 빛이 나며 편안한 표정으로 변했다. 마치 득도한 고승이 모든 것을 관조하는 듯한 표정이었다. 그에 상황이 어떻게 진행되는지 알 수 없었던 명규와 영도가 원숭지를 향해 얼굴을 돌렸지만, 원숭지 역시 정확한 상황을 알고 있지 못했다. 단지 어떤 상황이 벌어지고 있는지 짐작만 할 수 있었다. 긴가민가하면서……

'설마 깨달음이 내공을 이끌어 내고 있는 것인가? 어떤 깨달음을 얻었기에……'

원승지의 짐작대로, 영인의 내부에선 큰 변화가 일어나고 있었다. 백회혈에 막혀 칠 성에 머물러 있었는데, 깨달음을 얻고 영단의 약력이 뒤를 받쳐 주자 자뢰심공이 힘을 발휘하기 시작한 것이다.

한 번, 두 번…….

단전에서 빠져나간 진기가 백회혈을 두드렸다. 그러나 백회혈은 굳건히 버텼다. 침입을 결코 허용하지 않겠다는 듯, 진기가 수십 번 부딪쳐도 끄떡없었다. 하지만 두드리면 두드릴수록 힘은 배가되었고, 잠겨 있던 문이 서서히 금이 가기 시작했다. 그리고 영단의 모든 약력이 단전에 녹아들었을 때, 마치 용이 하늘을 향해 승천하듯, 영인의 모든 진기가 한꺼번에 단전을 빠져나가 백회혈로 솟구쳤다.

쾅!

하늘이 열렸고, 생사현관이라 불리는 백회혈이 열렸다. 자뢰심공을 수련하는 데 있어서 가장 어려운 관문이 뚫린 것이다.

이후 진기는 거침이 없었다. 백회혈이 뚫린 후 천주(天柱)와 대추(大推)를 비롯해서, 신주(身柱)와 영대(靈臺) 등 가장 중요한 여덟 개의 혈이 모두 뚫린 것이다.

임독양맥의 타통.

생사현관이라는 백회혈까지 뚫렸기에, 완벽한 임독양맥의 타동이었다. 100년의 공력이 있어도 쉽지 않은 일이었는데, 그에 미치지 못한 공력을 가지고 성공한 것이다. 절정을 넘어서 최절정의 경지에 이르는 깨달음이 없었다면, 아무리 영단을 복용했다 해도 결코 성공할 수 없는 일이었다. 그리고… 깨달음을 통한 성장이기에, 영인의 모공이 모두 열리면서 외부의 기운을 끌어들이기 시작했다. 단전이 확장되면서 깨달음에 걸맞은 성장을 시작한 것이다. 한마디로 기적이었고, 세상에 다시 볼 수 없는 기사였다.

"하아, 오기조원을 넘어, 삼화취정의 경지에 올랐단 말인가?"

"삼화취정? 저게 삼화취정이라고……?"

"이거참. 오늘은 희한한 것만 구경하는군."

외부의 기운을 끌어들이면서, 영인의 몸이 지면에서 석 자 정도 떠올랐다. 그리고 얼마 지나지 않아 적청흑백황의 빛을 지닌 기운이 정수리로 서서히 오르기 시작하더니, 이내 적청황의 삼색을 지닌 꽃이 피어나기 시작했다.

삼색의 꽃이 제 모습을 갖추는데 많은 시간이 흘렀다. 거의 반 시진 정도 흐른 후에야 완전한 꽃이 만들어진 것이다. 그리고 반 각 정도 시간이 더 흐르는 동안, 영인의 정수리에 자리 잡은 기화(氣花)는 석가여래의 후광처럼 영인의 정수리 근처에서 빙빙 돌면서 자신의 존재를 유감없이 뽐냈다. 완전한 삼화취정의 경지에 이른 것이다. 그 후 기화는 서서히 그 모양이 흩어지기 시작했고, 영인의 콧속으로 빨려 들어갔다.

"후~"

번쩍!

"흡! 흐음."

"컥, 눈에서 빛이……."

"아~"

참으로 긴 시간이었다. 생사의 고비를 넘긴 것치고는 짧은 시간이었지만, 옆에서 지켜보던 3명에게는 피를 말리는 시간이었다. 하지만 영인이 멀쩡하게 눈을 뜨자, 모든 것이 거짓말처럼 느껴졌다. 주화입마에 빠진 후 한 시진이 조금 넘게 흘렀을 뿐인데, 사람이 달라도 너무 달라졌던 것이다.

"왜 그래? 내 얼굴에 뭐가 묻었어?"

"아, 아니. 그런데 괜찮냐? 움직일 수 있냐고……?"

"그래, 영인아. 한번 일어나 봐라. 너 주화입마에 걸렸었다고, 우린 죽는 줄 알았단 말이다."

"알고 있다. 웃차! 자, 멀쩡하지? 너희들도 나중에 한 번 경험해 봐, 주화입마도 걸려볼 만하더라."

"뭐? 이런 미친 새끼! 주화입마가 걸려볼 만하다고? 간신히 살아난 주제에……."

"할 말이 없다. 명규 말대로, 넌 정말 미친놈이다."

"후후……."

'그래, 난 미친놈이 맞다. 하지만 말이다. 주화입마에 빠졌을 때, 병신이 되느니 죽는게 낫다는 생각으로 미친놈처럼 운기했기에 살아날 수 있었던 거다. 그렇지 않았다면… 지금 너희들 얼굴을 보지 못했겠지.'

"다행이군. 그리고… 축하하네."

"흐음… 축하라……?"

"모두 태 대주의 복이네. 태 대주의 무공을 대하면서 안타까움을 느꼈고, 약간의 조언을 해준 것뿐이네."

"아니, 내겐 결정적인 조언이었다. 아마⋯ 평생 잊지 못할 충고가 될 것이다. 고⋯ 맙다."

"하하~ 태 대주에게 고맙다는 소리를 들을 줄은 몰랐네. 오늘은 내 인생에 있어서, 가장 기억에 남는 날이 될 것이네. 하하하."

"그렇게 생각해 준다면 고맙군⋯⋯."

영인의 입에서 고맙다는 말이 나올 생각도 못했던 원승지는, 막상 고맙다는 말을 듣게 되자 웃음이 나왔다. 상황이 웃겼던 것이다. 비무 상대가 성장할 수 있도록 도와준 것이니, 할 말도 없었다.

이제 더 이상 비무를 할 필요가 없었다. 오히려 원승지가 피해야 하는 상황이 된 것이다. 영인의 경지가 짐작되었기 때문이다. 도저히 일어날 수 없는 일이었지만, 영인에게서 이따금씩 느껴지는 중압감을 느낄 수 있었다, 자신은 상대가 아니라고.

입맛이 썼다. 오랜 세월 뼈를 깎는 고생을 하며 간신히 이룬 경지인데, 영인은 한순간에 그 경지를 멀찌감치 뛰어 넘었기 때문이다.

"비무⋯ 계속할까?"

"하하, 난 미치지 않았네. 자네가 주화입마를 당하기 전이라면 모르겠지만, 이젠 내가 자네를 감당하기 벅차네. 내 전부를 거는 상황도 아니고⋯ 훗, 지금은 목숨이나 건질 수 있을지 모르겠군."

"⋯아쉽나?"

"그럼 태 대주라면 아쉽지 않겠나? 사부님 명에 의해서지만, 태 대주를 징계하기 위해 온 것이네. 그런데 지금은 내가 꼬리를 말아야 하는 처지가 되었으니… 이거참, 사부님을 뵐 면목이 없군."

"그런가? 일부러 피하는 것은 아니고……?"

"응? 왜 그런 생각을 했나, 태 대주?"

"그렇지 않나? 난 확신하고 있는데. 만약 날 상대할 수 있는 비기가 없다면, 그렇게 편안한 얼굴로 날 대할 수 없을 테니까."

"하하, 이거참… 확실히 최절정의 문턱을 밟은 것 같군, 아니면 이미 들어섰거나. 무림에 신성이 등장한 건가? 아니지, 태 대주 정도면 신성이 아니라 거성이겠군. 만약 태 대주가 무림에 뜻을 두고 있다면, 무림은 태 대주로 인해 몸살을 앓게 되겠군."

"……."

"흠, 맞네. 태 대주의 말대로, 내겐 태 대주를 상대할 숨겨진 비기가 하나 있기는 하네. 순수한 실력으로는 태 대주를 상대할 수가 없겠지만, 최선을 다한다면 양패구상을 하던가 간신히 목숨을 건질 수 있는 정도지. 하지만 그것은 화산의 무공이 아니네. 그렇기에… 오늘의 비무는 더 이상 할 수 없을 것 같네."

"그렇군."

영인은 원승지의 말을 인정했다. 실력만 본다면 확실히 밑이었지만, 무언가 꺼려지는 것이 느껴졌기 때문이다.

"그럼… 술이라도 한 잔 할까? 어차피 내 실력을 증명하면 되는 것이었잖아. 그리고 충분히 증명한 것 같은데."

"맞네, 증명했지. 그리고 태 대주와 술 한 잔 하는 것도 괜찮기는 한데… 술을 마시는 것도 좋지만, 이참에 나하고 의형제를 맺으면 어떻겠나? 난 항상 태 대주가 동생처럼 느껴져 좋았는데……."

"의형제? 동생……?"

"그렇네. 태 대주만 승낙하면, 난 지금이라도 태 대주를 동생으로 생각하겠네."

"이거 미치겠네, 누가 동생이라는 거야? 그렇게 나하고 인연을 맺고 싶어?"

주화입마에서 벗어난 후 원승지를 대하는 영인의 말투가 달라져 있었다. 반말이 아닌, 서로 반공대를 했다. 그런데 원승지의 입에서 의형제와 동생이란 말이 튀어나오자, 지금까지와는 달리 막말이 입에서 튀어나갔다.

"인연이란 만들면 좋지 않겠나?"

"젠장! 그럼 의동생은 됐고, 차라리 친우하자. 어때?"

"허, 친우라……."

"여기 있는 명규가 나보다 아홉 살 많고 영도도 여덟 살 많다. 그런데 나하고 친우하고 있지. 내가 알기로 명규하고 동갑으로 알고 있는데, 그럼 충분하지 않을까?"

"크흠… 하하, 좋네. 그렇게 하지."

"명규야, 승지가 우리들하고 친우를 맺겠다고 한다. 이런 날, 술 한 잔 해야지? 앞장서 봐, 화월이도 없는데 술이나 죽어라고 한번 먹어보자."

"빌어먹을 새끼! 내가 돈이 어디 있냐? 모두 너한테 뺏겼잖아!"

"가랑이 속에 숨겨둔 거, 다 알고 있다. 지저분한 새끼, 그걸 거기다 감추는 놈은 너밖에 없을 거다. 자, 가자! 뜨끈뜨끈한 화주가 우리를 애타게 부르고 있잖아."

"그럼, 영단이 들어 있던 주머니를 물건에다 매달고 다닌 넌 뭐냐? 내가 지저분하면, 넌 변태다."

"뭐? 그럼……?"

"그래, 내가 네놈 목숨 살리려고 물건 좀 주물렀다. 어쩔 건데?"

"이… 개새끼! 감히 어디다가 손을 대? 넌 오늘 죽었어, 거세를 하고 말겠다."

"네놈이나 거세해, 변태새끼야. 왜 나를… 으악, 사람 살려~!"

"하하, 하하하~"

"니미럴. 하루도 조용한 날이 없군."

산속이라서 그런지, 태양은 벌써 모습을 감추기 시작했다.

술 한 잔 하기엔 좀 이른 시간이었지만, 그래도 새로운 친우가 생겼기에 영도는 즐거웠다. 더욱이 그 친우가 원숭지라면, 명규가 아니라 자신이 직접 산다고 해도 전혀 아깝지 않았다. 그만큼 원숭지와 친우가 된다는 것은 영도의 인생에서 가장 뜻깊은 일이었고, 영원히 기억에 남는 일이 될 것이다.

第四章
도대체… 당신은 누구죠? 어떻게 그런…

숭정제는 황제에 등극한 후 지금까지 5명의 대학사와 14명의 병부상서를 교체했다. 또한 죽이거나 자살을 강요한 독사 및 총독이 원숭환 외에도 10명이나 되었다.

14명의 병부상서 중에서 왕흡(王洽)은 옥중에서 죽었고, 장봉익(張鳳翼)과 양정동은 독살을 당했다. 또 양사창(楊嗣昌)은 스스로 목을 매달았고, 진신갑(陣新甲)은 참수형을 당했다. 그나마 전종룡(傅宗龍)과 장국유(張國維), 그리고 왕재진(王在晉)과 웅명우(熊明遇) 등은 면직당한 후 투옥되는 가벼운 징계를 받은 것이다.

숭정제가 무엇을 우려하는지 잘 알고 있던 대신들은 되도록 병권에서 멀리 있는 자리를 원했다. 그리고 병권을 지녔던 대신들은, 살아남았다는 것 자체만으로도 조상들에게 고마움을 느낄 정도였다. 숭정제에게 병권을 받은 대신은, 등청할 때마다 가족들에게 유언을 남겼다. 또한 집에 돌아오면 살아남은 것에 감사하며 조상에게 절을 올릴 정도였다. 그만큼 숭정제는 스스로 망국의 조건을 만들었고, 지금에 와서는 국운을 일으켜 세우고 싶어도 이미 민심이 멀어진 후였다. 어떻게 할 수가 없는 형국이 된 것이다.

더욱이 북쪽에선 청나라가 산해관을 넘기 위해 호시탐탐 기회를 엿보고 있었다. 그렇다고 남쪽도 안전한 것은 아니었다. 왜구들과 벽안을 가진 색목인들이 들끓었기 때문이다. 백성들에게 해금령이 내려질 정도로, 바다는 거의 이들의 차지였다. 해적들 중 상당수가 이들과 관계를 맺고 있었기 때문이다.

거기다 내부에서조차 숭정제를 무섭게 압박하고 있었다. 사천성에 자리를 잡은 장헌충이라면 몰라도, 유적이라 불리는 이자성은 북경을 포위하며 진격해 오고 있었던 것이다. 숭정제에게 있어서 당장 급한 불은, 대신들뿐만 아니라 자신 역시 가장 우려했던 청나라보다 직접적인 위협을 가하고 있는 이자성이었다.

명나라는 내우외환으로 전국이 몸살을 앓고 있었고, 숭정제는 매일 밤마다 자신의 목이 떨어지는 악몽에 시달리고 있었다.

태화전(太和殿).
숭정제가 군신들과 조정의 일을 논하는 대전이었다.
용좌에 앉아 있는 숭정제와, 양옆에 도열해 있는 군신들은 침묵 속에 빠져 있었다. 이따금씩 침음소리가 울리는 것을 제외하

면, 대전은 너무도 조용해 사람이 있다는 것이 느껴지지 않을
정도였다.

청나라의 공격이 시작된 이후 한시도 조용한 적이 없던 곳이
지만, 그래도 이 정도로 분위기가 무거웠던 적은 별로 없었다.
대부분 위급한 현안을 타개할 방법을 논의하기 위해 대신들 간
의 논쟁이 오갔던 곳이기에, 정적만이 흐르는 태화전은 숭정제
와 대신들에게도 생소한 느낌을 주었다.

"흐음… 그대들도 이자성이 보낸 격문을 보았는가?"

"보았습니다, 폐하."

숭정제의 손엔 이자성이 보낸 것으로 되어 있는 격문이 들려
있었다. 격문엔 '이달 초 15일에, 북경에 도착하겠다.' 는 문구
가 적혀 있었다. 숭정제를 비롯한 모든 군신들을 두려움에 떨게
할 정도의 내용인 것이다.

"어떻게 했으면 좋겠는가? 이자성이 이끄는 유적군이 창평에
주둔해 있다고 들었다. 그대들은 침묵으로 일관하지 말고, 어서
이 위기를 어떻게 타개할 것인지 말하라. 어떻게 수비할 것인
가, 이 말이다!"

"……."

"신 공부상서 범경문(范景文) 아뢰옵니다, 폐하. 지금이라도
남천(南遷)을 하시는 것이 옳은 듯하옵니다."

"신 이방화 및 항욱의 의견도 범 상서와 같사옵니다."

"남천을 하잔 말이지……?"

"그렇사옵니다, 폐하……."

"흐음……."

숭정제는 범경문과 이방화 등을 바라보았다. 그리고 중윤(中允) 이명예에게 시선을 주었다. 이들의 시선엔 반드시 남천을 해야 한다는 간절한 의지가 담겨 있었다. 그러나 대다수의 군신들은 남천에 반대한다는 듯 침묵으로 일관하였다.

남천을 가장 먼저 주장한 것은 숭정제였다. 그것도 이 년 전 청나라가 한창 산해관을 공격 중이던 시기였다. 또한 이자성이 산서성을 공격하며 승승장구할 때도, 대세가 기울었다 생각하여 남경으로 천도할 것을 모색했었다. 그러나 뜻을 이루지 못했다. 급사중(給事中) 광시형(光時亨) 등 대부분의 문무대신들이 반대를 하였기 때문이다.

원래 황제 본인의 생명과 관계되는 상황에서 수도를 옮기겠다는 것은, 스스로 결정하면 끝나는 것이었다. 대신들의 의견을 물어볼 필요도 없었던 것이다. 그러나 숭정제는 죽어도 체면을 중시하는 사람이었다. 남천은 조종 황실의 종묘와 사직을 돌보지 않고 도망치는 것이기에, 후세의 비웃음을 받을 것을 겁낸 것이다.

숭정제의 본뜻은 신하들이 남천을 간청하면, 두세 번 사양하다 마지못해 신하들의 건의를 받아들여 자신의 체면을 살리면서 북경을 떠나는 것이었다. 하지만 숭정제는 자신의 이런 뜻을 직접 신하들에게 얘기할 수 없었다. 체면이 서지 않는 일이었기 때문이다. 그에 숭정제는 조용히 기다리며 신하들이 알아서 해주기를 바랐다.

그러나 당시 신하들은 이러한 숭정제의 뜻을 전혀 눈치를 채지 못했다. 더욱이 평소 고지식하고 앞뒤가 꽉 막혔다는 소리를 듣던 광시형 등을 필두로, 대부분의 신하들이 반대를 하고 나선 것이다. 숭정제로서는 참으로 통탄할 만한 일이었다. 그런데 이번엔 공부상서 범경문 등이 나서서 남천을 주청하고 있었다.

"폐하."

"그것은 절대 아니되옵니다, 폐하. 어찌 한 나라의 군주가 백성들을 내버려 두고 황도를 떠날 수 있단 말입니까. 그것은 있을 수 없는 일입니다, 폐하."

"허허~ 아직도란 말인가?"

"……"

읊조리는 듯한 숭정제의 나직한 말을 들었음에도 불구하고, 광시형 등의 신하들은 침묵으로 일관했다. 이에 황망함을 느낀 범경문 등이 다시 나서려고 했으나, 숭정제가 손으로 제지했다.

"폐하……"

"허허, 됐다. 짐이 망국의 군주가 아니라, 그대들이 망국의 신하로다."

"흐음……"

"폐, 폐하."

숭정제는 깊숙이 대전 바닥에 고개를 처박고 있는 광시형 등을 날카로운 시선으로 바라본 후, 소매를 떨치고 태화전 밖으로 나갔다. 더 이상 문무백관들과 논의를 할 기분이 아니었다. 위기를 타계할 모든 방법을 동원해도 모자를 판에, 고지식한 논리나 내놓고 있는 것이 못마땅했기 때문이다.

숭정제는 태화전을 나오면서, 오전에 있었던 일을 떠올렸다. 마

침 자신의 생각을 대변해 주는 상소가 올라왔던 것이다. 중윤 이
명예의 상소였다. 이명예가 상소를 올려 남천을 해야 나라가 바로
설 수 있다고 주청한 것이다.

그에 숭정제는 오전에 이명예를 불러 접견했다. 더욱이 좌우
를 물리고 이명예를 어전까지 부르는 파격적인 일을 행한 것이
다.

"그대가 올린 상소인가?"

숭정제는 손에 쥐고 있던 상소문을 이명예에게 건네주었다.
상소문에는 '오로지 남천만이 시급함을 해결할 수 있다'고 쓰
여 있었다.

"그렇사옵니다, 폐하."

"그렇단 말이지? 흐음……."

이명예의 확답에, 숭정제는 사방을 둘러보고 아무도 없자 조
용히 말했다.

"짐은 그런 생각을 한 지 오래 되었다. 그런 상소를 올렸으니,
나름 생각을 했을 터. 남으로 가는 길은 어떻게 했으면 좋겠는
가?"

"네 갈래로 병사를 두고 방향을 잡는 것이 좋을 것입니다, 폐
하."

"네 곳으로 말인가? 그렇다면 한 곳은 짐이 움직이는 것이겠
군."

"맞습니다, 폐하. 폐하께서는 가볍게 차려입으시고 소로를
통해 남행하신다면, 20일이면 안휘성 회상(淮上)에 도착할 수
있을 것입니다."

"그런가? 20일이면 된단 말이지? 흐음……."

그 후로 이명예와 간담을 나눈 숭정제는, 대신들이 태화전으로 등청할 시간이 되자 이명예를 물렸다. 그리고 오늘밤 초경(初更), 즉 술시(戌時)에 다시 올 것을 명했다.

술시가 되었고, 이명예는 숭정제의 부름을 받아 태화전으로 입실했다.

"어서 오너라."

"망극하옵니다, 폐하."

태화전에 입실한 이명예는 숭정제가 반갑게 맞이하자, 감읍한 나머지 어찌할 줄을 몰랐다. 사실 모든 문무백관들이 퇴청을 한 이후 한밤중에 황제가 신하를 따로 만나는 일은, 유례를 찾아보기 힘들 정도로 특별한 일이었다. 그런데 숭정제가 직접 맞이해 주고 있었으니, 이명예로서는 생각지도 못한 환대였다.

"그렇게 서 있지 말고, 이리 가까이 오라."

"폐, 폐하……?"

이명예는 숭정제가 손으로 가리키는 곳을 바라보았다. 그곳은 바로 숭정제가 사용하는 어안(御案) 앞이었다. 그에 깜짝 놀란 이명예가 숭정제를 바라보자, 숭정제는 고개를 끄덕이며 재차 가까이 오라고 손짓했다.

이에 이명예는 황망하여 놀란 가슴을 진정시키고, 숭정제의 어안 앞으로 갔다.

"오전에는 짐이 그대와 깊은 대화를 나누지 못했다. 그래, 생각은 해보았는가?"

"예, 폐하."

"그래? 그럼 짐이 급히 남으로 가려 한다면, 누가 짐을 맞이해 줄 수 있겠는가?"

"강서성 구강총독(九江總督)으로 있는 여대기를 폐하고 원계함(袁繼咸)을 임명한다면, 폐하께서 구강(九江)을 거쳐 남경으로 향하는데 큰 도움이 될 것입니다."

"원계함이라… 그럼 도중에 어떤 관리에게 군수물자를 조달하게 하면 좋겠는가?

"천진순무(天津巡撫) 풍양원(馮梁願)에게 함선(艦船)을 준비하도록 하고, 병부시랑(兵部侍郎) 장진언(張縉彦)에게는 북경에서 천진으로 향하는 길을 준비하라 명하시면 충분할 것입니다."

"그럼 짐은 나중에 어디에 주둔하면 좋겠는가?

"산동성의 제녕(濟寧)과 안휘성의 회안 모두 군사적인 요지입니다. 그러하기에 폐하께서 믿고 맡길 수 있는 인물에게 관직(官職)을 제수하여 요새를 설치하도록 명하십시오. 더욱이 그곳은 군사적 요충지이기에 나중을 위해서라도 요새를 설치하는 것이 좋을 것입니다."

"무슨 말인지 알겠다. 그런데 짐이 황성을 떠난다면, 황후와 황자들은 어떻게 했으면 좋겠는가?"

"폐하께선 황후마마 및 황자분들과 동행하시면 아니되옵니다. 그렇게 되면 적들이 금방 알아차릴 것이고, 추격대를 보낼 것입니다."

"흐음……."

"그리고 만약 황후마마와 황자분들이 중간에 적들에게 추격을 당하시더라도, 폐하께서 제령과 회안 두 곳에 요새를 만들어두신다면 충분히 패퇴시킬 수 있을 것입니다."

"그럼 황후와 황자들에겐 누구를 따르게 하는 것이 좋겠는가?"

"호부와 병부의 당상관이면 될 것입니다."

숭정제의 물음에 답하는 이명예는 주저함이 없었다. 이미 숭정제가 질문할 내용을 알고 있었기에, 오늘 내내 그 질문의 답을 생각하고 있었기 때문이다.

숭정제와 긴요한 대화를 나눈 이명예는, 이경(二更)이 되어서야 황궁을 나올 수 있었다. 그만큼 둘은 많은 대화를 나누었는데, 이는 숭정제가 신하들이 반대하는 남천을 얼마나 하고 싶었는지를 말해주는 일이었다.

이명예가 돌아간 후, 숭정제는 잠시 혼자 고민하더니 내관태감(內官太監) 왕승은(王承恩)을 불렀다.

"신 왕승은 들었사옵니다, 폐하."

"그래, 왕 태감은 짐의 말을 잘 듣도록 하라."

"알겠사옵니다, 폐하. 하명 하십시오."

"병부시랑 장진언에게 천진까지 빠르게 갈 수 있는 길을 알아보라 전하고, 천진순무 풍양원에게 강의 얼음이 풀리면 남하할 수 있도록 직고구(直沽區)에 300척의 함선을 준비하라 이르라. 또한 구강총독으로 여대기를 대신하여 원계함을 임명할 것이니, 원계함에게 제녕과 회안에 요새를 만들어 짐을 맞이할 준비를 하라 이르라."

"폐, 폐하……?"

"왜 그러는가, 왕 태감?"

"아, 아니옵니다. 소신은 그저……."

"뭘 말하고자 하는지 알겠다. 그러나 왕 태감은 짐의 명만 이행하면 된다, 알겠느냐? 그럼 아무 일도 없을 것이다."

"화, 황공하옵니다."

"그래. 단! 명심해야 할 것이 있다. 이 일은 그 누구도 알아서는 아니된다. 그 누구도! 황궁에선 짐과 왕 태감만 알면 족할 것이다. 왕 태감, 무슨 말인지 알겠느냐?"

"성, 성심을 다하겠습니다."

왕승은이 밖으로 나가자, 숭정제는 두 눈을 감으며 생각을 정리했다. 오늘하루 여러 가지 일을 했지만, 이후 결과가 어떻게 될지는 알 수 없었다. 다만 최악의 상황을 대비하고자 한 것이다. 그러나 이것을 대신들이 어떻게 받아들일지 모르는 일이었다.

'남천만이… 위태로운 나라를 살리는 길이다. 사방이 적으로 둘러싸이게 되면, 나라의 명운은 끝이다. 내 대에서 그런 일이 일어나게 만들 수 없지 않은가…….'

＊　　　＊　　　＊

"야, 조금만 더 가면 선부라고 했지?"

"그래. 이렇게 쉽게 선부까지 가게 될 줄 누가 알았겠냐?"

"맞는 말이다. 대동하고 거용관을 지키던 장수가 투항할 줄은 아무도 몰랐지. 오군도독부 중 최정예라 불리는 곳들인데……."

"이미 민심이 우리에게 기울었다는 증거가 아니겠냐. 그들도 민심을 읽은 것이지. 그리고 선부총병도 같은 결정을 내렸을 거다."

"과연 그럴까?"

"아따, 내 말이 맞다니까 그러네. 믿으라고."

"홋, 그래. 그런데 선부총병이 누구라고 했지?"

"이보명(李輔明)이라고 하더라. 들리는 소문으로는 꽤 괜찮은 인물이라고 하던데, 그거야 직접 대면하지 않고는 모르지."

"그렇지. 그 사람도 네 말처럼 대동의 왕박(王樸)이나 거용관의 당통(唐通) 총병과 같이 백성들을 위해서라도 투항을 해야 할 텐데……."

"야, 입은 삐뚤어졌어도 말은 바로 하라고 했다. 왕박이나 당통 총병이 백성들을 위해서 투항했냐? 모두 자기들 살려고 투항했지. 여하튼 대동과 거용관 요새에 있는 병력보다, 선부에 있는 병력이 훨씬 적다고 하더라. 잘해야 만 명 정도일거고, 아니면 팔천 명을 간신히 넘는 수준일 거다. 그 정도 병력으로 사기가 충천해 있는 우리를 막을 수 없어. 막는다면 영무관처럼 모두 개죽음뿐이지."

"흐음……."

"응? 영도야, 아까부터 왜 그렇게 우거지상이야? 속이 이상하냐?"

"아니다, 그냥……."

'아, 다른 곳처럼 선부도 투항을 해야 할 텐데, 제발 그래야 하는데…….'

"아까부터 뭘 그렇게 생각하는 거야? 여하튼 선부총병을 아직 보지 못했지만, 아마 지금쯤 투항한다고 사신을 보냈을 거다. 자신의 힘으로는 절대 막을 수 없다는 것을 알았을 테니까. 흠, 이렇게 되면 북경까지 탄탄대로군. 선부만 넘으면 북경까지 천천히 가도 일주일 거리니까, 황궁이 멀지 않았다고."

"그래, 네 말대로 황궁이 멀지 않았다."

대동과 거용관의 요새를 수비하던 총병과 장수들은, 명규의 말대로 명나라와 숭정제를 향한 민심이 완전히 떠났음을 느꼈다. 더욱이 산서총병 주우길과 장수들이 어떻게 죽었는지, 그리고 영무관을 지키던 병사들이 단 한 명도 살아남지 못했음을 알게 되었다. 그에 이자성과 대순군이 자신들의 요새 앞까지 왔을 때, 아무런 저항없이 투항하였다.

이자성은 이들의 투항을 흔쾌히 받아들였다. 그리고 지금까지 해왔던 것처럼 북방을 지키는 장수로서 책무를 다할 것을 명했다. 그들의 지위를 인정해 준 것이다.

명규의 말대로, 선부에 다다르자, 사신이 미리 기다리고 있었다. 사신으로 선부총병 이보명이 직접 왔는데, 이자성과 장수들은 이보명의 안내를 받으며 요새 안으로 들어섰다. 선부도 대동과 거용관처럼 투항을 한 것이다.

이로써 이자성은 큰 피해없이 북방을 안정시키게 되었다. 가장 우려했던 곳들이었는데, 예상치 못한 투항으로 인해 큰 성과를 낸 것이다. 이제 북경으로 향하기만 하면 되었다. 북경까지는 탄탄대로였고, 거치적거리는 적들도 없었다. 큰 고비를 무사히 넘긴 이상, 이자성에게 있어서 황궁과 숭정제는 쉬운 먹잇감에 지나지 않았다.

"하하, 역시 내 말이 맞지? 내가 뭐라고 했냐, 분명히 투항한다고 했잖아."

"그래, 너 잘났다. 잘난 놈이 술이나 한 잔 사라."

"웅? 그게 무슨 말이야? 술을 내가 왜 사……?"

"황궁비……."

"젠장! 알았어, 사면되잖아. 대주란 놈이 매일 부하나 협박해서 술만 먹을 생각을 하고 있으니, 이래서야 보위대가 근위대를 넘어설 수 있겠냐?"

"내가 문제냐? 모두 너하고 영도가 실력이 모자라서 그런 거잖아. 그리고 내가 가르쳐 준 건 제대로 하고 있냐? 각자 10명씩 뽑아서 가르치라고 한 건 어떻게 됐냐?"

"빌어먹을 새끼, 그 얘기를 지금 왜 꺼내?"

"그러니까 궁시렁거리지 말고 술을 사면 되잖아. 아까 보니까 번화가에 꽤 큰 홍루가 있었던 것 같던데……."

"이곳이 북경이냐? 그리고 비루먹을 서생들이 과거시험을 보는 공원(貢院)이라도 있냐? 이런 곳에 홍루가 있긴, 어디 있다고 그래?"

"그런가? 그럼 내가 잘못 봤나 보네. 쩝, 이참에 홍루가 어떻게 생겼는지 보고 싶었는데… 아쉽다."

"아쉽긴 뭐가 아쉬워? 나중에 북경에 가서 보면 되잖아. 내가 예전에 남경에 갔다가 강남공원(江南貢院)이라는 곳을 들렸었는데, 그 주변엔 사내들 심금을 울리는 기녀들로 항상 북적거렸다. 황제와 고관대작들이 있는 북경이니까, 아마 그곳은 남경보다 더 할 거다. 그러니까 홍루는 북경에 가서 구경하자."

"그렇긴 하겠네. 자! 그럼 뭐해? 어서 앞장서야지."

"빌어먹을… 늦게 배운 놈이 밤새는 줄 모른다더니, 딱 너보고
한 말이다. 내가 미쳤지. 너한테 화월이를 안겨준 것이 잘못이었
다. 젠장, 그때 그냥 모른 척하고 있었어야 했는데……."

"이미 지나간 일이야, 그리고 세상에 공짜가 어디 있냐? 내가
공짜로 얻어먹는 거야? 무공을 가르쳐 줬잖아."

"한두 번이 아니잖아!"

"자자, 받은 만큼 주는 것이 세상의 이치고 순리가 아니겠
냐… 순리, 순리를 따라야지."

"순리? 미친……."

"하하, 이번에도 네가 영인에게 진 것 같네. 자자, 그렇게 울
상 짓지 말고 어서 가자. 오늘은 내가 살 테니까."

"헙! 정말? 정말로 영도 네가 사는 거야? 하하, 그렇다면 나야
뭐……."

"웅? 갑자기 네가 왜……?"

"자자, 빨리 따라와. 오늘 정말 기분이 좋군. 하하~"

"명규야, 갑자기 쟤 왜 저렇게 기분이 좋아진 거냐? 오전엔
우거지상이더니……?"

"나야 모르지. 그게 뭐 대수냐, 술하고 여자만 있으면 되지.
자, 가자고."

"그렇기는 하지만, 흐음……."

영인과 명규는 앞장서 걸어가는 영도의 뒤를 따랐다. 거침없
이 걷는 것이, 마치 이곳의 지리를 잘 아는 것 같았다.

"야, 아는 곳이라도 있냐? 어디로 가는데, 그렇게 빨리 걸 어……?"

"이곳은 내가 예전에 한 번 와본 곳이야. 아직까지 영업을 하 고 있을지 모르지만, 예전엔 사내놈들 혼을 빼놓을 정도로 미인 들이 많은 곳을 알고 있다. 지금 그곳으로 가고 있으니까, 빨리 와."

"정말? 오, 그렇다면 빨리 가야지. 아직 초저녁이니까, 빨리 가면 예쁜 애들 끼고 놀 수 있겠다."

"그럼 어서 가자. 그나저나 오늘은 영도가 사는 거니까, 다음 엔 네가 사라, 알았지?"

"뭐? 영도가 사면 됐지, 내가 왜……?"

"앞으로 날 보지 않을 거면 마음대로 해. 나 혼자 먹어도 되니 까, 아니면 영도하고 사이좋게 나눠먹어도 되고……."

"빌어먹을! 다음엔 내가 살게, 꼭 산다고…! 이, 술독에 빠져 뒈질 새끼! 기녀 치마폭에 쌓여 복상사 할 새끼야."

영인과 명규는 한참 앞서 걸어가고 있는 영도의 뒤를 따라잡 기 위해 걸음을 빨리 했다. 티격태격해 봐야 이득 되는 것이 하 나도 없으니, 차라리 내일 아침 즐거운 기분으로 침상에서 일어 날 수 있도록 영도를 꼬드기기 위해서였다.

"북성환루(北聲懽樓)?"

"이곳이야? 꽤 큰 곳이네, 분위기도 좋고."

"어머, 어서 오세요. 이쪽으로… 몇 분이세요?"

"셋이네. 그런데… 얼굴이 눈이 익은데, 이곳에 오래 있었 나?"

"호호, 소녀가 그런 소리를 자주 듣습니다. 그러니까 이렇게 손님들을 맞고 있는 것이지요. 자, 안으로 드십시오."

"그런가? 흐음… 분명 본 적 있는 얼굴인데……?"

영도는 여인을 보며 고개를 갸웃거렸다. 하지만 안내를 하고 있는 여인은 손님들이 늘 말하는 요식적인 행위라는 듯 가볍게 넘겼다. 그에 얼마나 있었는지 좀 더 물어보고자 했지만, 이미 영인과 명규가 안내를 받으며 안으로 들어서고 있었다.

"와, 여긴 별천지네?"

"좋게 봐주셔서 감사합니다."

"아니야, 정말 놀라워. 북방의 침입을 저지하는 마지막 관문이라 들었는데, 이 정도 규모의 청방이 자리할 정도로 선부가 번화한 곳인 줄은 몰랐군. 든든한 요새가 있어서 그런가?"

"야, 뭘 그렇게 물어? 딱 보면 모르겠냐? 아마 선부총병 이보명이 뒤를 봐주고 있겠지. 안 그래?"

"무슨 그런 말씀을, 하지만 모르는 외지분들이 오시면 그런 말씀을 하시곤 합니다. 물론 저희가 장사를 하는데 있어서 든든한 요새가 있다는 것이 큰 힘은 되지만, 이 총병님께서 뒤를 봐주시지는 않습니다. 저희들도 한번 이곳에 모셨으면 했는데, 매번 자리를 피하시며 만나주시지 않았습니다."

"그래?"

"그 양반, 고자 아냐? 아니면 풍류를 모르는 벽창호던가. 이 좋은 곳을 왜 안와? 더구나 공짜로 모시겠다는데."

"예, 저희로서도 안타까운 일이지요. 만약 이곳에 오셔서 저희들과 하룻밤만 보내셨다면, 저희 북성환루의 규모가 지금과 같지는 않았겠지요. 풍녕(豊寧)과 흥륭(興隆), 그리고 옥전(玉田)에 있는 청루들보다 더욱 큰 규모가 됐을 겁니다."

"대단한 자신감이군."

"자신감이 아니라 사실입니다. 오늘밤 손님들께서 직접 경험하시면, 소녀가 빈말하지 않았음을 아시게 될 겁니다."

여인의 장담에 옆에서 듣고 있던 명규의 입이 양옆으로 길게 찢어졌다. 사실이든 아니든 중요하지 않았다. 중요한 것은 북방에 이름난 청루들과 경쟁할 수 있는 기녀들이 있다는 것이었다.

하지만 정작 대화를 주고받았던 영인의 표정은 아무런 변화가 없었다. 오히려 살짝 굳어지면서 이마에 주름이 잡혔다. 그동안 청루를 출입하면서 한 번도 없었던 일이었다. 그러나 아무도 영인의 표정을 자세히 살펴보지 않았다.

"그 말이 사실이면 좋겠군."

"직접 경험하면 알게 된다잖냐. 하하, 영도가 이런 곳을 알고 있었다니, 앞으로 좀 더 친하게 지내야겠다."

"어떻게 하시겠습니까? 이쪽으로 가시겠습니까, 아니면 좀 더 안으로 들어가시겠습니까? 안에는 별채가 따로 준비되어 있습니다."

"별채?"

"와우~! 안쪽에 별채가 있다면, 당연히 들어가야지. 이봐, 영도! 안쪽에 별채가 있다고 하는데, 우리 별채로 들어가는 거지?"

"그래, 별채로 가자. 오랜만에 옛날 기억을 떠올려 주는 곳에 왔는데, 그 정도는 돼야겠지. 그대가 이곳 총관인 것 같은데, 지금부터는 따로 말하지 않은 테니까 알아서 준비해 주게."

"그래그래. 저 친구 말대로 알아서 준비해 줘. 아, 아까 이 총병을 대접하지 못해서 아쉽다고 했었지? 만약 오늘 대접이 실망스러우면, 이 총병이 뒤를 봐주고 있어도 내일부터 문을 닫아야만 할 거야, 알았나? 그러니까 총관이 알아서 신경을 써야 할 거야."

"호호, 알겠습니다. 소녀가 특별히 신경 써서 모실 테니 실망하시지 않을 겁니다. 만약 실망하신다면, 소녀가 대신 술값하고 화대를 계산하겠습니다. 자, 안으로 드세요, 잠시 후 술상을 넣어 드리겠습니다."

"총관, 정말 마음에 드는군. 그럼 총관만 믿고 있겠네. 뭐하고 있어? 자자, 어서 들어가자고. 총관이 알아서 준비한다잖아."

명규의 성화에 영인과 영도가 별채 안으로 들어갔다. 비록 들어가기 전에 총관에게 한마디 하기는 했지만, 미모가 되는 여인들만 안으로 들이라는 말을 우회적으로 한 것이었다. 기분 좋게 들어와서 깽판치고 갈 일은 없기에, 되도록 좋은 시간을 만들어 주었으면 하는 부탁을 한 것이다. 별다른 의미가 없는 말이었다.

그리고 받아들이는 총관 역시 언제나 듣던 말이었기에, 큰 의미를 두지 않았다. 아니, 아예 의미 자체를 생각하지도 않았다. 다만 명규가 안으로 들어가며 모습을 감추자, 그동안 입가에 걸렸던 미소가 사라지며, 그 자리에 싸늘한 냉소가 들어섰다.

'훗! 웃기고 있네. 자기가 뭐라고 이 총병님을 들먹여? 겨우 백부장 정도밖에 안 되는 것들이……'

아무리 선부총병 이보명이 이자성에게 투항하였다지만, 좋게 봐줘도 영인 등이 총병을 아랫사람처럼 말할 정도로는 보이지 않았다. 더욱이 이보명은 사고(私庫)를 풀어 백성들에게 선정을 베풀 정도로 인품도 뛰어난 관리였다. 그런데 명규가 마치 아랫사람을 대하는 것 같이 말했으니, 총관이 못마땅한 표정을 짓는 것이다.

더구나 이보명은 선부를 장가구(張家□)라는 또 다른 지명으로 불리게 만든 장가(張家)와 밀접한 관계를 맺고 있었다.

장씨무가(張氏武家)는 선부 일대뿐만 아니라 하북성 서북부에 막대한 영향력을 행사하는 가문이었다. 명나라 조정뿐만 아니라 오이라트국과 타타르국, 그리고 청나라와도 밀접한 관계를 형성하고 있었다. 특히 상가도 직접 운영하고 있었기에, 그 영향력은 세인들이 상상하는 것 이상이었다. 그렇기에 아무리 선부를 무력으로 장악한 대순국의 장수라 해도, 장씨무가와 밀접한 관계를 가지고 있는 이보명은 쉽게 대할 수 없는 인물인 것이다.

방으로 들어서고 반 각 정도 지나자, 상이 휘어질 정도로 푸짐하게 차려진 술상이 들어왔다. 모두 여인들이 들고 들어왔는데 한눈에 보아도 정성스럽게 차렸음을 알 수 있을 정도였다. 당연히 영인 등의 눈을 즐겁게 만들어주었다.

"손님, 아이들은 어떻게 하시겠습니까? 제가 알아서 모실까요, 아니면 직접 고르시겠습니까?"

"어떻게 할까, 영인아? 한 번 골라볼까?"

"나한테 왜 물어? 오늘 술값은 영도가 내잖아."

"아, 그렇지! 영도야, 어떻게 할까?"

"훗, 알았다. 이왕이면 직접 고르는 것이 좋겠지. 그러니까 그런 눈으로 보지 마라."

"오, 역시!"

"총관, 괜찮은 애들로만 추려서 들여 보게."

"호호, 알겠습니다. 아직 이른 시간이라, 저희 북성환루에서 예쁜 애들은 모두 들어올 겁니다. 자, 안으로 들어오너라."

총관의 명이 떨어지자, 5명의 여인들이 한껏 자태를 뽐내며 안으로 들어왔다. 자신들의 이름을 소개하고, 잘 봐주기 바라며 다시 밖으로 나갔다. 그렇게 여섯 번 같은 일이 반복되고 난 후, 총관이 영인 등을 향해 시선을 주었다. 이제 웬만큼 봤으니, 어서 고르라는 재촉의 눈길이었다.

영인은 입이 다물어지지 않았다. 쉽게 한 명을 고르지 못할 정도로, 정말로 예뻤다. 영인의 동정을 앗아간 화월이보다 열배, 백배는 더 예뻤다. 하지만 마음속으로 고른 여인이 없는 것은 아니었다.

"내가 먼저 고르지. 마지막 두 번째 여인으로 하겠네."

"예? 아, 항예화(恒霓華)를 말씀하시는군요. 호호, 정말 탁월한 선택입니다. 그리고 축하드립니다."

"응? 그게 무슨 말인가? 갑자기 축하라니……?"

"손님께서 항예화를 선택하실 줄 몰랐습니다. 사실 항예화는 몸을 파는 청기가 아니라 기예를 지닌 홍기입니다. 더구나 이곳에 온 지 보름도 되지 않았기에, 아직까지 사내의 손길을 받아본 적이 없는 동기입니다. 저희가 큰 마음먹고 얼마 전에 북경에서 데리고 온 아이이오니, 예쁘게 봐주시기 바랍니다."

"오, 그런가?"

"뭐, 뭐야? 정말이야? 이봐, 총관. 정말 동기가 맞나?"

"그렇습니다. 소녀가 장담하니, 믿으셔도 됩니다."

"이런, 제길! 야, 너 정말 운 좋다. 가만있어 보자! 총관, 그럼 항예화 같은 동기들이 또 있나?"

"호호~ 예, 아직 넷이 더 있습니다. 한 번 손님의 운을 시험해 보십시오."

"그래? 그렇단 말이지? 흐음… 이거참, 대단한 장사 수완이로군."

"호호~ 감사합니다, 손님."

명규의 말대로, 북성환루가 성장할 수 있게 된 가장 큰 이유가 바로 사내들의 손을 타지 않은 동기들의 꾸준한 유입이었다. 더욱이 동기들은 손님들에게 직접 소개시켜 주는 것이 아니었다. 무조건 함께할 기녀는 직접 손님이 선택해야 했는데, 이런 방침이 손님들에게 스스로의 운을 시험하는 동시에 흥분과 성취감을 느끼게 만들었다. 그리고 자연스럽게 선부에 들릴 때마다 찾게 만들었다.

"어디, 내 운을 시험해 볼까? 흐음… 세 번째 중에서, 중간에 서 있던 여인으로 하지."

"그럼 나는 두 번째 중에서 마지막에 서 있었던 여인으로 하겠네."

"이런, 손님들께선 운이 없으시네요."

"크, 빌어먹을."

"흐음."

도대체… 당신은 누구죠? 어떻게 그런… **133**

"호호, 그렇게 서운해 하지 않으셔도 됩니다. 그 아이들도 상당히 뛰어난 미색을 지니고 있으니, 손님들을 실망시키지 않을 것입니다. 그럼 소녀는 이만……."

"잠깐, 총관은 잠시 나하고 얘기를 나눌 수 있겠나? 몇 마디면 되네."

"옛? 알겠습니다. 그나저나 이곳에선 퇴기(退妓)나 다름없는 소녀를 예쁘게 봐주시니, 감사합니다."

총관의 말마따나, 기녀 나이 서른 줄이면 퇴기 정도가 아니었다. 북성환루 같은 곳에선 일을 할 수 없는 나이인 것이다. 그나마 미모가 받쳐주기에 총관 일을 하고 있는 것이지, 그렇지 않았다면 전국을 떠돌며 이리저리 몸을 팔았을 것이다.

영인 등의 옆에는 선택받은 여인들이 자리했다. 이미 한 잔씩 마신 상태였는데, 여인들의 미색이 워낙 뛰어나서 그런지 분위기가 이른 시간인데도 불구하고 농밀해졌다.

그러나 총관을 옆에 앉힌 영도의 표정은 상당히 굳어 있었다. 무언가 말을 하고 싶은데, 쉽게 입이 열리지 않고 있었던 것이다.

"왜 그러세요, 손님? 하실 말씀이 있으면, 편안하게 말씀하셔도 됩니다. 설마… 소녀보고 오늘밤을 함께하자는 말씀은 아니겠지요? 호호, 소녀야 좋지만……."

"…수, 수홍(秀虹)이냐……?"

"옛?"

"수홍이냐고 물었네, 총관. 화수홍(華秀虹)."

"어, 어떻게 제 이름을……?"

"마, 맞구나! 맞았어, 화수홍. 아~"

"누구시기에 소녀를……?"

총관 화수홍은 자신을 알고 있는 듯한 영도를 바라보았다. 이미 화수홍이란 이름은 팔 년 전에 잊었다. 그런데 갑자기 처음 보는 건장한 사내가 자신을 알고 있으니, 화수홍은 살짝 긴장하며 자신이 알고 있는 사람들을 생각해 보았다.

"헉! 호, 혹시… 거, 걸…?"

"그래, 화매. 나 영도다, 걸영도. 널 잊어야만 했던, 그 걸영도다."

"아~ 거, 걸……."

화수홍은 몰라보게 달라진 영도의 모습을 보며 할 말을 잊었다. 옛날의 풋풋했던 모습은 전혀 찾아볼 수 없을 정도로 많이 변했던 것이다. 물론 자신 역시 세월이 흐르고 처한 상황이 변하면서 많이 달라졌지만, 영도의 변화에 비하면 조족지혈이었다.

"휴, 여, 영도 오라버니였군요."

"화, 화매……?"

"응? 뭐야? 영도야, 왜 그래?"

"야, 아는 사이였냐? 아까부터 고개를 갸웃거리더니… 그런데 그 표정들은 뭐야? 혹시 예전에 서로……?"

"그래, 내… 첫 여인이었고, 첫 사랑이었다. 9년 전이다. 아니, 거의 10년은 됐겠구나."

"그랬구나……."

영인과 명규는 선부로 오기 전부터 영도가 이상했던 이유를 알 수 있었다. 옛 추억의 끈을 만날 수 있다는 실낱같은 희망, 하지만 그 끈이 사라져 버렸으면 어떻게 하나 하는 걱정과 고민……. 절로 고개가 끄덕여졌다. 그리고 영도의 바람이 이루어진 것을 마음속으로나마 기뻐해 주었다. 그것이 가슴 아픈 사연을 확인시켜 주는 자리가 될 지라도…….

"당시 별 볼일 없었던 내가 함께하기엔, 화매는… 아까운 여인이었다. 어떻게든 함께하려고 했는데…….

"흑, 오라버니…….

"화매, 난… 휴~ 화매는 아직까지 날 원망하고 있나 보구나. 이제는 화매의 입에서 걸… 랑이라는 소리를 들을 수 없겠구나."

"아니에요, 오라버니를 원망하지 않아요. 그러나 제 마음속에 오라버니를 담고 있기엔, 세… 세월이 많이 흘렀어요."

상당히 분위기가 좋았었는데, 영도와 화수홍으로 인해 한순간에 착 가라앉았다. 영인과 명규의 표정이 살짝 굳어졌다면, 옆에 앉아 있던 기녀들의 표정은 애잔하게 변했다. 자신들도 나중에 화수홍과 같은 처지가 될 수도 있다는 생각이 들었기에, 가슴이 답답하고 떨렸던 것이다.

"그래, 세월이… 많이 흘렀지. 너도 많이 변했구나. 그러나… 아직 내 눈엔 네가 꽃보다 더 아름답게 보이는구나."

"홋! 오라버니는 옛날에도 그런 소리를 하더니, 지금도 여전하네요. 이젠 소녀도 퇴기가 다 됐는데…….

"그렇지 않다. 넌… 지금도 아름답다."

"고마워요, 오라버니."

"그래… 그런데 넌 그동안 어떻게 지냈느냐? 아직 이곳에 있는 것을 보니……."

"아니에요. 이곳은 소녀가 운… 흠! 그나저나 오라버니는 어떻게 지냈어요? 대순군에 가담한 건가요? 그렇다면 수많은 전투를 치렀을 텐데, 혹시 다치신 곳은 없지요?"

"난 괜찮다. 그리고 걱정해 주는 친우들이 함께 있어, 전혀 위험하지 않다. 흠, 그날 내가 아무 말없이 사라진 건……."

"정말 다행이에요. 친우들이 이분들인가요? 다시 인사드립니다. 오라버니와 예전에 알고 지내던 화수홍이라고 합니다."

"아, 우리는 보위……."

"수홍아, 그날 난……."

"알아요, 오라버니. 그날 왜 아무 말없이 떠나야 했는지, 모두 알고 있어요. 그러니까… 애써 아픈 일을 들추어내려고 하시지 않아도 되요."

"그, 그렇구나. 너도 알고 있었구나… 미안하다, 수홍아."

"아니에요. 당시 오라버니로서는 어떻게 할 수 없는 상황이었어요. 그러니까 자꾸 그런 말… 하지 마세요."

"그… 알았다."

영도와 화수홍 간에 잠시 침묵이 흘렀다. 그러나 목구멍으로 술이 한잔 들어가기 시작하자, 분위기는 자연스럽게 옛 추억을 떠올리게 되었다. 가슴 아픈 추억이 아닌, 둘이 함께 웃고 기뻐했던 추억들이었다. 그리고 술이 얼큰하게 취해갈 때 쯤, 의도적으로 피했던 추억들이 조금씩 고개를 내밀기 시작했다. 비록 아프고 다시는 기억하고 싶지 않았던 추억들이지만, 술기운을 빌어 털어내기 시작한 것이다. 최대한 조심스럽게, 그러나 둘의 표정은 무덤덤했다. 그렇게… 옛 연인들은 옛날 그때의 일을 속삭이며 술잔을 기울였다.

둘의 대화에 귀를 기울이고 있던 영인은, 문득 이상한 생각이 들었다. 화수홍이 영도에게 뭔가를 감추는 듯한 느낌을 들게 만들고 있었기 때문이다. 그에 왜 그런지 생각하게 되었고, 처음 화수홍을 대면했을 때가 떠올랐다.

영인이 볼 때, 북성환루는 다른 청루와 달랐다. 달라도 너무 달랐다. 그리고 화수홍이 영도와의 대화에서 겉도는 이유도 그것에 있을 거란 판단이 들었다. 그에 영인은 둘의 대화가 멈춰지는 순간을 기다렸다. 비록 의구심이 들었지만, 자신으로 인해 즐겁게 둘만의 추억을 나누는 자리에 끼어들고 싶지 않았기 때문이다. 그리고… 대화가 멈추었다.

"흠! 둘이 한창 얘기 중이라 끼어들지 않으려고 했는데, 궁금한 것이 있군. 화 총관, 하나만 물어봐도 되겠나?"

"예, 물어보세요."

"둘 사이의 추억을 깨는 것 같아 미안하지만… 총관은 이곳에서 정확히 어느 정도의 지위에 있는 것인가?"

"옛? 그게 무슨… 소녀야 당연히 총관이지요."

"그런가? 한데 말이야… 요즘 기루의 총관은, 그대처럼 무공을 익히나? 하긴, 전쟁 중이라 지킬 것도 많기는 하겠지. 세상 참 살기 힘들어졌군."

"옛? 그 무슨……."

"뭐라고? 화 총관이 무공을 익혔다고?"

"수홍이가 무공을 익혔다니, 그게 무슨 말이야? 정확히 말해
봐, 영인아."

"오라버니, 아니에요. 저분이 뭔가 잘못 아신 겁니다. 소녀가
어떻게 무공을 익힐……."

"너하고 비슷한 수준이다, 영도야. 정말 대단해, 그리고 참으
로 서글프군. 몸을 파는 기녀들까지 무공을 익혀야만 하는 세상
이라니… 너도 그렇게 생각하지 않냐, 예화야?"

"소, 소녀는……."

창! 차창!

"헉! 뭐, 뭐야?!"

영인의 한마디에, 방 안은 싸늘한 공기가 맴돌았다. 당황한
것도 잠시, 예화 등은 빠르게 일어서며 출입문을 막아섰기 때문
이다. 그에 깜짝 놀란 명규가 칼을 뽑아들고서 경계 태세를 갖
추었다. 지금까지 먹은 술이 한순간에 날아갈 정도였다.

일촉즉발.

다만 어찌할지 갈피를 잡지 못하고 있는 영도만이, 화수홍을
향해 진의를 묻는 눈빛을 보내고 있을 뿐이었다.

"빌어먹을! 영인아, 이게 뭐야? 어떻게 된 거야?"

"글쎄, 모든 것은 화 총관이 설명해 주겠지. 그렇게 서 있지
말고 앉기나 해. 술잔을 따라주던 여인들을 향해서, 그 무식한
칼을 휘두를 거냐?"

"야, 무공을 익혔다며? 무공을 익힌 여인이, 여인이냐? 그리
고 화 총관이 영도와 같은 수준이라면 거의 일류수준이라는 말
인데, 어떻게 앉아?"

"앉으라면 앉아라, 여기서 칼부림 나지는 않을 테니까."

"그걸 네가 어떻… 끄응, 젠장! 마음대로 해라."

영인의 말에도 불구하고, 명규는 한동안 어떻게 할지 결정을 내리지 못하고 서 있었다. 하지만 영인이 앉으라는 말을 흘려 넘길 수가 없기에, 침음을 흘리며 원래 앉았던 자리에 엉덩이를 붙였다.

"정말이냐, 화매? 정말 화매가 무공을 익힌 거냐?"

"뭘 더 확인해? 이미 무공을 익혔다고 기녀들이 행동으로 다 보여줬잖아."

"흐음……."

"휴~ 죄송해요, 오라버니."

"아……."

"그런데… 어떻게 아셨지요? 지금까지 소녀가 무공을 익히고 있다는 것은 아무도 몰랐는데. 더구나 예화까지… 이미 선택하기 전에 알고 계셨던 것 같군요."

"그냥 느낌이 오더군. 원래 나 정도 실력이 되면 알게 되나 봐. 무공을 익혔는지는 기본이고, 대략 어느 정도의 실력을 가졌는지도 알 수 있더군."

"옛? 그게 무슨……? 그렇다면 설마?"

영인의 장난 같은 설명에, 화수홍은 한순간 숨이 멈출 것 같은 충격을 받았다. 영인이 스스로 절정을 넘어섰다는, 최절정의 경지에 들어선 고수라 말하고 있기 때문이다.

영인의 말대로, 최절정의 경지에 이르면 다른 사람의 경지를 살짝 엿볼 수 있게 된다. 물론 절정고수도 하수들을 보면 알게 되지만, 그런 거와는 차원이 달랐다. 몸 밖으로 발산되는 기운을 통해 느끼게 되기 때문이다. 그렇기에 최절정의 경지에 오른 고수들은, 굳이 비무를 통해 서로의 우열을 가리지 않는다.

화수홍은 영인의 말을 도처히 믿을 수 없었다. 최절정고수란, 이렇게 쉽게 만날 수 없는 인물들이기 때문이다. 그만큼 최절정의 경지에 오른 고수도 별로 없었고 만나기도 쉽지 않았다. 대부분 무림을 영도하고 있는 대문파나 세가의 수장들이거나, 개인적으로 큰 영향력을 행사하는 극소수에 불과하기 때문이다.

"그런데, 내가 알게 된 것이 그렇게 중요한가?"

"도대체… 당신은 누구죠? 어떻게 그런… 그리고 걸 오라버니는……."

"뭐가 그렇게 궁금한가? 그리고 내가 누구인지 알면 달라지나? 난 단지 그대가 영도와의 대화에 진실로 임했으면 해서 끼어들었을 뿐이다. 팔 년 전 일은 대략적이나마 말하고 있는데, 그 이후부터 지금까지의 일은 전혀 설명하지 않더군."

"뭐라고요? 단지 그 때문에……?"

"그래. 영도는 진심을 담고 있는데, 그대는 아니었거든. 오래된 추억이잖아. 상대가 진심을 담았으면, 그대도 진심을 담아야지. 그게 함께 추억을 나눈 상대에 대한 배려가 아닌가? 그렇지 않으면… 영도가 너무 비참해지지 않겠어?"

"그 말씀은… 이곳이 어떤 곳인지, 정말 모르신단 말씀이군요. 그런가요?"

"이곳이 청루지, 다른 곳인가? 술과 여자를 파는 청루. 더 이상 내가 무엇을 알아야 한다는 거지? 혹시 다른 목적으로 만들어진 곳인가?"

"아닙니다, 청루가 맞습니다. 술과 여자들이 몸을 파는, 청루
가 맞습니다."

"그럼 됐네. 나도 청루로 알고 왔고, 그대도 청루라고 말하니
까 청루가 확실하잖아. 흠! 예화야, 그렇게 서 있지 말고 이리 와
서 술이나 따라라. 너한테는 아직 검이 어울리지 않는다."

"그… 초, 총관님……."

영인의 말에 예화가 당황한 듯 화수홍을 향해 시선을 주었다.
그에 화수홍은 고개를 살짝 끄덕였다. 굳이 무리해서 충돌을 일
으킬 필요가 없었고, 또한 상대를 이길 수 있을 것 같지도 않았
기 때문이다.

"휴, 오늘처럼 당황스럽긴 처음입니다. 아무래도 다시 인사
를 드려야겠군요. 소녀는… 하오문(下午門) 북청루(北青樓) 선부
지부의 향주로 있는 화수홍이라 합니다."

"하오문이라……."

"하오문? 영인아, 내가 잘못 들은 거 아니지? 하오문하면 무
림의… 그 하오문밖에 없는데……?"

"맞습니다, 그 하오문입니다."

"하, 하오문이라니……."

"미안해요, 오라버니. 말해줄 수 없는 비밀이라, 소녀도 어쩔
수 없었어요. 우리 추억은… 다음에 따로 만나서 얘기하기로 해
요."

화수홍의 말에 눈만 깜빡일 뿐, 영도의 정신은 이미 멀리 떠
난 후였다. 상당한 충격을 받은 것이다. 도저히 입이 다물어지

지 않았다. 그리고 하염없이 눈물이 흘렀다.

자신이 지켜주지 못해서.

자신의 첫사랑이자 여인의 정이 무엇인지 알게 해준 화수홍, 그 가냘프고 눈물 많았던 여인이 무림에 발을 담근 채 살아왔던 것이다. 바람만 살짝 불어도 날아갈 것 같았던 여린 여인이, 험한 무림에서 겪어야 했을 온갖 고난이 눈에 선했다.

더욱이 하오문이라 했다. 하오문이 어떤 곳인지, 영도는 너무도 잘 알고 있었다. 한때 자신도 강호를 떠돌다가 하오문에 입문할까 생각해 봤기 때문이다. 그러나 하오문이 어떤 곳인지 알게 된 이후, 뒤도 돌아보지 않고 낭인을 택했다. 낭인보다 못한 취급을 받는 곳, 그곳이 바로 하오문이었기 때문이다. 그런데 화수홍이 하오문의 향주라니… 도저히 입이 다물어지지 않았다.

"흠, 우리… 얘기가 길어질 것 같군. 그렇지 않은가, 화 총관?"

"그럴 것 같습니다. 오늘… 소녀가 총관으로 있으면서, 아마도 최고의 손님을 모시게 된 것이 아닌가 합니다."

"그런가? 그렇다면 나도 정식으로 소개를 해야겠군. 우린 대순국 보위대를 책임지고 있는 대주와 부대주들이네."

"그럼 태영인 대주?"

"맞네. 내 이름을 알고 있었군."

"아, 저희들의 정보가 잘못되었군요. 겨우 일류 정도, 아니면 그에 근접한 수준이라 알고 있었는데……."

"그렇게 알려졌던가? 그나마 삼류가 아니라서 다행이군."

"그러게."

영인과 명규는 하오문의 정보력에 감탄했다. 대순국 내에 정보를 제공해 주는 인물이 포섭되었다는 말이었기 때문이다.

처음 들어올 때와는 다르지만, 분위기는 어느 정도 비슷해졌다. 언제 검과 칼을 빼들고 대치했냐는 듯, 명규는 양옆에 기녀를 끼고 술을 마시고 있었다. 영도 옆에 화수홍이 바짝 붙어 있었기에, 처음 영도가 고른 여인이 명규 곁으로 갔기 때문이다. 물론 영인의 곁으로 갈 수 있었지만, 예화의 순결을 가질 첫남자가 될지도 모르기에 행한 배려였다.

본격적으로 밤을 밝히는 불빛들이 선부 시내를 채우기 시작하자, 사람들로 북적거리기 시작했다. 당연히 북성환루도 많은 사람들이 들어왔다. 하지만 화수홍은 자리를 뜨지 않았다. 모든 것을 부총관에게 일임한 후였기 때문이다. 화수홍에게 당장 중요한 것은, 다른 사람들이 아니라 보위대를 쥐고 있는 영인 등이었다. 보위대의 정보 그리고 영인에 대한 것만으로도, 화수홍은 한 단계 승차할 수 있는 보물을 얻을 수 있기 때문이다.

"그렇게 된 것이군. 그럼 내가 그 녀석들에게 맞아 쫓겨난 후, 그 녀석들의 손을 피해 어쩔 수 없이 하오문에 입문한 것인가?"

"견딜 수 없었어요. 하지만 본문에 입문한 것을 후회하지 않습니다. 당시 소녀를 지켜준 것은 본문이었고, 소녀도 만족하고 있으니까요."

"그럼 아직……."

"훗, 그럼 오라버니는 소녀가 다른 사내를 받아들일 것이라 생각했나요? 소녀는 그때도 몸을 파는 청기가 아니었어요."

"아, 그, 그랬었지……."

"와! 그럼 이참에 둘이 살림을 차리면 되겠네. 화 총관이 우리들과 함께하면서 총단에 정보를 제공하면 되잖아. 괜히 이곳에 있으면서 전쟁에 시달리는 것보다 훨씬 좋은 생각인 것 같은데? 영인아, 내 생각이 어떠냐?"

"나쁘지 않다. 그런데… 덤으로 예화와 네 옆에 여인들도 함께하는 거겠지?"

"험! 그, 그거야 뭐……."

"훗, 나는 화 총관이 좋다고 하면 반대하지 않겠다. 어차피 우리도 정보를 얻을 수 있으니까, 서로 상부상조한다 생각하면 되겠지."

"화매, 영인이 말대로 하자. 영인이가… 아니, 지금부터는 내가 화매를 지켜줄게. 이렇게 화매를 남겨두고 떠날 수 없어. 난… 다시는 화매를 놓고 갈 수가 없다, 옛날처럼……."

"하아~"

"화 총관의 표정을 보니, 꽤 힘든 일인가보다. 영인아, 네가 말해 보는 것은 어떠냐?"

"그래, 부탁한다."

"그럴까?"

"아니에요, 오라버니. 소녀가 지부장께 말씀을 드려볼게요. 지부장도… 소녀가 지속적으로 정보를 제공한다고 하면 허락해 줄 거예요. 아무리 무림과 연관이 없다고 해도, 하오문의 입장에선 태 대주의 행보에 관심을 기울일 수밖에 없으니까요."

"당연하지. 영인이와 우리들이 무림에 뛰어들면, 아마 벌집을 들쑤신 것처럼 무림이 요동칠 거다. 승지가 그랬잖아, 무림에 뛰어들 거면 화산과 함께하는 것이 어떠냐고."

"저, 정말요? 벽혈검군(碧血劍君) 원승지 소협이 그런 말을 했다고요?"

"승지의 별호가 벽혈검군이었나? 꽤 근사한데……?"

"너도 근사한 별호를 가지고 있잖냐. 그런데 뭘 욕심 내냐?"

"뭐? 이 빌어먹을 새끼! 그건 별호가 아니라, 그냥 궤 아저씨가 지어준 별명이라고 그랬잖아!"

"명규의 말이 맞다, 화매. 예전부터 승지가 영인이를 화산파에 끌어들이려고 했는데, 지금은 친우가 되었다."

"그런 일이 있었군요. 알았어요, 오라버니. 이 정도 정보라면, 지부장이 아니라 분타주께서도 허락해 주실 거예요."

"그러냐? 정말 잘 되었다."

"오라버니……."

'이게 꿈이 아니길, 꿈이라면 영원히 깨어나지 않기를… 사랑해요. 사랑합니다, 오라버니…….'

영도의 품에 안긴 화수홍은 자신이 꿈을 꾸고 있는 것이 아님을 간절히 기원했다. 그리고 더 이상 그리워하고 기다리지 않아도 되기를 바라고 또 바랐다.

아무것도 몰랐던 여인의 몸으로 하오문에서 향주에 오를 수 있었다는 것은, 누군가 기다리기 위한 악착같은 몸부림이 없다면 이룰 수 없는 것이었다. 그만큼… 화수홍은 꿈을 이룬 것이다. 평생 가슴 속에 간직해야만 하는 줄 알았던 사랑하는 사람을 만났으니까.

第五章
흥만 있고 길은 없다… 그게 하늘의 뜻인가?

뜨겁고 거칠었던 하룻밤을 보낸 영도와 화수홍은, 바람대로 영인을 따라나설 수 있었다. 화수홍이 어떻게 말했는지, 명규의 바람도 이루어졌다. 밤마다 양쪽에 여인들을 끼고 잘 수 있게 된 것이다. 물론 영인도 예화의 달콤한 목소리를 들으며 밤마다 뜨거운 열정을 발산할 수 있게 되었지만.

대동과 거용관을 거쳐 선부까지 무혈점령하게 된 이자성은 그 여세를 몰아 북경을 향해 진군을 시작했다. 처음 대동으로 방향을 정했을 때 생각했던 일정보다 상당히 앞당겨진 행보였다.

이자성은 선부를 출발한 지 5일 만에 북경에서 130리가량 떨어져 있는 창평(昌平)에 도착했다. 중간에 선화(宣化)와 장산영촌(張山營村)의 서안장(西安庄), 그리고 연경(延慶)에서 잠시 머물렀지만 순탄한 여정이었다. 이제 북경까지 하루면 충분했다. 드디어 황궁이 있는 북경이 코앞에 있는 것이다.

"내일이면 북경에 들어설 수 있겠군. 승상, 그리고 여러 대신들… 그동안 고생이 많았다."

"아닙니다, 폐하. 폐하께서 성심과 덕으로 백성들을 살피시니, 하늘도 길을 열어준 것이 아니겠습니까. 모두 폐하와 대순국의 홍복이옵니다."

"하지만 어찌 승상과 대신들의 노고없이 짐이 이곳까지 올 수 있었겠나. 그런데 우 상서가 아직 보이지 않는데, 무슨 일이 있는가?"

"우 상서는 태 대주와 함께 있을 것입니다. 소신이 회의에 참석하기 전, 잠시 우 상서와 논의한 것이 있습니다. 아마도 그것 때문에 태 대주와 얘기를 나누고 있는 것 같습니다."

"그런가? 무엇인지 모르지만, 우 상서가 이번에도 짐과 대신들을 놀라게 할 모양인가 보군. 하하하~"

"우 상서의 계획이 성공한다면, 폐하께선 보다 쉽게 상청교(上淸橋)를 건너고 창의문(彰儀門)을 통과하실 수가 있을 것입니다."

"창의문을……?"

"그렇사옵니다, 폐하."

"지금쯤 창의문에선 금의위와 친위군들이 짐을 상대하기 위해 준비하고 있을 텐데……? 더욱이 지금으로서는 상청교를 넘는 것도 쉽지 않은 일이 아닌가?"

이자성은 송헌책의 말에 한껏 의문을 표했다. 비록 말을 하지 않고 있지만, 다른 대신들과 장수들 역시 이자성과 같은 표정을 지으며 송헌책을 바라보았다.

상청교는 서북쪽 방향에서 도성으로 들어가기 위한 마지막 관문이나 마찬가지였다. 상청교만 넘으면 도성은 쉽게 장악할 수 있고, 내성도 직접 공략할 수 있게 되는 것이다. 즉, 비록 내성 안으로 들어가지 못한다 해도 숭정제가 있는 자금성을 포위할 수 있는 것이다. 따라서 금의위나 친위군 및 동창에서 죽음으로 막아설 것이 분명했기에, 서로 간에 치열한 공방전이 예상되는 곳인 것이다.

"아무래도 내부의 조력자가 있다면 가능하지 않겠습니까?"

"흐음… 이번에도 산종인가? 산종이 짐을 위해 활약해 준다면 좋지만, 도성에선 그들도 쉽게 움직일 수 없을 텐데…….."

"폐하, 우 상서가 괜한 일에 심력을 낭비하진 않을 것입니다."

"그렇기는 하지, 흐음… 승상, 혹시 우 상서의 작전에 대해서 들은 것은 없는가? 조금이라도 말이야. 이거… 참으로 궁금하군."

"소신도 정확히는 모릅니다. 조금 있으면 우 상서가 폐하께 상세하게 알려 드릴 것입니다."

"그래도 짐은 당장 알고 싶구나. 짐이 너무 조급한 것인가?"

"아닙니다, 폐하. 흐음… 소신도 잘 모르지만, 우 상서가 태대주를 만난다고 했습니다. 그렇다면 이번에도 보위대가 작전을 수행하지 않겠습니까?"

"보위대가 말인가?"

"그렇습니다, 폐하. 마침 태 대주와 부대주들이 산종의 원숭이 소협과 친하다고 들었습니다. 그에 우 상서가 산종과 함께 임무를 수행하는데 보위대가 제격이라 판단한 것 같습니다."

"그런가? 하하하~ 짐의 호위대인 보위대, 이젠 완전히 대순국의 첨병대가 되었구먼."

"태 대주가 폐하의 검이 되겠다고 하지 않았습니까? 태 대주의 말대로 폐하의 검이 되어 상청교와 창의문을 열어드릴 것입니다."

"그랬었지. 좋다! 짐은 태 대주와 보위대를 믿어보도록 하겠다. 하하하~"

"하하, 이번에도 태 대주와 보위대의 활약을 기대하면 되겠습니다.

"그렇습니다, 폐하~"

"이제 폐하의 덕이 만 천하에 퍼지는 일만 남았습니다, 폐하."

"하하하~"

이자성은 대신들과 장수들이 잇달아 뱉어내는 칭송에 한껏 목청을 높여 웃었다. 생각만 해도 기분이 좋았다. 당장 총공격을 강행해도 되지만, 굳이 막대한 병력 손실을 감수할 필요가 없었다. 북경으로 들어가는 모든 물자만 중간에 막아도, 몇 달이면 숭정제가 항복을 하지 않을 수 없기 때문이다. 그에 우금성과 영인이 작전을 성공적으로 수행하기를 바라며 느긋한 마음으로 기다릴 수 있었다.

"우 대인, 지금 그 말이 정말입니까? 이번 일에 소장과 대원들이 투입되는 것입니까?"

"그렇네, 태 대주. 그리고 이번엔 본인도 함께 갈 것이네."

"옛? 우 대인이 함께한다고요?"

영인은 우금성의 말에 한껏 우려가 담긴 얼굴로 반문했다. 그러나 돌아온 대답은 똑같았다. 무엇을 하기 위해 가는지는 모르지만, 우금성은 보위대와 함께하겠다는 의지를 꺾지 않았다.

"알겠습니다. 그럼 저희들이 모시는 것으로 알겠습니다. 그런데 도성엔 어떻게 들어가실 생각입니까?"

"백성들과 섞여 들어갈 생각이네. 대원들 역시 순차적으로 들어가야 하니, 미리 준비를 하도록 하게."

"그렇다면 우 대인은 제가 직접 모셔야겠군요."

"알겠네, 태 대주. 그리고 도성 안으로 들어가면 손 종주가 기다리고 있을 것이네. 아마 원 소협도 함께하겠지."

"그렇다면 이번 일은 산종과 함께 움직이는 것입니까? 흠… 유사시 안전하게 몸을 뺄 수는 있겠군요."

"하하, 들어가기만 하면 큰 위험은 없을 것이네. 그러니 걱정하지 말게. 흠! 그럼 도성에 어떻게 들어가냐 하면……."

우금성은 거의 한 시진에 걸쳐서 영인에게 세세한 사항까지 설명했다. 그리고 영인은 우금성의 설명을 들으면서 나름 생각을 정리했다. 가장 문제가 되는 곳은 창의문이었다. 상청교를 무사히 넘는다 해도 창의문은 도성으로 들어가는 관문이었기에 관병들이 철저히 통제하고 있을 것이 분명했기 때문이다. 따라서 창의문만 통과하게 되면 자신의 역할은 끝이었다. 이후엔 산종이 우금성과 함께할 것이기 때문이다.

우금성이 돌아간 후, 영인은 명규와 영도를 불렀다. 작전이 세워졌으니, 그에 따른 준비를 해야만 했기 때문이다.

영인으로부터 우금성의 계획을 설명 들으면서 명규와 영도의 인상이 점점 구겨졌다. 이건 자신들이 해야 할 일이 아니었기 때문이다.

"빌어먹을! 왜 또 우리야? 우리가 정말 폐하를 호위하는 보위대가 맞냐? 이건 보위대가 할 일이 아니잖아."

"그래, 우린 보위대다. 첨병부대가 아니라고."

"영도 말이 맞다. 영인아, 이건 별동대나 우 대인의 정찰대가 해야 할 일이다. 우리가 할 일이 아니라고."

"그래, 나도 그렇게 생각한다."

"그런데 왜 우리냐고."

"야, 나라고 이런 일을 하고 싶겠냐? 나도 예화 엉덩이나 주무르면서 천천히 도성으로 들어가고 싶다고. 위험한 일을 내가 왜 자초하겠냐? 하지만 우 대인은 이미 보위대가 해야 할 일이라 판단을 내렸고, 그에 맞춰서 작전을 세웠다. 지금 우리들이 어떻게 할 수 있는 일이 아니라고."

"휴~ 마지막까지 개고생을 하게 생겼구나."

"가장 힘든 일이 될 것 같다. 어쩌면… 지금까지 용케 피했던 동창 녀석들을 상대할 수도 있다."

"나도 그 생각을 하지 않은 것은 아니다. 그러나 방법이 없어. 동창이나 금의위하고 조우하지 않기를 기원해야지. 자자,

더 이상 떠들지 말고 배용길한테 대원들을 준비시키라고 해라. 저녁을 먹고 바로 출발할 테니까."

"쩝, 어쩔 수 없지. 알았다, 준비 시키겠다."

"시간이 얼마 없네, 준비하려면 빠듯하겠다. 이따가 보자."

"그래, 고생해라."

명규와 영도가 밖으로 나가자 영인은 곧바로 예화가 있는 곳으로 향했다. 워낙 위험한 일이다 보니, 출발하기 전에 잠깐이나마 예화 얼굴을 보고 갈 생각이었다.

태화전 안.

이자성이 창평에 도착하자 숭정제는 신하들을 불러서 수비대책을 논의하였다. 그러나 신하들은 숭정제의 눈치만 볼 뿐, 아무도 입을 열지 못했다. 며칠 전에 격문을 받았는데, 이렇게 빨리 창평까지 올 줄은 몰랐기 때문이다. 놀란 가슴을 진정시키는 데도 힘들 지경이었다.

"폐하……."

"그래, 부마도위(駙馬都尉)는 할 말이 있으면 하라."

나서서 간언하는 신하가 한 명도 없자 가만히 지켜보고 있던 공영고(孔英高)가 앞으로 나섰다. 원래 부마도위는 대전회의에 참석하지 못하지만, 시국이 불안하자 회의에 참석하게 된 것이었다.

"폐하……."

"그래, 어려워하지 말고 말해봐라."

"그럼 한 말씀 올리겠습니다. 적의 세가 창궐하니, 관병이 적을 호랑이처럼 무서워하고 있습니다. 그러니 문무대신들로 하여금 도성을 지키게 하옵시고, 황상폐하께서는 남경으로 남행하시어 친히 병사를 모집하여 적들을 토벌하는 것이 어떨까 하옵니다."

"지금 부마도위는 짐보고 남천을 하라 주청하는 것이더냐……?"

"그, 그렇사옵니다. 소신이 나서서 의용군을 모은다면 십만 명은 모을 수 있습니다. 그러니 소신이 폐하를 호송하며 따르겠습니다."

"흐음……."

숭정제는 공영고의 말에 쉽게 결정을 내리지 못하고 주저하였다. 자신 역시 지금이라도 당장 남천을 하고 싶었으나, 아직 대신들의 동의를 얻지 못하고 있었기 때문이다.

숭정제가 결정을 내리지 못하는 사이, 대신들 사이에서 약간의 소란이 일더니 광시형이 앞으로 나섰다.

"폐하, 황성을 비우게 되면 백성들이 동요하여 큰 혼란이 일어날 것입니다. 그렇게 되면 종묘사직을 보존할 수 없거니와 부마도위께서 하신 말씀은 이루기 힘든 것이옵니다."

"그렇습니다, 폐하. 아무리 부마도위께서 공자의 후손이라 하나, 십만 명의 의용군을 모을 수 있다는 주장은 황당하기 그지없는 말입니다."

"폐하… 저희 문무백관들이 목숨을 걸고 결사항쟁으로 맞선다면 유적들도 쉽게 도성에 발을 들일 수 없을 것입니다. 통촉하여 주십시오, 폐하~"

"통촉하여 주십시오, 폐하~"

"흐음……."

대신들의 입에 발린 주청에 숭정제는 머리가 아팠다. 왜 이렇게 자신의 의중을 읽지 못하는 것인지, 너무나도 안타까워 할 말이 없었다.

"휴~ 그렇다면 태자를 남쪽으로 보내려고 하는데, 경들은 어떻게 생각하는가?"

"옛? 그, 그건……."

"혹시 태자감국(太子監國)… 천도남경(遷都南京)을 하시겠단 말씀입니까, 폐하?"

"그렇다. 태자를 남경으로 보내, 그곳을 황도로 삼아 국정을 돌보도록 하려고 한다."

"폐, 폐하……!"

"흐음…."

숭정제의 말에 대신들은 깜짝 놀라며 머리를 대전 바닥에 깊숙이 박았다. 도저히 제자리에 서서 들을 수 없는 황망한 말이었기 때문이다.

남경감국(南京監國), 즉 황태자 주자랑(周慈烺)에게 남경에서 나라를 통치하도록 하겠다는 말이었다. 황제인 숭정제가 엄연히 이곳에 있는데, 황태자가 남경에서 나라를 통치한다는 것은 있을 수 없는 일이었다.

"……."

쾅!

"왜! 왜 대신들은 아무 말이 없는가? 이것도 안 된단 말인가?"

모든 대신들이 황망하여 입을 다물고 있자 숭정제가 어안을 주먹으로 두들기며 크게 역정을 냈다. 그러면서 시선을 이명예에게 주었다. 남천을 주청하는 상소를 올려 흡족하게 했던 이명예라면 자신의 의견을 따라줄 것이라 생각했던 것이다. 그러나 이명예는 숭정제의 눈길을 피하며 침묵으로 일관했다.

범경문과 이명예 등이 침묵을 지키고 있는 사이, 광시형이 엎드렸던 몸을 일으키고 숭정제를 향해 고개를 들었다.

"폐하, 남경감국은 안 되옵니다. 당숙종(唐肅宗)의 영무 때가 재현될 것입니다."

"뭐라? 지금 뭐라고 했는가!"

"당숙종의 영무 일이 재현될 것이라 했사옵니다, 폐하."

"그게 무슨……? 하아…….."

광시형의 주청은 숭정제에겐 아픈 곳을 찔린 것과 같았다. 자신이 생각하지 못한 것을 광시형이 끄집어냈기 때문이다.

당숙종의 영무이야기.

이는 당현종(唐玄宗) 이융기(李隆基)가 태자 이형(李亨)에게 감국을 시키자 신하들이 태자를 당숙종으로 올리고 당현종을 태상왕으로 밀어낸 이야기였다.

"경들은 듣거라! 짐이 천하를 십여 년간 경영했지만, 아직 다스리진 못했다. 태자 나이 이제 열여섯이다. 그런데 태자가 무슨 일을 하겠는가?"

"비록 태자님의 연치(年齒)가 어리시나 주변에 사람이 없는 것이 아닙니다. 충분히 생각하셔야 할 것입니다, 폐하~"

"경들 모두… 광 급사중의 생각과 같은 것인가?"

"폐하, 당숙종의 예를 유념하셔야 할 것입니다."

"유념하셔야 할 것입니다, 폐하……."

"휴~ 알았다. 국군(國君)은 사직(社稷)을 지키며 죽는 것이 바른 일이다. 짐의 뜻이 이미 결정되었으니, 다시는 여러 말 하지 말라."

숭정제는 대신들을 향해 화를 냈다. 그러나 한편으로는 잘된 것인지도 모른다고 생각했다. 숭정제 역시 내심 당현종과 당숙종의 역사가 재연되는 것을 바라지 않았던 것이다. 그러나 이로써 숭정제는 무사히 남천할 수 있는 마지막 기회를 잃게 되었다.

*　　　*　　　*

도성의 공기가 흉흉했다. 도성이라 함은 일반 백성들이 거주하는 외성을 주로 말하는데, 괴소문은 외성뿐만 아니라 고관대작들이 거주하는 내성까지 퍼지면서 어수선한 분위기를 만들고 있었다. 어디서 누구로부터 퍼지기 시작했는지 모르지만, 괴소문은 사람과 사람의 입과 바람을 타고 황성까지 뒤덮기 시작했다.

"이봐, 유적군이 턱밑에까지 치고 올라왔다던데?"

"나도 그 소문 들었네. 그게 정말인가?"

"나도 정확히 알지 못하네."

"춘절이 지나면 대공세를 펼친다고 하더니……."

"응? 이보시게, 그게 무슨 말인가?"

"지금 나한테 하는 말이오?"

"그렇네. 조금 전 뭐라고 하지 않았나?"

"아~ 사실 나도 표국에서 일하는 친우한테 들은 것인데, 그 친우도 림분에 갔다가 온 표사들에게 들었다고 하더이다. 유적들이 춘절이 지나면 대공세를 펼칠지도 모른다고 하더라고……."

"그게 정말인가? 그런데 춘절? 춘절은 지난 지 한참인데 무슨……."

"아, 그러니까 요즘 떠도는 괴소문이 사실일지도 모른다는 소리란 말이오."

"뭐? 그럼 유적들이 정말 도성 근처까지 왔다는 것이 사실일 수도 있단 말인가? 아~"

"그런데 왜 지금에 와서 그런 소문이 도성에 도는 것인가?"

"그거야 동창과 금의위, 그리고 폐하의 눈과 귀를 가리는 대신들이 나서서 소문을 막은 것이 아니겠소. 도성이 혼란에 빠지면 안 된다고 생각했을 것이 뻔하지 않겠소?"

"그, 그렇겠구먼."

"이런, 빌어먹을 녀석들. 자기들만 살려고 외부 소식을 막고 있었다니, 에잉~!"

"난 이만 가봐야겠소. 그쪽도 그렇게 떠들고 있지 말고, 어서 살길을 찾아보는 것이 좋을 것이오. 이곳에 있다간 어떻게 될지 모르니."

"아~"

"그렇지! 조만간 이곳도 불바다가 되겠구먼. 이보게, 나중에 보세."

"나, 나도 같이 가세~"

무엇이 그리 급한지, 한창 대화를 나누던 둘은 뒤도 돌아보지 않고 대로를 뛰어갔다. 마치 집에 불이라도 난 것처럼 허둥댔는데, 그 모습이 무척 당황스러워 보였다.

"훗, 이거 정말 쉽네."

"잘했냐?"

"이거 말이야, 자주 하니까 할 만하다. 처음엔 어색했는데, 지금은 재미도 있고……."

"그래? 나도 그랬는데."

"여기 있었나? 자! 이곳은 대충 했으니까, 좀 더 안쪽을 돌아보는 것이 어떻겠나?"

"좋지. 그럼 선무문(宣武門) 근처까지 한번 가볼까?"

"야, 거긴 너무 위험하지 않을까?"

"괜찮아, 분위기가 살벌하면 다른 곳으로 가지 뭐. 자, 가자."

"그, 그래……."

도성 안에서 대화를 나누고 있는 이들은 영인과 명규, 그리고 영도였다.

현재 도성 안에 거주하는 백성들 중 두세 명만 모이면 도성 안을 떠도는 괴소문의 진의를 확인하는 대화가 오갔다. 누가 처음 퍼뜨렸는지, 그리고 어디서 시작되었는지 파악할 수 없는 소문이 떠돌고 있는 것이다.

지금까지 지방을 오가는 상가와 표국에서 일하는 사람들에 의해 간간이 들리던 소문.

이자성이란 도적이 이끄는 유적들이 하남과 섬서, 그리고 산서성을 넘어 하북성을 점령했다는 것이다. 더욱이 하북성의 서북방을 수비하는 요새들이 전투 한 번 하지 않고 투항했다는 소문도 있었다. 도저히 믿지 못할 소문이었다. 서북부의 요새들은 명나라에서 가장 강하다는 후군도독부 소속의 정예 병력이었기 때문이다. 그만큼 도성의 백성들은 혼란스러웠다.

그동안 백성들은 청나라만 걱정하고 있었다. 이자성이나 장헌충은 논의 대상에서 열외였던 것이다. 그런데 며칠 전부터 사람들 사이에서, 청나라보다 이자성의 공격을 더 걱정해야 한다는 말이 오갔다. 그리고 몇몇의 증언을 통해 하나둘씩 사실로 확인까지 되었다. 당연히 위기의식이 급속도로 확산되었고, 백성들은 경악과 두려움에 휩싸였다. 그러나 이런 이들의 모습을 보며 즐거워하는 사람들이 있었으니, 바로 우금성과 함께 도성 안으로 잠입에 성공한 영인 등이었다.

영인 등은 상청교를 무사히 넘은 후 창의문 밖에서 군관들과 병사들이 철통같이 백성들의 이동을 감독하며 경계하는 것을 보았다. 아무리 상인으로 위장한다고 해도, 쉽게 통과할 수 있을 것 같지 않았다. 더욱이 우금성까지 대동해야 한다는 것에 위기감까지 들었다. 그만큼 창의문을 수비하는 병사들의 경계가 삼엄했다. 하지만 우금성은 전원 무사통과를 자신했다. 그리고 3일이 지난 후, 우금성의 장담은 현실이 되었다. 보위대 대원 514명 전원이 아무 사고 없이 무사히 도성 안으로 들어온 것이다.

원래 경비가 삼엄한 곳을 몰래 들어가기 위해선 무리를 지으면 안 된다, 절대로. 영인과 보위대 대원들은 이 말을 절대 잊을 수가 없었다. 통상 이런 경우 3명이나 5명, 아니면 10명 단위로 조를 짜서 움직이게 된다. 혹시 걸렸을 경우 도주를 용이하게 하기 위함이었다. 하지만 우금성은 이러한 것을 철저히 배제했다. 무조건 혼자 움직이도록 한 것이다.

이에 처음엔 영인뿐만 아니라 대원들 전부가 우려했다. 하지만 우금성의 명을 거역할 수 없었다. 우금성의 명을 거역하기엔 당장 죽음이 기다리고 있었기 때문이다. 그에 영인은 인원을 3조로 나뉘어 움직였다. 영인과 명규가 우금성과 50명의 대원을 이끌고 창의문으로 향했고, 영도가 100명의 대원을 이끌고 좀 더 남쪽으로 내려갔다. 그리고 남은 대원들은 천부장 배용길이 도성 남쪽으로 향했으며, 그들 중 몇 명은 운 좋게 외칠(外七) 중 하나인 영정문(永定門)을 통해 들어갈 수 있었다. 물론 지금은 대부분이 외성에 들어와 있었다.

원래 북경의 리구외칠황성사(里九外七皇城四)라 하여 20개의 성문이 사방을 틀어막고 있었다. 더욱이 외부에서 도성으로 들어가기 위해선 사방에 설치되어 있는 관문이 있었기에 가히 철옹성(鐵甕城)으로 불릴 만했다.

영도 등은 조마조마한 마음으로 한 명씩 창의문으로 향했고, 병사들의 검문에 준비해 두었던 답을 하였다. 얼굴이 산적처럼 거칠게 생긴 대원들은 검문에 걸려 다소 고생을 했지만, 무기를 소지하지 않았기에 급한 용무를 핑계대고 동전 몇 푼을 쥐어준 후에야 무사히 통과할 수 있었다. 실로 대단한 일이 아닐 수 없었다. 이번 일을 통해 대원들 모두 우금성의 뛰어난 책략을 인정하게 되었다. 더욱이 도성 안에서 획책하는 일이란… 명령에 따라 행하는 일이지만, 고개가 저절로 숙여질 정도로 치밀하고 무서웠다.

쾅!

"지금 뭐라고 했는가? 무슨 소문이 돌고 있다고……?"

"폐하, 무지몽매한 백성들이 떠드는 소리입니다. 노여움을 거두십시오."

"그렇게 돌려서 말하지 말고, 자세히 말해보란 말이다. 어서!"

"그, 그것이……."

숭정제의 불같은 호통에 병부상서 진신갑(陳新甲)이 식은땀을 흘리며 자신이 아는 것들을 나열하였다. '이미 도적 이자성이 이끄는 유적군이 도성에 들어왔다.' 나 '조정에 협조했던 자들은 한 놈도 남기지 않고 죽인다.' 등, 자금성 밖뿐만 아니라 내성에 떠다니는 소문은 더욱 구체적이었다.

"뭐라! 그것이 정말인가, 황성이 아니라 황궁 안에도 그런 소문이 돌고 있다고? 정확하냐고 물었다, 진 상서!"

"그, 그렇사옵니다. 그러나 다만 소문일 뿐입니다, 폐하. 고정하십시옵소서……."

"그것이 사실이지, 어떻게 괴소문이란 말인가! 그리고 짐이 그런 소식을 듣고서 어떻게 고정할 수 있단 말인가!"

"……."

"왜 대답이 없는가, 왜! 그리고 그대들은 궁안에 소문이 퍼질

동안 무엇을 하고 있었단 말인가! 기녀와 술로 세월만 보내지 않고선, 어떻게 이런 일이 벌어질 수 있단 말인가! 말해보라, 어서~!'

"폐, 폐하……."

"송구하옵니다, 폐하……."

소문이 소문을 낳았고, 확대되며 퍼진 소문은 자금성 안팎의 백성들에게 공포를 주었다. 하지만 일부 권력층은 소문이 절대 거짓이 아님을 그 누구보다 잘 알고 있었다. 오히려 거짓보다는 정확한 사실이 더 많았다. 잃을 것이 없는 백성들은 대부분 집밖 활동을 자제하였으나, 돈 있고 권세 있는 자들은 전전긍긍하기에 바빴다. 부랴부랴 피난하기 위해 보따리를 꾸려 도성을 빠져나가려고 했으나 이미 사방이 목숨을 위협하는 적들로 막혀 있었다.

북으로 가면 첩첩산중 만리장성과 더불어 이자성이 버티고 있었고, 동쪽은 청나라가 산해관 밖에서 호시탐탐 기회를 엿보고 있다. 그렇다고 남쪽이 안전한 것은 아니었다. 유방량의 좌영대군이 고안(固安)에 군영을 구축하고 있었으며, 천진 방향엔 중간 지점에 위치한 랑방(廊坊)에 최추산이 우영대군을 배치시켜 놓은 상태인 것이다. 따라서 갈 수 있는 길은 서남쪽방향 하나밖에 남지 않았다. 고비점(高碑店)과 청원(青苑)을 지나 석가장(石家莊)에 이르는 길이었다. 이제 전쟁의 중심은 북경일대로 바뀌었기에, 목숨을 부지하려면 산서성으로 가거나 계속 남하할 수밖에 없었던 것이다.

"휴~ 그래, 평서백(平西伯)은 아직 오지 않았는가?"

"폐하께서 영원총병에게 평서백으로 삼는다는 칙서를 보냈사오니, 곧 평서백이 대군을 이끌고 황도에 당도할 것입니다. 너무 심려하지 마십시오."

"너무 늦지 않아야 할 텐데… 휴~ 알았다. 부마는 잠시 남도록 하고, 경들은 이만 물러가도록 하라."

"알겠습니다, 폐하. 만세, 만세, 만만세~"

문무대신들이 모두 물러간 후, 숭정제는 조용히 시립하고 있는 부마 공영고를 가까이 불렀다.

"부마……."

"예, 폐하."

"부마는 평서백이 황궁으로 병사들을 이끌고 올 것이라 보느냐?"

"반드시 폐하의 부름에 응할 것입니다."

"그래야지, 홈……."

"……."

"부마… 부마는 일전에 짐에게 남천을 권했는데, 그것이… 지금도 가능하겠는가?"

"…휴~ 안타깝지만… 지금은 너무 늦었습니다, 폐하."

"늦었다?"

"그렇습니다, 폐하. 그때는 유적들이 도성에 당도하기 전이라 병사들을 모으기 쉬웠으나, 지금은 도성 안팎의 상황을 백성들이 모두 알고 있습니다. 백성들의 혼란을 막고자 소문을 차단하고 쉬쉬한 것이… 오히려 독이 되었습니다. 이미 백성들의 마음에서… 인심이 떠났습니다, 폐하."

"…그런가? 인심도 떠났다? 허허~ 황성 밖 점쟁이도 내게 흉한 일이 많고 길한 일은 없다고 하더니, 그 말이 딱 들어맞는구나……."

숭정제는 부마의 말을 듣자 오후에 글자점을 치던 점쟁이를 만났던 일이 떠올랐다.

숭정제는 불안한 심정을 달래보기 위해 변복을 하고 황성 밖 도성의 백성들을 살펴볼 생각이었다. 그에 오문(午門)을 지나 승천문(承天門)을 막 벗어나서 백성들을 살펴보았는데, 몇 걸음 걷지 않아 글자점을 치는 점쟁이가 보여 울적한 기분을 달랠 겸 재미삼아 점이나 쳐볼까 하는 생각으로 다가갔다. 그런데 점쟁이를 자세히 살펴보니 얼굴이 희고 두 눈에 광채가 도는 것이, 언뜻 보기에 지혜로워 보였다. 그에 망설이던 기분도 사라지자 흔쾌히 점을 봐달라고 청했다.

"그럼 여기 있는 통에서 하나만 빼어보시오."

"흠, 여기 있네."

"응? 유(有) 자로군요."

점쟁이는 글자를 보고 또 숭정제를 유심히 살펴보더니, 한동안 침묵하며 입을 열지 않았다. 그러나 간신히 입을 뗀다는 듯, 조심스럽게 숭정제를 향해 말문을 열었다.

"대인께 묻겠습니다. 한 개인의 앞날을 묻는 것인지, 아니면 천하와 사직의 앞날을 묻는 것인지 알 수 있겠습니까?"

"그, 그게 무슨 말인가?"

느닷없는 점쟁이의 말에 숭정제는 둔기로 머리를 한 대 얻어

맞은 것 같은 충격을 받았다. 그러나 점쟁이가 자신의 질문에 답하지 않고 자신의 두 눈을 뚫어지게 보고 있자 숭정제는 이맛살을 찌푸리며 말했다.

"후자를 알고 싶네만……."

"그렇습니까? 휴~ 유(有) 자의 구조를 보면 위에 있는 대(大) 자에서 오른쪽으로 뻗은 부분이 없으며, 아래 있는 명(明) 자에서 일(日) 자가 빠져 있습니다. 나온 점괘로만 보면, 사직에 불리한 뜻이 됩니다. 명나라의 강토 절반이 사라질 듯합니다. 허……."

"강토가 절반이나……?"

점쟁이의 말에 숭정제는 정신을 차릴 수 없었다. 그런데 가만히 앉아 있던 점쟁이가 일어서서 자리를 정리하려고 하자 정신을 추스른 숭정제는 다시 한 번 점을 봐줄 것을 청했다.

"휴~ 그렇다면 다시 뽑아보십시오, 대인"

"여, 여기 있네. 이번에 뭐가 나왔는가?"

"이번에는 우인(友人), 우(友) 자입니다."

"무슨 의미인가? 어서 풀이해 보게."

"우(友) 자는 반(反) 자에 머리가 삐죽 튀어나온 모양입니다. 그런데… 누군가 대인의 아래에 이르러 머리를… 요구하는 점괘입니다."

"뭐라? 다시, 다시 한 번 봐주게. 여, 여기 있네. 어서……!"

점쟁이의 말에 얼굴이 창백해진 숭정제는 어떻게든 지푸라기라도 잡고자 하는 심정으로 점쟁이에게 점괘를 보라고 소리를 질렀다. 그에 점쟁이는 어쩔 수 없다는 듯 고개를 좌우로 흔들며 숭정제가 뽑은 패를 받아 들었다.

"크흠~ 이번엔 신유술해(辛酉戌亥)의 유(酉) 자입니다."

점쟁이는 숭정제가 뽑은 패를 보여준 후, 두 눈을 지그시 감고 손가락을 꼽으며 점괘를 헤아렸다. 그러나 무언가를 짐작한 듯 깜짝 놀라며 다급하게 입을 열었다.

"대인께서 불만스러우시겠으나, 소인은 더 이상 점괘에 대해 말씀을 드릴 수가 없습니다. 용서해 주십시오."

"그게 무슨 말인가? 점괘를 알려줄 수가 없다니?"

"죄송합니다, 대인."

숭정제가 점쟁이의 얼굴을 살펴보자 무언가를 짐작한 듯 긴장하며 두려워하는 빛이 역력했다. 그에 숭정제는 요동치는 가슴을 애써 가라앉히며, 차분한 목소리로 점쟁이를 안심시켰다.

"괜찮네. 그대가 무슨 말을 하든 간에 마음에 담아두지 않을 테니, 그대는 편안한 마음으로 집은 점괘나 말해보도록 하게."

"알겠습니다, 대인. 흐음~ 유(酉) 자는 존(尊) 자에서 머리와 다리를 잘라낸 모양입니다. 존(尊)은 구오지존(九五之尊)의 존(尊) 자로써, 바로 황제 폐하를 가리킵니다. 폐하, 미천한 백성이 드리기엔 황공한 말씀입니다만… 나온 점괘만 볼 때, 폐하껜 흉한 일이 많고 길한 일이 적은 운입니다. 더 이상은 소인이 감히 말씀드리기가 민망한지라… 용서해 주십시오, 폐하……."

"허~ 흉만 있고 길은 없다… 하하, 그게 하늘의 뜻인가? 아……."

바닥에 머리를 박고 두려움에 떨며 움직일 줄 모르는 점쟁이를 뒤로한 채, 숭정제는 천천히 숭천문으로 향했다. 동창의 위령들이 사방을 경계하며 따랐지만, 숭정제의 눈엔 아무것도 보이지 않았다. 너무 큰 충격을 받았는지, 얼굴은 백지장처럼 하얗게 변해 있었다.

"폐하, 폐하……?"

"흠! 짐이 잠깐 딴 생각을 했구나."

"송구하옵니다, 폐하."

"아니다. 백성들의 마음을 헤아리지 못한 짐의 잘못이 크다. 그런데… 정녕 천진으로 갈 수도 없다는 것이더냐?"

"아뢰옵기 황공하오나, 이미 천진으로 가는 길목도 유적들에 의해 막혔습니다. 폐하……."

"허허, 짐의 자존심이… 신하들의 어리석음이 망국으로 이끌었구나……."

"망극하옵니다, 폐하……."

대전 바닥에 머리를 박는 공영고를 보면서 숭정제는 두 눈을 지그시 감았다. 생각하고 싶지 않았지만, 도성이 불타고 황궁이 적들의 손에 유린되는 모습이 보였다. 통탄스러웠다. 절로 두 눈에서 눈물이 흘렀다. 하지만 이미 자신의 손으로 어찌할 수 없는 일이 되어 버렸기에, 용좌에 앉아 있는 숭정제의 꽉 쥐어진 주먹이 서서히 풀렸다. 마치 모든 것을 놓아준다는 듯, 서서히…….

第六章
아직도 평서백은 당도하지 않았는가……?

탁.

"캬아~ 죽인다. 역시 이 맛에 먹는다니까."

"좀 조용히 해라. 여기 너 혼자 술 마시냐?"

"큭큭, 알았다."

영인은 하루 일과를 마무리한 후 오랜만에 객방에서 쉬려고
했다. 분위기가 어수선하여 밤거리를 돌아다니고 싶은 마음도
없었다. 그런데 갑자기 명규가 방으로 들어오더니, 마지막으로
술 한잔하자는 꼬드김에 넘어갔다. 오늘을 마지막으로 우금성
의 명령을 모두 이행한 것이다. 지금은 오히려 자중해야 했다.
동창과 금의위에서 소문의 진상을 조사할 것이 분명했고, 이젠
백성들이 알아서 퍼뜨릴 것이기 때문이다.

"그런데 말이야. 우리가 소문… 흠! 이 정도로 대단할 줄 몰랐

다. 우 대인은 어떻게 이런 계략을 생각해 냈는지… 내가 생각해도 뛰어난 인물이란 말이야. 그렇지 않냐, 영인아?"

"뛰어나지. 그러니까 어려운 시기를 함께했던 도어사를 제치고 대순국의 병권을 손에 쥔 것 아니겠냐. 그리고 지금은 도어사도 우 대인을 어쩌지 못해. 장군들이 우 대인을 따르기 시작했고, 폐하의 신임이 확고해졌거든."

"그렇지, 이번 일로 우 대인은 확실하게 만인지상 일인지하의 자리에 오를 거다. 부럽다, 부러워~"

"나도 그 능력이 부럽다. 그리고 사람은… 확실히 시기를 잘만나야 돼."

"맞다. 만약 난세가 없었다면, 아무리 우 대인의 능력이 뛰어나도 낙방서생으로 한 평생 황제와 조정을 원망하며 살았겠지. 훗, 역시 우 대인은 역재(逆才)다."

"역재……?"

"그래, 과거에 떨어진 반항심으로 반골이 된 천재란 말이다."

"지랄! 내 앞에서 문자 쓰지 말라고 했지……!"

명규가 자신이 모르는 문자를 쓰자 한껏 역정을 낸 영인은 명규가 자신의 말에도 뭐가 그리 좋은지 껄껄거리며 웃기만 하자 얼굴이 붉어졌다. 아무리 굴비의 도움을 받았어도, 문자를 읽는 정도였다. 몇 년을 서책만 공부한 서생들처럼 박학다식하지 못했고, 이곳저곳 떠돌며 풍부한 경험도 하지 못했다. 자신보다 9년의 세월을 더 산 명규의 경험에 비하면, 분명 한계가 있었던 것이다.

"그런데 배 천부장은 잘 하고 있는지 모르겠다, 영인아."

"알아서 하겠지. 대원들 대부분이 그 녀석을 따르고 있잖냐."

"그렇긴 하지. 흠! 이런 말을 하긴 뭐하지만… 우 대인의 행동이 이상하더라. 아무래도 그 녀석을 눈여겨보는 것 같더라고."

"나도 그런 느낌을 받았다, 영인아. 실력은 우리들에 비해 많이 떨어지지만, 대원들이 우리보다 그 녀석을 더 따르니까 우 대인이 관심을 가진 것 같다. 좋지 않아……."

"내버려 둬. 어차피 나를 따르겠다는 녀석들만 챙기면 돼."

"그렇긴 하지. 그런데 문제는… 이탈하는 녀석들이 있는 것 같다. 한 10명 정도 되는 것 같은데, 정확히 파악해 봐야 알 것 같다."

"뭐라고? 10명이나? 니미럴……."

'빌어먹을! 영도 말이 사실이라면, 내가 큰 실수를 한 거잖아? 젠장……'

명규의 말에 영인은 술잔을 입에 털어 넣었다. 생각하지 못한 일이 벌어졌기 때문이다. 자신을 대신해서 대원들이 원하는 것을 그럭저럭 긁어주길 바랐던 배용길이 대원들에게 충성심을 유발할 정도로 지도력을 갖춰가기 시작한 것이다.

"자자, 그 얘기는 그만 하고 술이나 한잔 더 하자. 오히려 배신할 녀석들을 추려냈다 생각하면 되잖냐."

"그래, 알았다."

"크~ 좋다. 하……."

"응? 저 사람들은 뭐야? 눈동자하고 머리가……?"

"뭐가? 어라? 색목인들이네?"

"색목인?"

잘난 척하는 명규의 얼굴을 피해 주변을 살피던 중, 체격이 건장한 사내들이 안으로 들어오는 것이 보였다. 그런데… 지금까지 한 번도 본 적이 없는 모습을 하고 있었다. 피부와 머리카락색도 틀리고, 무엇보다 눈동자도 검은색이 아니었다.

"그래, 내가 중원 곳곳 안 가본 곳이 없잖냐. 흠! 색목인들은 주로 광동성이나 절강성 등 해안가 포구(浦口)에 많은데, 거대한 상선을 며칠씩 정박시키고 주변 상인들과 상거래를 하지. 내가 알기로 저들 대부분이 상인들이다."

"상인들?"

"그래. 바다 건너 자기 나라 물건을 싣고 와서 중원에 팔고, 또 중원의 물건을 자기 나라로 싣고 가서 파는 거지. 예전 남경에 갔을 때 색목인들과 몇 마디 얘기를 주고받은 적이 있었는데, 중원의 물건을 싣고 가면 몇 배의 이윤이 남는다고 하더라고. 바다를 건넌다는 것이 위험하긴 하지만, 이윤이 그 정도로 많이 남는다면 한 번쯤 목숨을 걸고 도전해 볼 정도는 되지. 아암~"

"흐음……."

명규는 오랜만에 자신이 알고 있는 것들을 주절주절 떠들기 시작했다. 목소리에 힘이 들어갔고, 목도 뻣뻣해졌다. 그러나 영인은 원하는 것을 들은 후부턴 전혀 신경 쓰지 않았다. 주루로 들어선 건장한 사내들이 좌우로 갈라지며 두 명의 여인이 안으로 들어왔기 때문이다. 중원의 여인들보다 키가 컸는데, 가장 먼저 눈에 들어온 것은 흑색 두건 밖으로 나온 황금색 머리카락이었다.

"수녀님께선 정말 저들과 대면하실 생각인가요?"

"예, 재클린 양. 그러니까 재클린 양께서 신경을 써주셨으면 합니다."

"저들은 너무 위험해요. 그리고 저들이 수녀님께서 만나려는 대순국의 인물과 연결시켜 줄 수 있는지도 모르잖아요."

"확실해요. 혼란을 야기한 소문은 저들이 낸 것입니다. 그러니까 분명 대순국의 인물과 연관이 있을 거예요. 부탁해요, 재클린 양."

"휴~ 알았어요. 피터, 저쪽으로 가지요."

"알았습니다, 아가씨."

재클린은 수녀를 바라보았다. 나이는 어리지만, 자신의 앞에 있는 수녀는 로마에서 직접 명을 받고 움직이는 수녀였다. 물론 종교적인 믿음이 없었다면 함께 움직이지도 않았겠지만, 이따금씩 세상 물정 모르고 부리는 고집에 할 말이 없을 때도 많았다.

지금도 그랬다. 어린 수녀는 위험은 생각하지 않고 당장 만나야겠다는 고집을 부렸다. 생각 같아서는 위험요소를 살핀 후에 만났으면 좋겠지만, 워낙 고집이 강했기에 어쩔 수 없다는 듯 고개를 좌우로 흔들며 영인이 있는 곳으로 걸어갔다. 피터가 앞장을 서서 좁고 어수선하게 앉아 있는 사람들 틈으로 파고들며 전진하고 있었기에, 뒤를 따르는 데 큰 지장은 없었다.

하지만 영인 등이 앉아 있는 곳은 가장 안쪽이었다. 중간 정도에 있었으면 편하게 갔을 테지만, 그렇지 않기에 지나가는 동안 약간의 소요가 일었다. 도성에서 색목인을 보는 것은 그리 흔한 일이 아니기 때문이다. 더욱이 색목인 여인도 두 명이나 끼어 있었으니, 여인들을 보기 위해 사내들의 목이 길게 늘어나는 것은 당연했다.

재클린은 이런 분위기가 좋지 않았다. 하지만 영인이 자리한 곳을 향하면서, 오히려 어수선한 중앙보다 안쪽이라 조용하고 주변과 격리된 간이벽도 있기에 조용히 대화를 나눌 수 있는 장소로 보였다.

"실례하겠습니다. 잠시 자리에 앉아도 되겠습니까?"

"응? 와~ 우리말을 할 줄 알잖아?"

"그러게?"

영인과 명규 등은 피터가 다가와 말을 걸자 깜짝 놀랐다. 이미 피터 등이 자신들에게 오는 것을 보고 있었기에 호기심이 들었지만, 말까지 통할 줄은 생각하지 못하고 있었다. 그런데 피터가 유창하게 말을 걸자 색다른 느낌에 입가에 미소가 그려졌다. 비록 억양이 이상하여 듣기 거북했지만, 자신들과 다른 색 목인들이기에 참고 들어줄 만했다.

"흠! 우리를 찾아온 것입니까?"

"그렇습니다. 우리 아가씨가 잠시 그대들과 할 말이 있어 오게 되었습니다."

"아가씨? 흠… 영인아, 어떻게 할까? 자리에 앉으라고 할까……?"

피터의 말에 뒤를 따라온 재클린을 슬쩍 쳐다본 영도가 가부를 영인에게 물었다. 무엇 때문에 온 것인지 모르지만, 결정은 자신이 아닌 영인이 해야 했기 때문이다.

'응? 저 사람이 위인가? 나이도 어려 보이는데…….'

"실례할게요. 좀 앉아도 될까요?"

"흠! 앉으시오. 대화를 원하는 상대가 멀대같은 사내가 아니라는데, 우리가 마다할 이유가 없지. 그런데… 뒤에도 그렇게 서 있지 말고 앉는 것이 어떻겠소?"

"그렇게 하세요. 괜히 주변의 시선을 받으면 좋지 않잖아요."

"재클린 양의 말대로 하세요, 빌라드 경, 쉬토 경."

"알겠습니다, 수녀님."

재클린의 말에 어린 수녀가 고개를 끄덕이며 양쪽에 서 있던 성기사 헤르베 판 빌라드와 루나이히 드 쉬토에게 앉도록 권했다. 자신이 생각해도 맞는 말이었기 때문이다.

"흠, 저들은 우리말을 할 줄 모르나 봅니다."

"아닙니다. 다만 우리들끼리 대화할 때는 편하니까요."

"그렇겠군."

재클린의 설명에 영인 등의 고개가 끄덕여졌다. 일리있는 말이었기 때문이다. 하지만 대화를 하러 왔으면서 상대가 알아듣지 못하는 말로 대화를 한다는 것은 불쾌했다. 혹시라도 웃으면서 욕을 해도 모를 수가 있기 때문이다.

"무엇 때문에 왔는지 모르겠지만, 이 자리에 앉았으니 일어서기 전까진 그쪽 나라말로 서로 대화를 하지 말았으면 좋겠소. 좋은 의도든 나쁜 의도든 간에 우리가 못 알아듣게 되면 서로 오해가 생길 수 있기 때문이오."

"그렇군요. 무슨 말인지 알겠어요. 그런데……."

"안녕하세요, 엘루아나 루 데일이라고 합니다. 여러분과 대화를 하고자 하는 사람은 재클린 양이 아니라 접니다."

"응? 이쪽이 아니라, 그쪽이라고?"

"예, 그렇습니다. 왜 여러분들을 찾아왔냐 하면……."

"잠깐, 거 젊은 여인이 성질 한번 급하네. 색목인들은 다 그렇게 성격이 급한가? 흠! 영인아, 이렇게 여인들도 합석했는데 술 한잔 더 해도 되겠지?"

"뭐? 벌써 다 마셨어? 젠장, 알았다. 어차피 할 일도 없는데, 오늘은 술이나 마시자. 혼자 처마시지 말고 같이 마셔, 알았냐?"

"큭, 알았다. 여기! 이봐, 점소이! 이쪽에 술 한 병 더 가져와라."

"예에~"

"크흠~!"

빌라드와 쉬토도 명나라에 머문 것이 3년가량 되었기에 어느 정도 말을 할 수 있었다. 당연히 명규와 영인의 태도가 마음에 들지 않았고, 그에 헛기침을 하며 불편한 심기를 내비쳤다. 하지만 영인과 명규는 못 들은 듯 거리낌없이 행동했다. 이에 분위기가 험악해질 것 같자 옆에 있던 재클린이 나섰다.

"술을 좋아하시나 보네요. 그런데 일행은 더 없나요?"

"없다. 그런데 그건 왜 묻지?"

"그런가요? 제가 알기론, 꽤 많은 사람들과 만나는 것을 보았다고 그러던데……."

"응? 그게 무슨 말이야? 그리고 뭘 봐?"

"호호, 그렇게 정색할 필요 없어요. 며칠 동안 여러분들을 살펴봤고, 그래서 아는 것이니까요. 그리고 여기 계신 분께서, 그 일 때문에 여러분들을 찾아온 것이고요."

"뭐? 젠장, 그럼 그동안 뒤통수가 근질근질했던 것이 저 녀석들 때문이겠군. 명규야, 술 한 병 더 시켜라. 왠지 재미없는 일로 찾아온 것 같다."

"그래? 나야 좋지. 여기, 점소이~"

"잠깐만요, 절대 여러분들한테 나쁜 일은 아닙니다. 오히려 돈을 벌 수도 있는 일이니까, 그렇게 기분 나빠하지 않아도 될 겁니다."

"호오~ 돈을 벌 수 있다? 흠! 그래, 도대체 무슨 일로 찾아온 것인지 들어봅시다. 무슨 일이오?"

"우선 제 소개를 다시 하겠습니다. 저는 엘로힘과 예수 그리스도를 믿고 따르며 그분의 말씀을 전하는 곳인 가톨릭교의 수녀입니다."

"엘로힘과 예수 그리스도를 따른다? 여하튼 가톨릭교의 수녀라는 것이 뭔지 모르겠군. 흐음… 뭐, 그대가 몸담고 있는 가톨릭이라는 곳이 부처님을 믿는 사찰(寺刹)이나 아니면 원시천존을 믿는 도관(道觀)과 비슷한 곳이겠군. 그러면 수녀라는 것이 승려나 도사와 같은 것인가? 아니면 무녀(巫女)를 말함인가?"

"옛? 무녀요? 흐음… 무녀가 무슨 말인지 모르겠지만, 승려나 도사와 같다고 할 수 없습니다. 엘로힘의 아들이신 예수 그리스도의 말씀을 전하는 수녀가, 어찌 그들과 같겠…….."

"맞습니다. 승려나 도사와 비슷하지만, 약간 다릅니다. 그러나 그런 것이 중요한 것이 아니지요. 그렇지요, 수녀님?"

"아, 그렇습니다."

"쩝, 뭐가 다르다는 것인지… 그리고 엘로힘이 뭐라고 그러는 건지. 여하튼 뭘 알고 싶은 것이 있기에 돈을 벌 수 있다고 한 것인지 모르겠군. 괜히 이상한 짓을 할 생각이라면… 그러지 않는 것이 좋을 거다. 목이 하얀 것이 보기 좋지만, 그렇다고 벨 수 없을 정도는 아니거든."

영인은 자칭 수녀라고 하는 데일의 말이 아니꼽게 들렸다. 엘로힘이나 예수 그리스도가 누구인지 모르겠지만, 무엇이 잘났는지 부처와 원시천존을 무시하는 듯한 말투가 좋게 들리지 않았던 것이다. 지금까지 단 한 번도 사찰이나 도관에 다닌 적도 없고 부처나 원시천존을 믿어본 적도 없는 영인이었다. 오히려 어렸을 때는 원망만 했었다. 하지만 기분이 나쁜 것은 어쩔 수 없었다. 상대가 보기 드물게 예쁘다고 해도…….

"커흠……!"

"훗, 듣기 싫으면 그냥 일어나던가. 그게 아니라면… 용건만 간단히, 알지? 기분 좋게 마시던 술자리인데, 그쪽 때문에 기분이 나빠지면 뒤끝이 별로잖아. 칼부림 날 수도 있고."

"알았습니다, 빌라드 경과 쉬토 경도 그만 하세요. 지금은 우리가 도움을 청하러 온 것입니다. 그리고 그쪽도…….

"영인이다, 태영인. 그러니까 그쪽이란 말 대신 이름을 불러라. 데일이라고 했나? 수녀가 정확히 뭔지 모르지만, 난 여인한테 그쪽이니 그대니 하는 말 듣는 것을 좋아하지 않는다. 오늘 나와 대화를 하려면, 이 점 주의하도록 해라."

"흐음, 알겠습니다. 주의하지요."

"그래, 용건이 뭐지? 주변에 호위를 둘이나 데리고 다닐 정도면 신분이 낮은 것 같지는 않은데, 내게 무엇이 궁금한가?"

"그럼 단도직입적으로 묻겠습니다. 혹시… 대순국과 연관이 있나요? 아니라면 그냥 일어나고, 연관이 있다면 그다음 얘기를 진행할 수 있을 것 같네요. 물론 대화를 하는 값으로 이걸 드리지요."

데일의 마지막 말이 끝나자마자 탁자 위에 동그란 은화가 3개 놓여졌다. 그에 영인 등은 뭔가 하며 쳐다보았고, 명규가 은화를 손에 쥐고 몇 번 튕겨본 후 인상을 쓰며 도로 놓았다.

은은 확실하지만, 무게가 알고 있는 것과는 너무 차이가 났던 것이다. 탁자 위의 은화 3개는 잘해야 은자 한 냥과 비슷한 정도였기 때문이다. 이에 영인 등은 기분 나쁘다는 표정을 지으며 의자에 몸을 깊숙이 기대고 데일 등을 쳐다보았다.

"왜 그러지요? 이것이 부족한가요? 이 정도면 꽤 큰 금액일 텐데요?"

"훗, 이 정도는 언제든지 만질 수 있는게 우리들이요. 첫 번째 질문의 대답을 듣고 싶다면, 좀 더 올려놓은 것이 좋을 거요."

"영도 말이 맞다. 겨우 이 정도 가지고 돈을 벌 수 있을 거라고 큰 소리 친 건 아니겠지?"

"그렇다는군. 무엇 때문에 질문했는지 모르겠지만, 꽤 위험한 질문이야. 겨우 그런 푼돈 가지고 나와 대화를 하려 했다면… 그만 일어나는 것이 좋을 거다."

"흐음, 3굴덴이면 꽤 큰 돈인데… 그럼 얼마를 원하지요?"

"얼마를 원하냐? 훗! 명규, 저게 얼마나 될 것 같냐?"

"글쎄? 굴덴이 저들 화폐를 말하는 것 같은데, 무게를 재보니 은자 한 냥 정도 될 것 같다."

"그래? 저거 3개가 은자 한 냥 정도라… 그럼 최소한 30개는 있어야 되겠군. 아니지, 아니야. 30개가 아니라 30냥이지. 어떤가, 이래도 대답을 듣고 싶나?"

"30냥이요?! 그렇다면 90굴덴? 흐음… 좋아요! 그러나 만약 제가 원하는 대답이 아니라면, 서로 얼굴을 붉히게 될 일이 발생할 수 있습니다. 재클린 양, 부탁할게요."

"옛? 수녀님, 90굴덴이라고요, 90굴덴. 그런데… 휴~ 알았어요. 하지만 나중에 교황청에 받을 수 있도록 수녀님께서 차용증을 직접 작성해 주셔야 합니다. 제가 아무리 엘로힘과 예수 그리스도를 따르는 신자라 해도, 상가의 여식인 이상 어쩔 수 없어요."

"걱정하지 마세요, 재클린 양. 전 5년 전에 우르바노 교황님의 명을 받고 이곳에 왔습니다. 비록 그분께서 엘로힘과 예수 그리스도 곁에 가셨다고 해도, 교황청에 가시면 인노첸시오 교황께서 계시니 재클린 양이 가시면 직접 하사해 주실 겁니다."

"그렇다면 제가 얼마든지 내겠습니다. 이봐요, 명나라에서 화란국이라 불리는 곳에서 온 재클린 할스라고 해요. 현재 천진에 제 상선이 정박해 있으니까, 돈은 신경 쓰지 말고 수녀님의 질문에 답해주면 돼요. 제가 지급보증을 한다면 상가나 전장에서 목숨이 위태위태한 명황제의 보증보다 더 선호할 겁니다. 그러니까 아무 걱정하지 말고 대답만 잘해요."

"큭! 이봐, 이곳은 황제가 있는 도성이야. 그런데 그런 말을 아무렇지 않게 할 수 있나? 보기보다 배짱이 두둑하군, 정말 웃기는 여인이야. 하하~ 좋아, 두둑한 배짱이 마음에 들었다. 질

문에 답하지. 대순국과 연관이 있냐고 했지? 있다, 그것도 아주 깊은 연관을 맺고 있지. 됐나?'

영인은 호탕한 남자처럼 자신의 두 눈을 똑바로 쳐다보며 말하는 재클린의 태도가 마음에 들었다. 그에 기분이 좋아져 크게 웃으며 데일의 질문에 대답했다.

"그래요? 역시… 그럼 대순국의 어느 선까지 연결시켜 줄 수 있나요? 흠! 누구와 연관이 있습니까?'

영인의 대답에 활짝 웃음을 짓는 데일은 평소 수녀로서 교육 받았던 딱딱한 말투에서 벗어나 쾌활한 소녀의 말투로 물었다. 하지만 데일은 금방 자신의 실수를 깨달았고, 다시 딱딱한 말투로 돌아왔다.

영인 등은 데일의 말투가 왔다 갔다 하며 수시로 변하자 살짝 미소를 지었다. 원래 잘사는 집 자식들이 어려서부터 교육을 통해 말투 등 많은 것을 배우지만, 성격까지 완벽하게 변화시킬 정도는 아니었다. 그렇기에 영인 등은 데일이란 소녀 역시 그런 집안의 자제 중 하나라 생각했다. 아직 수녀가 정확히 무엇인지 모르기에, 그런 생각을 할 수 있었던 것이다.

"어느 선까지 연결해 주길 원하나? 권력의 중심에 가까운 인물일수록 금액이 올라가겠지?'

"흐음… 좋아요. 그럼 최고 권력자와 연결시켜 줄 수 있습니까? 만약 그렇다면… 원하는 만큼 드릴 수 있습니다.'

"호~ 도대체 무슨 일로 권력자를 만나려고 하지? 수녀라고 했으니까 상인은 아니겠고, 종교적인 일인가?'

"그건 그대가 굳이 알 필요는 없습니다. 대순국의 대신이나 장수와 연결만 시켜주면 됩니다. 제가 원하는 것은 그것입니다."

"그래? 그렇단 말이지. 흐음~ 권력자, 그것도 중심에 가까워야 한다… 도어사가 좋을까, 아니면 승상이 좋을까? 아니지, 꽉 막힌 도어사나 승상보다는 병부상서를 만나는 것이 좋겠군. 그게 아니라면 폐하를 직접 만나게 해줘?"

"옛? 뭐라고요?"

데일은 마치 혼자 중얼거리듯 말하는 영인의 말에 귀를 기울이고 있다가 깜짝 놀랐다. 생각했던 것보다 훨씬 윗선이었기 때문이다.

"누구를 만나고 싶은가? 폐하는 내가 생각해도 좀 힘들 것 같고… 대신들 중 한 명이 좋겠군. 누굴 만나고 싶은가? 정해봐, 그럼 소개시켜 줄 테니까."

"저, 정말인가? 아니! 그보다 당신이 누군데 그들을 만나게 해줄 수 있다는 거지요? 우리가 외국인이라고 속이는 것이라면, 절대 무사하지 못할 겁니다."

"내가 거짓을 말하고 있다 생각하나? 홋! 그럼 더 이상 이 자리에 앉아 있을 필요 없겠네. 이런 일은 서로 믿음이 있어야 하는 거야. 믿지 못하겠다면 자리에서 일어나. 괜히 술맛 없게 만들지 말고."

"흐음……."

"……."

데일과 재클린은 영인의 두 눈을 직시하며 상황을 정리했다. 하지만 쉽게 결정을 내릴 수 없었다. 예상을 뛰어넘는 말에 신중한 선택이 필요했기 때문이다.

　그러나 일각이 조금 넘어서면서 데일과 재클린의 눈이 반짝
거렸다. 영인을 보는 시선이 달라진 것이다. 장난처럼 말하는
것 같았지만, 거짓이 보이지 않았다. 그에 둘은 영인이 생각했
던 것보다 상당한 권력자일 것이라 짐작하게 되었다.

　"결정했나?"

　"좋아요, 당신의 말을 믿지요. 승상을 소개시켜 줘요. 아니,
승상과 만나게 해줬으면 감사하겠습니다."

　"승상? 승상이라… 소개시켜 주는 거야 어렵지 않은데, 문제
가 있다. 승상은 당장 만날 수 없는데, 어떻게 하겠나? 조금 기
다렸다가 만나겠나? 며칠은 기다려야 만날 수 있을 것 같은
데."

　"그래요? 상관없습니다. 그러니까 소개만……."

　"잠깐만요, 수녀님. 흠! 영인님, 혹시… 승상 말고 다른 분은
당장 만날 수 있나요? 혹 도어사나 병부상서……."

　"훗, 역시 상인이라 알아듣는 말귀가 빠르군. 승상과 도어사
를 만나려면 좀 기다려야 하고, 병부상서는 내일이라도 만나게
해줄 수 있다. 어떻게 할 텐가? 병부상서를 만날 텐가?"

　"그래요? 그렇다면 수녀님, 승상보다는 내일이라도 병부상서
를 만나는 것이 좋을 것 같습니다."

　"그, 그럼 병부상서를 만나게 해주세요. 아니, 해주십시오. 그
럼 원하는 돈을 드리겠습니다."

　"좋아, 그럼 정보를 알려준 값으로 은자 30냥. 그리고 만나게
해주는 값으로 200냥, 어때? 나나 되니까 그대들에게 병부상서

를 만나게 해줄 수 있는 거다. 쉽게 만날 수 없는 분이지. 큼! 우선 정보를 줬으니까 30냥에 대한 값을 받아야겠지?"

"뭐, 뭐라고요? 만나는 값으로 200냥이요? 그런 터무니없는……."

"한 나라의 병부상서를 만나는 일이다. 그리고 그대들은 대순국의 병부상서가 도성에 있다는 정보를 들었어, 극비사항을 말이야. 만약 내가 호의를 가지고 있지 않았다면, 그대들은 지금이라도 죽은 목숨이야. 무슨 말인지 알겠나?"

"그… 그렇군요."

영인의 나직한 말에 데일과 재클린 등은 주변을 둘러보았다. 시끄럽게 떠드는 사람들 틈으로 자신들을 주시하는 눈빛들이 있었다. 자칫 상황이 어긋나기라도 하면 목숨을 보존할 수 없을 정도였다.

"훗, 극비정보를 은화 90굴덴에 샀으니 싸게 샀네요. 좋아요! 은자로 30냥, 지금 바로 드릴게요. 대신, 영인님의 직위를 알려주세요. 그래야 서로 믿음이 생기지 않겠어요? 물론 내일이라도 수녀님이 병부상서와 대면할 수 있는 자리를 만들어 줘야겠지요?"

"…좋다. 서로 신뢰가 있어야겠지. 흠! 난 보위대의 대주고, 옆에 둘은 부대주들이다. 이 정도면 됐겠지?"

"보위대요? 근위대와 함께 대순국 황제를 호위하는 보위대를 말하는 건가요?"

"대주라고요? 당신이?"

"그렇다. 그리고 계속해서 당신이란 말을 쓸 텐가? 수녀가 뭔지 모르지만, 어린애한테 그런 말을 들으니까 상당히 기분 나쁘군."

"미, 미안합니다."

"호호, 오늘 대단한 분을 만났네요. 수녀님께선 좀처럼 외부 사람들과 대화를 하지 않으세요. 그러니까 영인님께서 이해해 주세요. 그나저나 여기 말씀하신 돈이에요. 약속은 내일 이맘때로 했으면 합니다. 장소는… 후원에 조용한 곳도 있는 것 같으니까, 이곳에서 만나는 것도 괜찮겠네요."

"흠! 결정이 빨라서 좋군. 그럼 내일 병부상서를 만날 수 있도록 자리를 만들어보지."

"알겠어요. 오늘 좋은 대화를 나눌 수 있어 좋았어요. 술값은 제가 내도록 하지요. 그럼 저희는 이만."

재클린은 아직 어정쩡한 자세로 앉아 있는 데일을 일으켜 세운 후, 영인에게 가볍게 인사를 하고 객점을 나섰다.

순식간이었다. 영인 등이 뭐라고 말하기 전에 벌어진 일이었기에, 시야에서 사라진 후에야 상황 정리가 되었다.

"쩝, 사내로 태어났으면 괜찮은 인물이 되었겠다."

"난 지금이 좋은데?"

"뭐? 꽤 마음에 들었나 보다? 하긴, 내가 생각해도 호탕한 것이 마음에 들긴 하더라. 색목인만 아니라면 사귀어보자고 했을 텐데……."

"색목인이 별거냐, 오히려 중원 여인들보다 예쁘기만 하던데. 내일이라고 했지? 훗훗."

명규와 영도는 내일이 기대된다는 듯한 영인의 말투와 표정에 고개를 갸웃거렸다. 지금까지 영인이 여인을 보고 저런 표정을 짓는 것이 처음이었기 때문이다. 항예화를 볼 때도 짓지 않았던 표정이었다.

'저 녀석 취향이 색목인이었나? 피부가 하얀 것이 보기엔 좋지만, 난 예화가 더 예쁜 것 같은데.'

*　　*　　*

다음날 영인은 재클린이 찾아오길 기다렸고, 약속대로 찾아오자 우금성과 대면할 수 있게 해줬다. 우금성을 설득하는 일이 만만치 않았지만, 홍이포를 만든 화란국의 상인이란 말에 우금성의 동의를 얻을 수 있었다.

대순국은 아직 홍이포를 운용하고 있지 않았다. 아니, 못했다. 홍이포를 단 한 문도 획득하지 못했기 때문이다. 획득한 화포 대부분이 성능이 떨어지는 천자철포였고, 호준포(虎準砲)와 멸로포(滅虜砲)가 몇 문 있을 뿐이었다. 하다못해 무적대장군포라 불리는 불랑기포조차 삼 문밖에 없었다. 당연히 가장 성능이 좋은 홍이포를 얻을 수만 있다면, 우금성은 그 누구라도 대면할 생각이 있었다. 그것이 색목인이었고, 또한 여인이라 해도 상관없었다. 숭정제도 화란인들을 통해 화포를 개량하여 국력을 키웠었기 때문이다.

"어떠셨습니까?"

"괜찮은 성과가 있었네. 그런데 태 대주는 어떻게 그들을 알게 되었나?"

"운이 좋았습니다, 대인. 그럼 그들이 홍이포를 넘겨주는 것입니까? 아직 포병들의 훈련이 부족해서 제 역할을 하지 못하고 있는데…….."

"앞으로는 우리도 포병이 많이 필요하네. 훈련은 꾸준히 시켜야겠지. 그나저나 내일은 태 대주와 보위대의 역할이 중요하네. 총공격이 시작되면 지시한 대로 차질없이 일을 진행시키게."

"알겠습니다, 대인. 그런데… 굳이 북진무사의 도움을 받아야만 합니까? 우리 힘으로 충분히 자금성을 넘을 수 있습니다."

"원 소협 때문에 그런가? 태 대주가 왜 그러는지 알겠지만, 사적인 감정으로 대국을 그르칠 수는 없네. 무엇이 먼저인지 신중하게 생각하게."

"흐음……."

'빌어먹을. 산종의 도움을 받으면서도, 그들을 전혀 배려하지 않는군. 북진무사 안검청이 목 장문인과 친분이 있다지만, 승지의 집안을 몰살시키는 데 일조한 인물인데…….'

영인은 진행되는 상황을 이해할 수가 없었다. 분명 안검청은 원승지의 집안을 몰락시킨 인물 중 하나였다. 그런데 어떻게 원승지의 사부인 목 장문인과 친분이 있을 수가 있는지, 또한 금의위 북진무사라면 실질적인 수반인데 그동안 충성을 받친 숭정제를 배반한다는 것이 믿어지지 않았다.

우금성은 영인 등이 도성에 괴소문을 퍼뜨리는 동안 나름 바쁜 나날을 보냈다. 도성을 살피며 취약한 곳을 찾았고, 또한 점령하기 위한 세부적인 전략을 수립했다. 그러면서 태감 두훈(杜

勛)을 숭정제에게 보내 투항을 종용하기도 했다. 물론 실패로
돌아갔지만.

그러던 중 안검청 북진무사를 대면하게 되었다. 처음엔 무척
놀랐지만, 대화가 진행될수록 얼굴이 활짝 펴졌다. 가장 어려운
난제를 해결할 수 있게 되었기 때문이다.

사례태감(司禮太監) 조화순(曹化淳).

황성과 내외성의 모든 성문을 지키는 책임자인 조화순은 대
순국에 투항하고자 안검청을 따라왔던 것이다. 물론 투항의 대
가는 있었다. 동창제독 자리를 원한 것이다. 하지만 창의문을
활짝 열어주겠다는 확답에 우금성은 허락을 했고, 최선을 다해
도와주겠다는 다짐까지 해줬다. 권력을 움켜쥐려는 우금성에게
있어서 안검청과 조화순의 동조는 함께해야 할 동반자를 얻는
일임으로 결코 나쁜 일이 아니었기 때문이다.

쾅, 콰앙! 콰아앙~

사시가 조금 지난 무렵부터 시작된 포성은 미시를 지나 신시
가 될 때까지 끊이지 않았다. 이자성이 이끄는 본진은 이미 약
조한 대로 조화순과 안검청에 의해 창의문이 활짝 열렸고, 고안
에 있던 유방량의 좌영대군도 외성 밖을 장악하며 영정문을 공
격하고 있었다. 더욱이 우영대군을 이끄는 최추산도 광거문(廣
渠門)을 향해 공격을 시작하고 있어 백성들은 귀를 틀어막고 비
명을 질러댔다. 도성은 가히 화염지옥을 방불케 했다.

"아~ 아직도 평서백은 당도하지 않았는가……?"

"폐하……."

"벌써 보름이 다 되어가는데, 원숭환 대장군은 300여 리를 3일 만에 달려와 청나라의 포위를 풀어주었건만."

"마, 망극하옵니다… 하지만 곧 당도할 것입니다."

도성이 이자성에 의해 거의 함락되어 가자 숭정제는 문무백 관회의를 소집하고자 조회(朝會)를 알리는 종을 두드렸지만, 재 상들 중 모습을 보이는 사람은 극히 드물었다. 그러나 조회에 참석한 신하들이라 해도 아무런 대책이 없었고, 서로를 바라보 고 눈물을 흘릴 뿐 속수무책이었다.

"왕 태감, 황후와 귀비는 어디에 있는가. 태자와 황자들이 함 께 있는가?"

"그렇사옵니다, 폐하."

"알았다. 짐의 어리석음으로 인해 상황이 이렇게 되었으니 누구를 탓할까… 휴~ 문무백관은 들어라. 도성은 유적들이 장 악했다. 그렇다면 오늘밤 유적들은 외성과 내성을 공격할 것이 고, 이곳 황성에도 저들의 공격이 시작될 것이다. 하지만 무슨 일이 있어도 막아야 할 것이다. 오늘밤만 버티면 평서백이 당도 할 것이다. 그러니 그대들은 목숨을 다해 유적들을 막도록 하 라."

"알겠습니다, 폐하."

문무백관들이 물러나자 숭정제는 왕 태감에게 황후와 귀비 등을 태화전으로 오도록 했다. 아무래도 불안에 떠는 황후 등을 안심시켜야 할 것 같았기 때문이다.

숭정제가 태화전에서 황후와 태자 주자랑 등을 만나고 있는

시각, 우금성의 명을 받은 영인은 보위대 전원을 소집한 후 일
장연설을 하고 있었다.

"모두 준비됐나?"

"옛, 대주님!"

"좋다. 지금부터 우린 내성으로 들어간다. 분명 동창이나 금
의위 녀석들이 기다리고 있을 것이다. 산종과 근위대가 앞장을
서겠지만, 우리 피해도 만만치 않을 것이다. 그러니까 각자 조
심하도록 하고, 근위대나 산종보다 먼저 숭정제를 확보해야 한
다. 무슨 말인지 알겠나?"

"알겠습니다, 대주."

"그런데 대주님, 숭정제를 산 채로 잡아야 하는 것입니까? 아
니면 죽여도 됩니까?"

"죽여도 무방하지만, 될 수 있으면 산 채로 잡는 것이 좋을 거
다. 그래야 보위대의 위상이 높아지고 폐하께서 하사품을 푸짐
하게 내려주지 않겠냐. 하하, 나 부대주와 걸 부대주는 선무문
으로 가라. 그리고 배 천부장은 숭문문(崇文門)으로 가되, 명심
할 것은 반드시 근위대와 산종이 공격한 이후 시작해야 한다는
것이다. 자자, 모두 최선을 다해주길 바란다."

"알겠습니다, 대주님. 그럼 소장은 먼저 출발하겠습니다."

배용길은 영인과 명규 등에게 깊게 군례를 취한 후 대원들을
이끌고 부성문으로 달려갔다. 도성엔 아직까지 포탄이 떨어지
고 있었다. 대순군이 보유하고 있는 화포와 포탄이 많지 않아
잊을 만하면 날아오는 정도지만 백성들이 동요하고, 황성을 방
어하는 친위군의 간담을 서늘하게 만들기엔 충분했다.

명규와 영도도 대원들을 이끌고 출발하자 영인은 자신의 뒤에 조용히 서 있는 대원들을 쳐다보았다. 인원은 20명에 불과했지만, 한 명 한 명이 모두 자신을 믿고 따르는 대원들이었다. 이후의 일을 생각한다면, 반드시 이번 전쟁에서 살아남아야 하는 인원이었다.

"우리도 출발하자. 새벽까지 황성에 들어가서 숭정제를 잡으려면 시간이 별로 없다. 그러니까 쓸데없이 적과 조우하지 않도록 신속하게 움직여야 할 것이다. 알았나?"

"옛, 대주님."

날이 어두워질수록 도성은 병사들의 고함소리와 병장기가 부딪히는 소리로 가득했다. 백성들은 문을 꼭 걸어 잠그고 일체 밖으로 나오지 않았지만, 언제 불똥이 튈지 몰라 전전긍긍하며 불안한 밤을 맞이해야 했다. 그렇게 날이 저문 유시쯤 되어서야 도성은 대순군에 의해 점령되었다. 금의위나 동창 및 황성을 수비하는 친위군들은 외성에서 완전히 물러났고, 지금은 내성에서 아홉 개의 성문을 꼭 걸어 잠그고 항전을 하였다. 특히 친위군은 외성을 점령한 대순군을 향해 화포를 발사하며 내성 삼 문인 선무문과 정양문, 그리고 숭문문에 의지하며 저항하고 있었다. 하지만 대순군의 피해보다 백성들의 피해가 더욱 컸다. 그만큼 외성에 거주하던 백성들은 대순군과 친위군이 쏘아대는 포탄으로 인해 정신이 없었다.

"대주님, 우리가 성문을 열어야 하지 않겠습니까?"

"그렇습니다, 대주님. 저희가 성문을 열면 황성도 금방 점령할 수 있을 것입니다."

"미쳤냐? 무공 좀 익혔다고, 너희가 일당백의 무적이라도 되
는 줄 알아? 쓸데없는 소리 그만 하고, 저 성벽을 어떻게 하면
무사히 넘을 수 있는지 생각이나 해봐라."

"…사다리를 이용해서 올라가면 되지 않을까요?"

"사다리는 가지고 왔냐?"

"바, 밧줄을 이용하면……."

"밧줄을 어떻게 걸려고?"

"그건……."

"됐다, 됐어… 그나저나 아직인가? 지금쯤이면 산종이나 근
위대 녀석들이 황성 안으로 들어갔어야 될 시간인데……."

영인 등은 황성사(皇城四)라 불리는 네 개의 성문 중, 북쪽에
위치한 지안문(地安門) 근처 성벽과 백 보 정도 떨어져 있는 저
택의 벽에 몸을 숨기고 있었다. 선무문을 넘어 내성에 들어오자
마자 가장 뒤쪽으로 달렸는데, 그곳이 바로 북쪽에 위치한 지안
문이었다.

지안문은 금의위와 친위군들로 인해 경비가 삼엄하여 쉽게
넘을 수 없는 곳이지만, 성벽만 무사히 넘으면 내성을 한눈에
내려다볼 수 있는 만수산(萬壽山)까지 무사히 갈 수 있었다. 더
욱이 만수산은 영락제 때 과중한 업무로 인한 피로를 풀기 위해
만든 공원으로, 숲이 울창하여 몸을 숨기기엔 가장 적당한 곳이
었다. 그리고 신무문(神武門)만 통과하면 황궁인 자금성이었고,
숭정제를 사로잡는 것도 한 번쯤 시도해 볼 수 있는 일이었다.
그렇기에 황성 안에 소란이 일어나기만 기다리고 있는데, 어찌

된 일인지 아무런 소리도 들을 수 없었다. 만수산이 너무 커서 소리가 들리지 않는 것인가 하였지만, 이따금씩 성벽 위에 병사들이 분주하게 움직이는 것이 다였다. 내성의 소식을 전하는 것 같았는데, 아무리 지켜보아도 별다른 움직임을 찾아볼 수가 없었다.

'빌어먹을, 이대로 기다리고 있어야 하나? 왜 아직까지 못 들어간 거야? 나 같았으면 벌써 들어가고도 남았겠다. 제길.'

"송추일, 네가 가서 알아봐라."

"옛? 어디를……."

"어디긴 어디야! 네 실력을 아는데, 설마 너한테 황성 안을 살펴보라고 하겠냐? 산종이나 근위대가 어디에 있는지, 그리고 뭘 하기에 뜸을 들이고 있는지 알아보란 말이다."

"알겠습니다, 대주."

"저 녀석은 말을 잘 듣는데 머리가 없단 말이야. 명규하고 반반씩만 섞이면 참 좋겠는데."

어둠 속으로 사라지는 송추일을 보면서 아쉬움에 입맛을 다셨다. 그러나 아쉽다고 해서 해결될 일이 아니었기에, 영인의 시선은 성벽으로 향했다.

송추일이 돌아온 것은 반 시진이 흐른 뒤였다. 내성을 돌아다니면서 고생을 했는지, 사라졌을 때와 달리 온몸이 흙으로 범벅이 되어 있었다.

"야, 포탄이라도 맞았냐?"

"예, 정말 죽다 살아났습니다. 다행히 빗겨 맞아서 살았지, 아니면 대주님 얼굴도 못 보고 황천 갈 뻔했습니다."

"살았으면 됐지. 그래, 뭐 하고 있냐?"

"동안문(東安門)에 갔었는데, 금의위하고 치열하게 격돌하고 있었습니다. 금의위 녀석들 실력이 장난 아니더라고요. 산종이 밀리자 근위대까지 가세했는데, 전력을 다해도 동안문을 뚫지 못했습니다."

"그래? 그럼 곤란한데… 다른 곳은? 좌영대군이나 우영대군은 어떻게 하고 있었냐? 남쪽의 승천문은 아직 뚫지 못했다는 말이냐? 그 병력으로?"

"승천문까지는 가보지 못했습니다. 그러나 아직 황성으로 들어가지 못한 것은 확실합니다."

"그래?"

"확실합니다, 대주님. 하지만 내성이 곧 우리 수중에 점령될 것 같습니다. 친위군이 승천문에 의지하며 버티고 있지만, 워낙 수적으로 밀리는 상황이라 얼마 버티지 못할 것 같아 보였습니다."

"그렇다면 조금만 기다리면 되겠군. 참, 그럼 부대주들은 어디에 있냐?"

"동안문에서 치열한 공방전이 벌어지자 아무래도 몰래 진입하기 곤란할 것 같다며 이쪽으로 온다고 했습니다."

"이쪽으로 온다고? 흐음… 알았다, 수고했다. 너는 저쪽으로 가서 쉬고 있어라."

"감사합니다, 대주님."

"자! 모두 들었겠지? 조금만 기다리면… 아니다, 생각해 보니 이곳도 곧 본진이 당도할 것 같다. 더욱이 부대주들도 이곳으로 온다고 하니, 차라리 우리는 서쪽의 서안문(西安門)으로 간다."

"서안문이요? 거긴 넘기 힘들겠다며 대주님께서 그냥 지나친 곳이지 않습니까?"

"맞습니다, 대주님. 그리고 서안문은 성벽이 높아 넘기도 힘들지만, 넘는다고 해도 대신들이 사는 저택들을 지나야 합니다. 만약 저택을 경비하는 병사들에게 걸리기라도 한다면, 그땐 숨어들기 힘들어질지도 모릅니다. 더욱이 황궁까지 가려면 호수를 건너야 하는 곳인데, 왜 그쪽으로 가려고 그러십니까?"

"뭐가 불만이 이렇게 많아? 저택들이 있으니까 숨어들기 유리할 것이고, 호수야 잘 건너면 되지. 안 그래? 자, 어서 출발하자."

"끄응~ 그렇군요. 알겠습니다, 대주님."

영인은 대원들을 이끌고 조심스럽게 서안문이 바라보이는 곳까지 이동했다. 역시 서안문 근처는 조용했다. 아직은 공격을 받고 있지 않은 것 같았다.

"자, 우리는 이곳에서 기다린다. 지금쯤 폐하께서 지안문을 공격하고 계실 테니, 황성은 극도로 혼란에 빠질 것이다. 우린 혼란한 틈을 타서 성벽을 넘으면 된다. 알겠나?"

"옛, 알겠습니다."

영인의 말대로 조금 시간이 흐르자 서안문을 지키고 있던 병사들이 분주하게 움직이기 시작했다. 아무래도 남쪽이 집중적으로 공격당하고 있었기 때문에, 그곳을 지원하기 위해 병사들이 이동하는 것 같았다. 그에 영인은 대원들을 데리고 조심스럽게 성벽을 오르기 시작했다. 날이 어두웠기에 주변에 횃불이 어둠을 밝히고 있다 해도 성벽을 넘는 것에 큰 어려움이 없었다.

성벽을 넘은 영인 등은 조심스럽게 저택들을 지나쳤고, 중해호수를 끼고 남쪽으로 내려갔다. 아무래도 중해호수를 건너면 황궁 외곽을 경비하고 있는 금의위나 친위군에게 걸릴 것 같았기 때문이다. 그에 남쪽으로 이동하여 중해호수를 무사히 넘은 영인은 높은 담을 자랑하는 저택 담장 뒤에서 해자(垓子) 넘어 서화문(西華門)을 주시하였다.

"이제 조금 쉬자. 어차피 황궁 안으로 들어가야 뭐든 할 수 있으니까, 몇 명만 경계를 하고 쉬어라."

"예, 알겠습니다."

"얼마나 기다려야 기회가 생기려나? 빨리 왔으면 좋겠… 응? 뭐지?"

대원들을 쉬게 한 후 서화문과 주변 성벽을 둘러보던 영인은 굳게 닫혀 있던 성문이 천천히 열리면서 일단의 행렬이 빠져나오고 있는 것을 보았다. 그에 무슨 일인가 하여 시선을 집중했는데, 되도록 만나지 않기를 바랐던 동창 위사들의 모습이 보였다. 비록 만났으면 하는 인물이 한 명 있었지만, 거리가 멀고 어두워 사물조차 분간할 수 없기에 확인이 불가능했다. 하지만 문제는 동창의 무리가 누군가를 호위하는 듯 행동하고 있었던 것이다. 호위를 받는 인물이 누구인지 모르지만 분위기가 심상치 않았고, 무리가 해자를 막 건너 대저택 사이로 사라지려고 할 땐 대단한 무언가가 있어 보였다. 그에 영인은 대원들을 향해 시선을 돌렸다. 공격할 것인지 아닌지에 대한 결정을 내리기 위해서였다. 그런데 영인의 지시가 떨어지기도 전, 이미 대원들의 눈빛이 반짝거리고 있었다. 대원들도 무언가를 기대하는 눈빛이었다.

"젠장! 알았다. 이렇게 마냥 기다리고 있으니, 차라리 저 녀석들이나 족치는 것도 좋겠지. 야, 송추일! 넌 얼른 명규와 영도에게 가서 지원을 요청해라. 아마 지금쯤 지안문을 넘고 있을 거다. 그리고 이식은 대원들과 함께 진영을 구축하며 저 녀석들을 공격해라. 난 개인적으로 행동하겠다. 참! 누누이 얘기하지만, 너희들 모두 괜히 목숨 버리지 말고 위험하면 뒤로 빠져. 알았나?!"

"옛, 대주님."

"좋다. 그럼 공격해라. 공격~!"

"와~!"

"빌어먹을. 조용히 황제의 목이나 취하면 되는데, 왜 하필 저 변태새끼들이 내 눈에 띈 거야? 그나저나 그 변태새끼도 저들 중에 있으려나? 후후."

입에선 불평불만이 튀어나왔지만, 영인의 신형은 어느새 서화문을 건너 대저택으로 사라지기 시작한 적들을 향해 움직이고 있었다. 입가엔 비릿한 웃음을 머금고 있었는데, 누군가가 자신을 반갑게 마중해 주길 기대하였다.

"이런! 적이다, 어서 안으로 모셔라! 어서~!"

대원들이 동창을 향해 돌격하자 이 모습을 본 동창의 위사들이 앞으로 뛰쳐나가며 환관들에게 소리를 질렀다. 누구를 호위하는지 모르지만, 환관들의 움직임이 갑자기 분주해졌다.

"와~ 이게 누구신가? 역시 변태새끼라, 그 무리에 있었구 나!"

"응? 오~ 누군가 했더니, 쥐새끼처럼 도망친 녀석이었군."

"흥! 오랜만이다, 변태."

"간신히 살아났으면 도망칠 것이지, 무슨 부귀영화를 누리겠 다고 유적들에게 다시 간 것이냐? 아니지, 내 손에 죽으려고 찾 아온 것이냐?"

대원들 뒤를 따라 움직이던 영인은 어디선가 들어봤음직한 목소리가 들리자 아무 생각 없이 그쪽으로 신형을 움직였다. 그런데 역시나! 그렇게 만나기를 기대하고 있던 이 당두를 만 나게 된 것이다. 기뻤다. 온몸에 소름이 돋을 정도로 흥분되었 다.

"하하, 죽는 것은 네놈이다. 네놈의 더러운 목을 딸 수 있게 되었으니, 오늘은 하늘이 내 소원을 들어주는구나."

"그동안 호랑이 간이라도 먹었나 보구나. 똥마려운 개새끼처 럼 도망치던 녀석이 무서운 줄 모르고 큰소리 치고 있구나. 하 하하~ 그렇게 죽고 싶다면 입만 나불거리지 말고 덤벼보거라. 이번엔 도망치지 못하도록 다리부터 잘라주겠다."

"지랄하고 있네. 네놈이나 도망치지 마라! 하아앗~!"

영인은 이 당두를 향해 힘차게 신형을 날렸다. 그러나 칼이 어느새 뽑혔는지, 이미 이 당두의 목을 향해 일직선으로 뻗어나 가고 있었다.

휙!

창, 차창! 차차창, 차아앙~!

"큭! 뭐, 뭐야?"

"훗! 왜 그렇게 놀라시나? 다리부터 잘라주겠다며? 잘라봐, 어서!"

"실력 좀 늘었다고, 어디서 빌어먹을 새끼가……!"

"미친놈, 이게 실력이 좀 늘은 거냐? 그럼 이것도 받아봐라~!"

차앙, 차차창~!

"크옥! 어, 어떻게 된 거냐! 몇 개월 전만 해도 빌빌했던 놈이… 어떤 요상한 사술을 익힌 것이냐?!"

이 당두는 영인의 칼에 맺힌 기운을 보고 깜짝 놀랐다. 도기였다. 그러나 이 당두가 놀란 것은, 너무도 자연스럽다는 것이었다. 내공을 검이나 칼같은 병장기에 자연스럽게 운용할 수 있다는 것은 그 실력이 절정의 경지에 올랐다는 것을 의미한다. 내공도 별 볼일 없었고, 운용도 못하던 놈이 한순간 절정고수가 돼서 나타난 것이다.

"사술은 무슨! 너 같은 변태새끼들을 모두 죽이려면, 이 정도는 돼야지. 안 그래?"

"영단이라도 먹었나 보군. 그러나 급조된 기연이 어디까지 통할 것 같으냐? 네놈 때문에 첩형으로 승급하지 못했는데, 오늘 그 복수를 해주겠다. 각오해라~!"

"내가 할 말을 대신하는구나! 네놈의 사지를 잘라 개먹이로 주겠다. 아니지, 황궁을 접수하면 네놈의 물건까지 찾아내서 개먹이로 주고 말겠다."

"이노옴~!"

휘이이잉~

깡, 까깡! 까아아앙, 까앙~!

영인의 말에 얼굴이 붉어진 이 당두는 검에 모든 내공을 집중하며 영인을 몰아붙였다. 포접행을 극성으로 끌어올렸고, 창천 십오검은 매서웠다. 그러나 영인은 이 당두의 공격을 모두 막아냈다.

예전이라면 결코 막을 수 없는 공격이었지만, 지금은 모든 초식이 눈에 들어왔다. 너무 빨라 희뿌옇게 보이는 신형도 훤하게 보였고, 어디로 공격해 오는지도 정확하게 가늠할 수 있었다. 확실히 이 당두의 실력은 절정의 경지였다. 만약 원승지와 접전을 벌였다면, 누가 이길지 알 수 없을 정도의 막강한 실력을 지니고 있었던 것이다. 그러나 이미 최절정에 오른 영인에겐 하나도 통하지 않았다.

"어, 어떻게 된 것이냐! 네가 절정의 벽을 뛰어넘기라도 한 것이냐? 그런 것이냐?"

"훗, 이제야 알았냐? 그게 네놈처럼 물건을 자른 변태놈과 나의 차이다. 물건도 없는 놈이 절정의 참맛을 알 수 있겠냐? 진정한 운우지락을 모르는데, 어찌 최절정이 무엇인지 알겠느냐. 절정의 맛을 본 것만도 용하다, 이놈아!"

"죽여 버리겠다, 이 벌레만도 못한 놈!"

"물건도 없는 놈이 그렇게 빨리 움직이면, 중심 잡기 힘들지 않냐? 뭐로 중심을 잡고 있냐?"

"이 죽일 놈……! 크아악~!"

"째지는 소리 그만 질러, 이 변태새끼야! 물건도 없는 놈이 악을 쓰니까 듣기 싫잖아~!"

"죽어, 죽어라~!"

까깡! 까아아앙, 까앙~!

이 당두의 눈에 시뻘건 핏줄이 튀어나왔다. 동공이 확대되고 입에선 거친 숨소리가 뱉어졌지만, 움직임은 극도로 빨라지고 있었다. 지금까지와는 다른 움직임이었다. 이미 죽기를 각오하였기에, 지금까지 숨겨왔던 힘을 방출하기 시작한 것이다.

동창에서 100년 이상 심혈을 기울였지만 아직까지 완성하지 못한 금단의 무공인 패왕천단신공(覇王天壇神功), 비록 신공이란 말이 들어가지만 자칫하면 온몸이 폭발할 수 있는 위험천만한 무공이었다. 그런데 이 당두는 영인을 죽여 입을 꿰맨 후 물건을 잘라 박제할 수만 있다면 자신은 어떻게 되든 상관없다는 생각으로 금기를 깬 것이다. 그에 동창의 절정심법인 창천비환심공(蒼天飛煥心功)을 멈추고 패왕천단신공을 운용하며 검에 공력을 집중시켰다.

콰아아앙~

"헉! 패, 패왕천단신공……?"

"패왕천단신공이라고요? 어떻게 이 당두가 패왕천단신공을 익히고 있는 겁니까, 장 첩형님? 혹시 알고 계셨습니까?"

"그게 문제가 아니지 않은가, 허당두. 어서 폐하와 위사들을 뒤로 물리도록 하게."

"아, 알겠습니다. 모두 물러나라, 어서~!"

"흐음… 아직 불완전한 무공인데, 몸이 버틸 수 있을까? 안전성 실험 때문에 이 당두가 익히게 되었지만, 또다시 아까운 인재를 잃게 되는 것은 아닌지 모르겠구나."

장 첩형은 불안한 눈빛으로 이 당두를 바라보았다. 패왕천단신공은 동창이 만들어지고 금의위와 경쟁을 하면서 만들어진 환관들의 최대 역작이자 희망이 담긴 무공이었다. 대성하게 되면 초절정의 경지에 올라 천하를 오시할 수 있음을 물론, 환골탈태를 통해 육체를 재구성하여 잃었던 남근까지 되찾을 수 있는 신공이었다. 하지만 동창의 고수들과 수많은 환관들이 모든 역량을 동원하며 수대를 거쳐 보완을 하였어도 완성하지 못한 실패작이었다. 그래서 원래는 첩형만 익힐 수 있는 무공이었지만, 혹시나 하는 생각에 위급할 때 사용할 수 있도록 이 당두에게 내어준 무공이었다. 이 당두를 자신의 후임으로 생각하고 있었기 때문이다.

　'패왕천단신공을 사용해야 될 정도의 고수란 말인가? 최절정에 오른 나라 해도 일각 이상을 시전할 수 없는 무공인데, 과연 이 당두가 얼마나 버틸 수 있을는지…….'

　장 첩형은 이 당두와 격전을 펼치는 영인을 바라보았다. 확실히 자신과 비슷한 실력을 지닌 고수라는 것을 한눈에 파악할 수 있었다. 그에 이 당두의 행동이 이해되었다. 자신이라도 목숨을 걸고 펼쳤을 것이기 때문이다.

　"저쪽이다, 저쪽에 동창 녀석들이 있다~"

　"와~"

　"이, 이런! 적들의 지원 세력이 온다, 폐하를 안전한 곳으로 모셔라! 어서~!"

　영인과 이 당두와의 격전이 격해지면서 주변에 영향을 미쳤다. 그에 놀란 대원들과 동창의 위사들이 물러났는데, 송추일이 명규와 영도 등 지원 세력과 함께 달려오자 깜짝 놀란 허 당두가 번역과 위령들에게 숭정제를 안전한 곳으로 이동시킬 것을 명했다. 너무 놀란 상황이라 실수를 하고 만 것이다.

"허 당두! 지금 무슨 짓을 한 것이냐~!"

"헙! 이, 이런……!"

"숭정제다, 숭정제가 저기에 있다~!"

"잡아라, 숭정제를 잡으면 부귀영화를 얻을 수 있다~!"

"와~"

"죄송합니다, 장 첩형님. 실책은 목숨으로 대신하겠습니다, 폐하를 안전하게 모십시오. 하앗~!"

유적들이 숭정제가 있는 곳으로 달려들자 자신의 실책을 깨달은 허 당두가 장 첩형에게 예를 취한 후 대원들을 향해 뛰어들며 검을 휘둘렀다. 실력은 이 당두에 비해 현저히 떨어지지만, 그래도 허 당두 역시 절정고수였다. 대원들은 속수무책으로 허당두의 검에 쓰러졌고, 그 틈에 장 첩형은 한숨을 돌릴 수 있는 시간을 벌 수 있었다.

"빌어먹을! 어서 폐하를 안으로 모셔라. 작전은 실패다, 모든 위령과 위사들은 폐하를 성문 안으로 모셔라. 어서!"

더 이상 작전을 강행할 수 없다는 판단에 장 첩형은 번역과 위령들에게 숭정제를 서화문 안으로 이동시킬 것을 명했다. 그리고 자신도 숭정제의 뒤를 따랐다.

"허 당두, 폐하의 안위를 위해 시간이 필요하다. 모든 위사들은 허 당두와 함께 적들을 막아라! 한 놈도 성 안으로 들어선 안될 것이다!"

"성문이 닫힐 동안 시간을 벌어야 한다! 위사들은 폐하의 안위를 위해 나와 함께 이곳에 뼈를 묻을 각오로 싸워라. 적들이 성문을 넘지 못하게 해야 한다~!"

"황제 폐하께 충성을~!"

"와아~"

"죽어라~!"

창, 차창! 차차창, 차아앙~!

"커억!"

"끄아아~"

허 당두를 필두로 모든 위사들이 죽음을 불사하며 대원들을 막기 시작했다. 팔이 떨어지면 다른 팔로 잡아 서고, 칼이 몸에 박히면 두 손으로 대원들을 잡고 쓰러졌다. 그러면 쓰러지지 않은 위사들이 대원들을 향해 검을 휘둘렀다. 처절한 격전이 펼쳐졌다.

대원들은 위사들이 온몸으로 막아서자 주춤거렸다. 그러나 눈앞에서 숭정제가 모습을 감추기 시작하자 부귀영화가 한순간에 사라지는 것 같았다. 그에 흥분한 대원들은 위사들처럼 물불 가리지 않고 서화문을 향해 돌진했다. 그러나 숭정제는 이미 장 첩형과 번역들에 의해 서화문 안으로 사라진 후였다.

숭정제가 안전해지자 장 첩형은 이 당두와 허 당두를 향해 시선을 돌렸다. 하지만 이미 부르기엔 너무 늦은 후였다. 위사들이 필사적으로 막고 있었지만, 조금씩 뒤로 밀리며 적들이 서화문을 향해 질주해 오고 있었기 때문이다.

"성문을 닫아라, 성벽의 친위군은 적들을 향해 화살을 날려라! 공격하라~!"

"공격~"

쏴아아아~

픽, 퍼퍽~!

"끄억!"

"컥, 끄으~"

"화살이다, 피해라~!"

"큭, 빌어먹을!"

성벽에서 화살이 무차별적으로 쏟아지자 대원들과 위사들이 사방으로 흩어졌다. 어두워 적아를 식별할 수 없기에 사람이 있는 곳이라면 무작정 화살을 쏘아댔다.

쾅! 콰아앙, 콰앙~!

"큭, 빌어먹을 새끼! 좋다, 한번 해보자~!"

보위대 대원들과 동창의 위사들이 격전을 치르는 동안, 영인과 이 당두도 서로의 목숨을 취하기 위해 혼신의 힘을 다하고 있었다. 하지만 조금씩 영인이 밀리고 있었다. 이 당두의 목숨을 도외시한 공격이 연속으로 이어지면서 공격이 아닌 수세에 몰리기 시작한 것이다. 더욱이 자신의 처지가 마땅치 않은 영인은, 격분하여 모든 내공을 칼에 쏟아부으며 이 당두를 향해 휘둘렀다.

이 당두와 조우하며 행운이라 생각했고, 또 쉽게 이길 수 있다는 믿음이 있었다. 그러나 이 당두의 모습이 이상해지고 난 후 초식을 교환하면서, 영인의 믿음에 조금씩 금이 가기 시작했다. 무엇을 어떻게 했는지 막강한 위력이 담긴 공격이 계속해서 이어졌고, 훤하게 보였던 움직임은 이젠 종잡을 수조차 없었다. 한순간에 자신을 넘어선 실력자가 된 것이다.

"크억! 비, 빌어먹을 새끼~!"

'젠장! 이럴 수는 없어, 왜 내겐 이런 빌어먹을 일만 생기냐고! 왜 이번에도 변태새끼한테 당해야 하냐고, 왜에~!'

이 당두의 공격을 힘겹게 받아내면서 영인은 공포를 느꼈다. 다시는 생각하고 싶지 않은 예전의 그 공포였다. 온몸에 소름이 돋고 식은땀이 흘렀다. 어느새 내상을 입었는지, 입에선 핏물이 흘러나오고 있었다. 원숭지가 최절정의 경지에 올랐다고 하기에 세상을 다 가진 것 같은 기분을 만끽할 수 있었고, 그 누구도 자신의 앞을 막을 수 없을 거라 생각했었다. 무림에서 말하는 몇몇 고수를 제외하면, 그 누구도 자신의 상대가 아니라 여겼었다. 그런데 물건도 없는 변태녀석이 또다시 자신의 앞을 가로막고 있는 것이다. 지겨운 악연이었고, 지금은 죽이고 싶은 마음보다 도망치고 싶은 마음이 더 컸다. 그러나 뒤로 물러설 수도 없었다. 이 당두가 자신을 놓아주지 않고 있었기 때문이다. 그에 버텨야 했다. 살아남기 위해선 어떻게든 버틸 수밖에 없었기에, 영인은 이를 악물고 이 당두의 공격을 맞받아쳤다.

"캬카카가~ 죽인다, 죽인다~!"

"오냐, 이 변태새끼야! 오늘 누가 죽나 해보자, 하아앗~!"

쾅, 콰아아앙! 콰아앙~

이 당두는 이미 자신을 제어할 수 있는 이성을 잃어버렸다. 오직 눈앞에 있는 영인을 죽이겠다는 일념뿐이었고, 그것이 신형을 움직이고 검을 움직이는 원동력이었다. 그러나 점점 한계에 다다르고 있었다. 불완전한 무공이기에 부작용이 따랐지만, 문제는 공력이 감소할수록 생명의 원천인 선천지기를 뽑아내 필요한 공력을 만들어내고 있다는 것이었다. 하늘에 오를 수 있는 패왕의 신공, 그러나 패왕이 되기 위해선 그만한 대가가 따랐다.

"끄아아아~ 주, 죽인……."

쫘아아아앙~!

"크어억~"

휘이이익~ 쿵! 털썩~

휘이잉~

"으~ 내, 내가 이겼……."

쿵……!

"끄으, 빌어먹… 을!"

영인에게 일격을 가한 이 당두가 마지막 말을 끝내지 못하고, 땅바닥에 머리를 박으며 쓰러졌다. 숨소리조차 들리지 않았다. 기혈이 파괴되어 죽은 것이다. 하지만 영인도 멀쩡하지 못했다. 비록 이 당두의 공격을 막았지만, 너무 막강한 힘이라 십여 장을 넘게 날아가 벽에 부딪치며 쓰러진 것이다. 더욱이 큰 충격을 받았는지, 간간이 신음소리만 들릴 뿐 일어서지 못했다.

보위대와 동창 간의 싸움이 한순간 멈췄다. 수십 개의 포탄이 한꺼번에 터진 것 같은 충격에 지축이 흔들려, 제대로 서 있는 인원이 몇 명에 불과했기 때문이다. 하지만 진동이 멈춘 후에도 움직이지 못했다. 모든 시선이 영인과 이 당두에게 모아졌기 때문이다. 도저히 사람과 사람의 싸움이라 생각되지 않았기에, 벌어진 입이 다물어지지 않았던 것이다. 그러나 이들 중 충격을 벗어난 사람들이 있었고, 그들은 마냥 입만 벌리고 있을 수 없는 사람들이었다.

"여, 영인아~!"

"대주님!"

명규와 영도가 쓰러져 움직일 줄 모르는 영인에게 달려갔다. 영인의 가슴은 피로 흥건했는데, 충격에 의해 피부가 갈라져 있었다. 더욱이 입에선 검은 핏덩이가 꾸역꾸역 흘러나왔다.

"빌어먹을! 어서 안전한 곳으로 옮겨야 할 것 같다."

"그래, 지금은 영인의 안전이 우선이다."

"크윽! 물러나라, 모두 후퇴해라~!"

영인이 쓰러지자 대원들의 행동도 멈췄다. 그에 시간을 번 허당두가 위사들에게 명하며 서화문 옆 쪽문으로 신형을 날렸다. 하지만 대원들은 동창의 위사들이 후퇴하는 것을 보면서도 공격할 수가 없었다. 대주와 부대주들의 명도 없었지만, 친위군이 화살을 쏘며 위사들의 후퇴할 퇴로를 방어해 주고 있었기 때문이다.

"젠장! 조금만 빨리 왔었어도 숭정제를 잡을 수 있었는데……."

"아쉽지만 어쩔 수 없지. 어서 영인을 안전한 곳으로 옮기도록 하자."

"그래, 어쩔 수 없지. 배 천부장!"

"옛, 나 부대주님."

"나와 걸 부대주는 대주의 안위를 위해 후방으로 물러나겠다. 그러니 배 천부장이 대원들을 이끌고 작전을 수행하도록 하라. 단, 대주를 수행했던 대원들은 우리와 함께 간다."

"옛, 알겠습니다."

명규와 영도는 뒤늦게 위사들이 후퇴하는 것을 알게 되었다. 하지만 대원들에게 공격 명령을 내리기엔 너무 늦은 후였다. 그에 영인을 안전한 곳으로 옮기는 것이 최선이란 생각에, 모든 것을 배 천부장에게 일임했다.

명규와 영도가 20명의 대원과 함께 후방으로 사라지자 굳어 있던 배용길의 표정이 환하게 변했다.

"축하합니다, 배 천부장님. 대주께서 동창의 고수와 양패구상했으니, 동창 녀석들과 만나더라도 충분히 해볼 만하지 않겠습니까?"

"물론이다. 지금부터 부상자를 살피고, 적들의 동태를 파악하는 데 주력하라. 처음 작전대로 근위대나 산종이 황성을 넘는 즉시, 우리도 행동을 시작할 것이다."

"충! 알겠습니다, 배 천부장님."

배용길의 지시에 의해 대원들은 친위군의 공격이 닫지 않는 거리에서 쓰러진 대원들을 살폈다. 대부분 숨이 끊어졌지만, 그 중 팔이나 다리에 화살을 맞은 대원들도 있었기에 필요한 조치였다.

'크으~ 빌어먹을, 그동안 난 부처님 손바닥의 손오공에 불과했구나. 내 행동을 보고 대주는 얼마나 비웃었을까? 젠장! 하지만 대주와 부대주가 없는 지금은, 내겐 다시 없는 기회다. 이번 기회를 반드시 잡아야 한다. 그래야 대주의 마수로부터 벗어날 수 있다. 반드시 숭정제를 산 채로 잡고 말겠다. 반드시.'

배용길은 분주하게 움직이는 대원들을 바라보며 앞으로의 일에 대해 생각에 잠겼다. 모두 대주인 영인의 명보다 천부장인 자신의 명에 따르는 대원들이었다. 든든했다. 그러나 이번 일로 인해 영인의 실력을 확실하게 알 수 있었고, 대원들만 믿고 영인에게 반기를 들지 않은 것이 잘한 일이라 생각되었다. 명규와 영도의 실력도 놀라웠지만, 대주인 영인의 실력은 자신이 상상할 수 없을 정도일 줄은 몰랐기 때문이다. 이젠 혼자의 힘으론 반기를 들 수가 없었다. 아니, 반기를 들겠다는 생각조차 할 수 없는 인물임을 알게 되었다. 그렇기에 이번에 공을 세우지 못한다면, 자신의 행동을 조용히 지켜만 봤던 영인이 어떻게 돌변할지 알 수 없었다. 워낙 성격을 파악할 수 없는 인물이 영인이었고, 무공이 차이도 너무 났기에 살아남기 위해선 무조건 큰 공을 세워 병부상서의 눈에 들어야만 했다.

第七章
하긴, 권력이란 게 다 그런 거니까…

土龍瑛絪
흥
호
영인

내성이 유적들에 의해 유린당하자, 마음이 급해진 숭정제는 용포를 벗고 백성들이 입는 옷으로 바꿔 입은 후 황성을 빠져나가고자 했다. 황궁을 나와 중해호수를 지난 후 남해호수까지만 무사히 가면, 영락제 때 만들어진 탈출로를 통해 어떻게든 황성을 벗어나 백성들이 사는 외성으로 몸을 숨길 수 있었기 때문이다. 아니, 고관대작들이 사는 내성에만 갈 수 있어도 충분했다. 그럼 잠시 몸을 숨기고 있다가, 경계가 느슨해진 틈을 타서 외성으로 나갈 수 있는 길을 찾으면 되었기 때문이다.

　그러나 숭정제는 영인에 의해 황성을 빠져나갈 수 있는 기회를 놓쳤다. 속이 쓰리고 아쉬웠지만, 태화전에 돌아온 숭정제는 적에게 사로잡혀 험한 꼴을 당하지 않았다는 것으로 만족했다. 하지만 아무리 목구멍으로 술이 들어가고 뱃속이 뜨거워도, 전

허 취기가 올라오지 않았다. 술잔이 더해질수록 오히려 가슴이
답답해졌다.

"후~ 하늘이 정녕 짐, 대명제국을 버리는가?"

"망극하옵니다, 폐하⋯⋯."

"흐음~ 어쩔 수 없겠지. 하늘이 짐을 버렸다면, 짐은 태자라
도 살려 국운을 이어야 하겠지. 왕 태감, 태자와 황자들을 들라
하라."

"알겠습니다, 폐하."

왕 태감이 태화전에서 사라지고, 이각이 흐른 후에 황후 등을
데리고 들어왔다. 숭정제는 한동안 황후와 전 귀비를 향해 시선
을 고정시켰다.

황후와 전 귀비는 자신들이 무엇을 해야 하는지 알고 있는
듯, 아무 말 없이 자신들을 바라보고 있는 숭정제를 향해 고개
를 끄덕였다. 그에 숭정제는 애잔한 미소로 답했다. 하지만 뭔
가를 결심한 듯, 숭정제는 불안한 시선으로 자신을 바라보고 있
는 태자와 황자들을 향해 고개를 돌렸다.

"왕 태감, 태자와 황자들에게 입힐 평복을 가지고 오너라."

"흑흑, 폐하⋯⋯."

"뭐 하는가, 어서 행하라."

숭정제의 호통에 왕 태감은 태화전을 나가 평복을 가지고 왔
다. 왕 태감에게 평복을 받아 든 숭정제는, 태자부터 직접 옷을
갈아입혔다. 그리고 주자형(周慈炯)과 주자소(周慈炤)까지 모두
갈아입힌 후, 애잔한 표정으로 태자와 황자들의 손을 꼭 쥐었
다.

"태자와 황자들은 이 못난 아비의 마지막 말을 명심하여 들거라. 태자와 황자들은 황궁을 빠져나가 안전해질 때까지 백성들이 쓰는 말투를 사용하도록 해라. 나이 많은 늙은이를 만나거든 옹(翁)이라 부르고, 장년을 만나거든 백(伯)이라 불러야 할 것이다. 무슨 말인지 알겠느냐?"

"흑흑, 폐하……."

자신의 말에도 태자와 황자들이 울기만 할 뿐 아무런 대답이 없자, 숭정제는 허리띠를 매어주면서 재차 물었다. 그에 울먹이던 태자와 황자들이 반드시 그렇게 하겠다며 고개를 끄덕였고, 이를 바라보던 황비와 귀비가 제대로 서 있지 못하고 태화전 바닥에 무릎을 꿇으며 통곡했다.

"이것은 하남성의 여명산장과 안휘성의 만금산장, 그리고 절강성의 태평산장에서 발행한 어음이다. 장 첩형은 이 어음을 가지고 지금 당장 황궁을 빠져나가 태자와 황자들과 함께 국장(國丈)의 집으로 가거라. 날이 밝고 전투가 끝나면, 아무리 유적들이라 해도 백성들의 민심을 돌보기 위해 성문을 열게 될 것이다. 그러니 장 첩형은 두려움에 떠는 백성들로 변복하여 황성을 빠져나가도록 하라. 무슨 일이 있어도 태자와 황자들을 남경까지 보필해야 할 것이다. 알겠느냐?"

"명심하겠습니다, 폐하."

"흑흑, 폐하~"

"황후와 귀비만 남고 모두 물러가라. 태자와 황자들은 어서 장 첩형을 따라가도록 하라. 어서!"

"못난 소자들의 절을 받으시옵소서. 반드시 살아남아, 이 원한을 갚아주겠습니다."

"흑흑흑~"

장 첩형에 의해 태자와 황자들이 태화전을 나가자, 숭정제는 오열하는 황후와 귀비를 다독였다. 만약 오늘밤 안으로 평서백이 병사들을 이끌고 당도하지 못하면, 내일 아침은 생각하기 싫은 일을 직접 해야만 했기에 숭정제의 마음은 숯덩이처럼 까맣게 타들어갔다.

'평서백, 내일 아침엔 그대의 얼굴을 볼 수 있겠는가? 짐과 백성들을 위해, 내일은 떠오르는 태양과 함께 그대의 얼굴을 볼 수 있었으면 좋겠구나.'

불안한 마음과는 달리, 숭정제의 손은 황비와 귀비를 달래고 있었다. 어차피 자신들의 힘으로 어찌할 수 없는 형국이었기에, 내일 아침 태양이 뜨는 것을 기다리며 지켜볼 수밖에 없었다. 모든 것은 태양이 떠오르면 결판이 날 것이기에……

날이 밝았어도 숭정제가 그렇게 기다리던 평서백 오삼계는 황성에 모습을 보이지 않았다. 그에 자신을 바라보며 눈물을 흘리는 황비와 귀비를 슬픈 눈빛으로 바라보았다.

"황후, 귀비… 짐을 위해 자결해 주겠는가? 그대들이 살아남아 유적들에 의해 참담한 지경에 처하는 것을 짐은 차마 볼 수가 없구나."

"흑흑~ 알겠습니다, 폐하. 그렇게 하겠습니다."

"폐하… 흑흑~"

숭정제는 황후와 귀비가 스스로 목을 매고 죽는 것을 곁에서 지켜보았다. 평상시라면 절대 할 수 없는 행동이었지만, 숭정제는 황후와 귀비의 마지막 모습을 가슴 속에 담아두기 위해 처음부터 끝까지 지켜본 것이다. 그리고 죽은 것을 확인한 후, 숭정제는 직접 황후와 귀비를 태화전 한쪽에 마련된 침상에 뉘었다. 눈에서 하염없이 눈물이 떨어졌다. 그러나 꾹 참고 왕 태감과 함께 수녕궁(壽寧宮)으로 향했다. 아직 해결할 일이 남았기 때문이다. 수녕궁엔 황장녀(皇長女) 장평공주와 소인공주가 있었던 것이다.

"폐… 하……."

"그래, 장평과 소인은 간밤에 무탈하였느냐."

"…두 분은……."

"허허……."

"아~"

장평공주는 허탈하게 웃는 숭정제의 표정을 보며 모든 상황을 알 수 있었다. 그리고 자신과 동생에게 무슨 일이 생길 것인지도 깨달을 수 있었다. 그에 겁이 났다. 하지만 숭정제의 표정에서 불안함을 느꼈는지, 소인공주가 옆에 꼭 달라붙자 지그시 손을 잡아주었다.

"왕 태감, 검을 다오."

"폐하, 흐윽……."

스르릉~

"장평아, 소인아… 크흑! 너희는 전생에 무슨 죄를 지어 황가에, 그리고 내 자손으로 태어났느냐."

휙~!

"큭! 폐, 폐하… 부디 몸 성히… 소녀는 괜찮습…….''

"크으흑, 장평아~!"

획~!

"학! 어, 언… 끄으윽~"

"소, 소인아… 하~ 하하, 크하하하~ 하늘이, 하늘이 짐을 버렸도다. 하늘이 명을 버렸도다. 하하하~"

"크흑, 폐하…….''

검으로 장평공주를 베고 두려움에 떠는 소인공주의 가슴 또한 찌른 숭정제는 수녕궁을 나와 하늘을 바라보았다. 하늘이 빙빙 도는 것 같았다. 옆에서 장평공주의 수발을 들던 시녀들이 놀라는 소리와 흐느끼는 울음소리가 들렸다. 지금이라도 다시 수녕궁 안으로 들어가고 싶었지만, 차마 그럴 수가 없었다. 장평공주는 17살의 꽃다운 나이였기에 유적들에게 능욕당하는 것을 막기 위해 베었다지만, 소인공주는 겨우 6살에 불과했다. 그 어린 소인공주의 가슴에 자신이 검을 찔렀다는 것이 믿어지지 않았다. 그러나 이미 일은 저질러진 후였고, 후회를 해도 어쩔 수 없었다. 그에 숭정제는 미친 듯이 광소를 터뜨리며 태화전으로 향했다. 무언가 목적이 있어서가 아니었다. 그저 자연스럽게 발걸음이 태화전으로 향한 것이었다.

"왕 태감… 짐이 준비할 것이 있구나. 그러니 왕 태감은 그만 물러가도록 하라."

"폐하, 그럴 수 없습니다. 폐하의 곁에서 끝까지 함께할 수 있도록 해주십시오, 폐하."

"허… 그토록 잘났다고 떠들던 문무백관은 보이지도 않는데 늙은 그대만이 짐의 곁에 남기를 바라는구나."

"폐하……."

"그래, 그대라도 짐이 마지막 가는 길을 봐주는 것도 좋겠지……."

주름진 왕 태감의 얼굴을 잠시 바라보던 숭정제는, 무엇이 생각났는지 입고 있던 용포를 벗은 후 붓을 들었다. 그리고 무엇인가를 열심히 쓴 후 쓴웃음을 한차례 지으며 다시 용포를 걸쳐 입었다.

"가자꾸나."

"어디로 가시겠습니까, 폐하?"

"만수산으로 가자. 수황정(壽皇亭)에 들르고 싶구나."

"알겠습니다, 폐하."

숭정제는 왕 태감의 뒤를 따라 걸었다. 항상 주변에 문무백관과 금의위 및 동창의 위사들로 북적거렸는데, 오늘은 곁에 아무도 없었다. 오직 평생 자신과 함께했던 왕 태감만이 있을 뿐이었다.

"짐이 만수산에 오를 수는 있겠느냐?"

"오르실 수 있을 것입니다, 폐하."

"그래, 그럼 가자꾸나."

다행히 아직 신무문은 공격당하지 않았는지 멀쩡한 모습을 유지하고 있었다. 그러나 성문을 지키고 있어야 할 친위군은 한 명도 보이지 않았다. 그에 숭정제는 쓸쓸한 미소를 지으며 신무문을 나섰다.

숭정제의 바람대로 왕 태감의 뒤를 따라 반시진을 걷자 수황청이 보였다. 수황청은 황제의 장수를 기원하는 곳이지만, 숭정제는 주변을 돌며 황성을 바라보기 위해 올라온 것이었다.

황성은 어제 있었던 격전으로 인해 많은 곳이 불에 타고 허물어져 있었다. 거리엔 대신들이나 백성들의 모습을 찾을 수 없었고, 보이는 것은 유적들의 모습뿐이었다. 사시가 막 넘었기에 공격을 위해서인지 병사들이 한창 분주하게 움직이고 있었다.

"허허, 저들은 무엇을 위해 저리도 분주하게 뛰어다니는지……."

유적들의 공격 준비가 끝났는지 사방에서 공격을 시작하는 모습을 볼 수 있었다. 특히 만수산으로 통하는 곳이 집중적으로 공격당하고 있었는데, 친위군이 힘겹게 막아서고 있었다.

"어차피 부질없는 일이거늘……."

"폐, 폐하……!"

한동안 지안문과 황성어원(皇城禦園)을 바라보던 숭정제는 마음의 정리가 끝났는지 수황정 누각 뒤에 있는 커다란 괴목(槐木)으로 향했다. 그리고 용포 안쪽에서 허리띠를 푼 후 그것을 나뭇가지에 걸었다.

"휴~ 왕 태감… 너는 짐의 신하이지만, 항상 짐을 아들처럼 여기지 않았느냐?"

"신… 죽을죄를 지었나이다."

"아니다, 짐은 그런 너에게 항상 감사했다. 그동안은 이 말이 입에서 나오지 않았는데, 오늘 말하니 기분이 좋구나."

"폐하… 흑흑흑~"

"왕 태감, 아직 평서백은 오지 않았… 겠지?"

"크흑……."

"그래… 왕 태감, 짐의 마지막을 그대가 지켜봐 주었으면 좋겠구나."

"흑흑, 폐하……."

"종묘사직이, 짐의 어리석음으로 인해… 끊어지는구나. 크윽! 끄으으~"

"폐, 폐하~! 폐하~ 흑흑……."

숭정제가 목을 매어 자결하자, 이 모습을 지켜보고 있던 왕승은은 어찌할 바를 몰라 땅바닥에 고개를 숙이고 오열했다. 명나라 276년 사직이 종말을 고하는 순간이었다.

숭정제의 유언대로, 왕승은은 숭정제의 숨이 끊어질 때까지 흐느끼며 지켜봤다. 그리고 숭정제의 숨이 끊어지자, 시신을 조심스럽게 수황청 안으로 옮겼다. 옮기는 도중에 용포가 흐트러졌는데, 용포 안 옷깃에 숭정제가 직접 쓴 듯한 유조(遺詔)가 보였다.

'짐(朕)이 등극한 지 17년, 짐이 덕이 없고 보잘것없어 하늘이 나를 꾸짖는구나. 하늘에 죄를 지어 적을 맞기를 세 번이나 하였으며, 역적이 경사에 쳐들어온 것은 모두 여러 신하들이 짐을 그릇되게 한 것이다. 끝내 이 지경에 이르렀으니, 짐이 죽어서 장차 지하의 선황들을 뵐 낯이 없구나. 그러니 머리카락으로 얼굴을 가리고 죽고자 함이니, 황관을 벗기고 헝클어진 머리카락으로 수치스런 얼굴을 덮어다오. 또한 이렇게 자결함은 적들로 하여금 짐의 시체를 찢어발기도록 맡기고자 함이다. 역적들이 내 시신을 갈기갈기 찢는 것은 좋으나, 다만 선왕들의 능침(陵寢)만은 훼손하지 말 것이며, 짐의 백성들은 한 사람도 상하지 않기를 바랄 뿐이다.'

"폐하……."

왕 태감은 숭정제의 유언대로 황관을 벗기고 머리카락으로 얼굴을 가려주었다. 그러나 옮기다가 떨어졌는지, 오른발만 붉은 신발이 신겨져 있었고 왼발은 맨발이었다. 하지만 서럽게 흐느끼는 왕 태감은 숭정제의 이런 모습이 눈에 들어오지 않았다. 그저 하염없이 눈물만 흘릴 뿐이었다.

한동안 정신없이 울던 왕 태감은 주변에서 시끄러운 소음이 들리자 의관을 정비하고 소매에서 소도를 꺼내 들었다. 그리고 숭정제를 향해 깊게 예를 표한 후 자신의 심장에 박아 넣었다.

"컥! 폐하… 소신, 죽어서도 폐하를 곁에서… 모시겠… 습니다."

숭정제가 태어날 때부터 함께했던 충신 왕승은, 끝내 죽어서도 숭정제 곁을 지키고자 자결을 한 것이다. 이렇게 명나라의 마지막 황제인 숭정제 곁에서 따라 죽은 것은 환관 왕승은 단한 사람뿐이었다. 그리고 한 시진 후 태화전을 찾은 공부상서 범경문은 숭정제의 모습이 보이지 않자 그의 죽음을 예감했다. 이에 도성이 어수선한 가운데 쌍탑사 해운선사의 영탑 옆 우물로 달려간 후, '황제 폐하의 소재를 모르니, 오직 죽음으로 나라에 보답할 수밖에 없구나' 라고 외치며 우물에 투신했다. 숭정제에게 남천할 것을 주장한 마지막 충신 범경문, 내각보정 대신들 중 유일하게 순국한 인물이었다.

숭정제… 자기주장이 강하고 체면이 깎이는 일은 절대 하지 않았으며, 성격이 조급하고 의심이 많은 인물이었다. 그러나 17세에 즉위하여 17년간 명나라를 통치하면서, 죽는 순간까지 몸과 마음을 바쳐 정사를 돌보았던 황제였다. 조정 업무에 대해선 어떤 황제보다 근면·근검절약하며 스스로 규율있게 행동했고, 여색을 가까이하지 않으며 황궁 내에 연회나 음악 소리가 들리지 않게 하였다. 더욱이 황궁에 보관해 오던 요녕산삼을 상인들에게 팔아 수만 냥의 은자로 바꿔 국고에 보탰으며, 국력 신장과 백성들의 구휼에 노력한 인물이었다. 비록 이자성에 의해 나라가 위태로워지고 자결을 하게 되었지만, 우매하고 방탕한 여러 황제가 많았던 것에 비하면 넓은 안목을 가지고 개혁적인 정책을 펼치는 등 나름 황제로서 최선을 다한 인물이었다.

숭정제가 죽은 후 대순군은 순조롭게 황궁을 점령할 수 있었다. 황제가 자결했다는 것이 금의위나 동창, 그리고 친위군의 사기를 떨어뜨려 투항하게 만들었기 때문이다. 처음엔 믿지 않았지만, 만수산에 시신을 확보했다는 말에 속속 투항했다.

황성을 비롯하여 황궁까지 완벽하게 점령했다는 소식을 들은 이자성은 호탕하게 웃으며, 격전으로 허물어진 승천문을 통해 문무백관과 수많은 병사들의 영접을 받으며 황궁 안으로 들어갔다. 오문을 지나 금수교(金水橋)를 건너자 내문 중 중앙에 위치한 황극문(皇極門)이 나타났고, 좌우측에 문무백관들이 출입하는 서화문(西華門)과 동화문(東華門)이 보였다. 이에 이자성은 당당한 걸음으로 중앙의 황극문을 통과하며 태화전을 향해 시선을 주었는데, 태화전은 격전 중 발생한 화재로 대부분 허물어진 상태였다. 그러나 이자성은 주저없이 태화전을 향해 걸었다. 가는 길이 상당히 길고 지루했지만, 항상 꿈꿔오던 순간이기에 고조된 기분을 최대한 만끽하고 싶었다. 그리고 태화전 앞에 도착한 이자성이 뒤를 돌아보자, 깊숙이 머리를 조아리고 있던 문무대신들과 병사들이 만세를 부르짖으며 승전을 축하했다. 목이 쉬도록 만세를 외쳤고, 병사들의 환호성은 좀처럼 멈추지 않았다. 이에 이자성은 환호에 답하듯 오른손을 높이 치켜들며 자신과 대순국의 승리를 선포했고, 우금성과 여러 대신들에게 전장의 정리를 명했다. 숭정 17년, 3월 19일의 일이었다.

*   *   *

살랑, 살랑~

"제대로 좀 해라, 그렇게 성의없게 하면 내가 시원하겠냐?"

"젠장! 지금이 한여름인 줄 아냐? 밖에 나가봐, 아직 찬바람이 분다. 뭐가 덥다고 부채질을 해달라고 그러는 거야?"

"이제 봄인데 무슨 찬바람이 분다고 그래?"

"말 잘했다. 넌 봄에 덥다고 부채질하는 것 봤냐?"

"나도 그게 이상하단 말이야. 변태새끼하고 싸운 후로 자꾸만 열이 나고 더운 걸 어떻게 하냐."

"참나, 의원은 몸에 별다른 이상이 없다고 했잖아."

"그러니까 모르겠다는 거지. 아무리 생각해도 의원이 내기조차 볼 줄 모르는 돌팔인 것 같다. 아니면 이럴 수 없지. 아무튼 물건도 없는 놈이 어떻게 양공(陽功)을 익혔는지 몰라? 아직까지 내기가 이곳저곳에서 요동치며 들끓고 있다. 내상을 입은 것이 확실해."

"내상이 큰 것 같냐? 크흠, 그렇다면 큰일인데……."

영인의 설명에 명규와 영도의 이마가 좁혀졌다. 생각해 보니 영인의 말이 맞는 것 같았다. 자신들도 당시 이 당두의 무공을 보며 두렵고 놀랐는데, 직접 상대한 영인이 멀쩡할 리가 없었기 때문이다. 그러나 상대는 영인의 손에 죽었다. 3일 전의 일이었다. 당연히 며칠만 요상하면 거뜬하게 일어날 줄 알았는데 영인의 상태를 보니 쉽게 쾌차할 것 같지 않아 걱정되었다. 지금 보위대는 양분화까지는 아니지만 세력이 구분되어 가고 있었기 때문이다. 아직 중립을 지키는 대원들이 많지만, 우금성이 누구를 지지하느냐에 따라 명확하게 갈라질 조짐이 곳곳에서 보이고 있었다. 모두 배용길 때문이었다.

배용길은 자신의 바람대로 숭정제의 시신을 처음 발견하면서 우금성의 신임을 얻을 수 있었다. 황궁이 어수선한 틈을 타서 태화전을 급습했고, 숭정제가 보이지 않자 사방을 수색하던 중 혹시나 하는 생각에 만수산으로 향한 것이었다.

그 시각 근위대는 금의위와 치열한 접전을 벌이고 있었고, 산종도 동창과 친위군을 상대하느라 정신이 없었다. 태화전을 비롯한 외전 대부분에서 치열한 격전이 벌어진 것이다. 다만 원숭지만이 격전의 와중에 장평공주의 처소인 수녕궁으로 향했을 뿐이었다. 당연히 만수산으로 향한 배용길은 숭정제의 시신을 찾았고, 그로 인해 황궁에서 극렬하게 저항하던 친위군이 투항하면서 쉽게 종결지을 수 있게 된 것이다.

"너무 걱정하지 마라. 오히려 좋은 기회일 수도 있다."

"기회라고?"

"그래, 그러니까 너하고 영도는 밖에 있는 녀석들이나 잘 챙겨주고 있어. 저 녀석들은 우릴 믿고 따라오겠다고 한 녀석들이잖냐."

"쩝, 알았다. 뭘 어떻게 하려고 그러는지 모르겠지만, 내 인생을 책임지겠다고 했으니까 믿겠다."

"일도 일이지만, 어서 빨리 일어나기나 해라. 네가 일어나야 뭘 하든지 할 것 아니냐."

"알았다. 걱정하지 말라. 그나저나 숭정제의 시신은 어떻게 됐냐? 아직 동화문 밖에 내버려 두고 있냐?"

"전 귀비와 함께 장례를 치른다고 하더라. 그대로 두면 백성들의 민심이 나빠진다고 고군은 장군과 몇몇 대신들이 폐하께 주청한 것 같다."

"잘됐네. 적이지만 일국의 황제인데 그 정도 예우는 해줘야지."

"네 몸 걱정이나 해라."

"후후~"

명규와 영도의 걱정스러운 말에 영인은 고개를 끄덕이며 기분 좋은 웃음을 지었다. 그 후 일각이 조금 넘게 주변 돌아가는 얘기를 나눈 후에 둘이 돌아가자, 영인은 시녀의 수발을 받으며 침상에 누웠다. 몸이 생각보다 피곤했기 때문이다. 그러나 머리까지 쉬고 있을 정도의 여유는 없었다. 어제까지는 승리를 자축하는 주연이 베풀어졌지만, 앞으로는 논공행상(論功行賞)이 펼쳐질 것이기 때문이다.

'빌어먹을, 내가 그 자리에 있어야 하는데……'

영인의 생각대로 보화전(保和殿)에선 한창 논공행상이 치열하게 전개되고 있었다. 태화전이 전소하는 바람에 임시로 보화전에서 모든 행정 업무가 논의되고 있었는데, 한 나라의 공신이 되느냐 마느냐를 가리는 자리였기에 보화전에선 문무대신들 간에 치열한 설전이 오고 갔다. 당연히 이런 자리에 참석하지 못한다는 것은 치명적인 일이었다. 그 누구라도 자신의 공을 치켜세우는 데 열을 올리지, 다른 사람의 공을 높게 치하하지 않을 것이기 때문이다.

하지만 영인의 우려와는 달리 숭정제의 도주를 목숨 걸고 막아선 영인의 공이 원승지를 비롯한 산종과 근위대에 의해 알려지면서 이자성이 영인의 공로를 크게 치하했다. 더욱이 동창의 최고수와 치열한 접전을 벌였고, 끝내 상대를 죽였다는 말에 이자성뿐만 아니라 모든 문무대신들이 대단하다며 공을 인정했다. 비록 황성과 황궁을 점령함에 있어서 여러 장군들처럼 병사들을 직접 이끌고 참여하지는 않았지만, 숭정제의 도주를 막는 중요한 전과를 올렸기 때문에 인정할 수밖에 없었던 것이다.

이런 소식은 명규와 영도의 귀에 들어갔고, 곧 영인에게 알려졌다. 그에 영인은 다음날 기분 좋게 웃으며 병상에서 일어날 수 있었다. 비록 완벽하게 치료가 끝난 것이 아니라 간신히 운신할 수 있는 정도였지만, 앞으로의 일을 위해 하루라도 빨리 우금성을 만나 대화를 해야만 했기 때문이다.

"몸은 괜찮은카, 태 대주?"

"대인께서 보살펴 주시는데 어찌 괜찮지 않겠습니까. 걱정하지 마십시오, 이렇게 움직일 정도는 됩니다."

"그런가? 하하, 정말 다행이네. 자, 차나 한잔하면서 얘기하세나."

우금성과 영인은 그동안 있었던 일들에 대해 한동안 얘기했고, 논공행상에서 문무대신들 간에 벌어졌던 알력에 대해 말해 주었다. 그에 주로 얘기를 경청하던 영인은 고개를 끄덕이며 우금성의 말에 동조해 주었다.

"하하~ 여하튼 이렇게 태 대주가 건강한 모습으로 나타났으니 폐하께서도 크게 기뻐하실 것이네. 어서 복귀하여 예전처럼 보위대를 이끌어야 하지 않겠나?"

"감사합니다, 대인. 그렇지 않아도 그것 때문에 말씀드릴 것이 있어 찾아왔습니다."

"할 말이 있다? 그래, 무엇 때문에 그러는가?"

"실은……."

영인은 우금성에게 보위대를 배용길에게 일임한 후 자신은 예전에 언급했었던 대로 황성 일대와 황궁의 수비를 담당하는 일을 하고 싶다는 뜻을 밝혔다. 물론 황궁보고에 대한 것도 언급했다. 그에 우금성은 마치 그럴 줄 알았다는 듯 입가에 미소를 지으며 고개를 끄덕였다.

"배 천부장도 공로가 있으니 보위대를 맡는다고 해도 별말이 없을 겁니다."

"그렇기는 하지. 흐음… 그럼 부대주들도 함께 물러나는 것인가?"

"후임이 제대로 자리를 잡으려면 그렇게 해야 되지 않겠습니까? 그리고 대원들 중 몇 명은 제가 따로 차출해서 데려갈 생각입니다. 아무래도 처음엔 따르던 대원들에게 일을 시키는 것이 좋을 것 같습니다."

"그렇겠지. 알겠네, 인원은 알아서 하게. 나중에 병사들을 인솔하는 데 문제가 발생하지 않을 정도면 되겠지."

"감사합니다, 우 대인."

"아니네, 태 대주. 말이 나왔으니 내일 아침 폐하께 태 대주의 의중을 밝히고, 태 대주가 원하는 방향으로 일을 추진해 보도록 하겠네."

"고맙습니다, 대인. 그럼 저는 대인만 믿고 있겠습니다."

우금성과 기분 좋게 대화를 나눈 영인은 눈 빠지게 자신을 기다리고 있을 명규와 영도에게 갔다. 그러나 영인이 우금성의 집무실에서 나가자마자 한쪽에 기다리고 있던 배용길이 우금성의 집무실로 들어왔다.

"어떻게 됐습니까, 대인?"

"하하, 잘됐네. 내일이면 천부장이 아니라 대주라 불러야 되겠구먼."

"저, 정말입니까? 아~ 감사합니다, 대인. 이 은혜, 죽어서도 잊지 않겠습니다."

예전부터 우금성의 그늘에 들어가려고 마음먹었던 배용길은 자신의 바람대로 일이 진행되자 세상을 모두 얻은 것 같은 기분이 되었다. 어떻게 하면 영인의 마수로부터 벗어날 수 있을까 고민했었는데, 영인이 자발적으로 대로에서 물러난다고 하니 언제 걱정했냐는 듯 속이 다 시원해질 정도였다.

"다행히 태 대주도 원했던 일이었네. 사실 개인적으로 볼 때 아까운 인재지만, 보위대가 성장하기 위해선 태 대주가 물러났어야 했네. 대원들의 훈련과 통솔보다 개인 연무만 중시하지 않았어도 좋았을 텐데……."

"맞습니다, 대인. 태 대주는 보위대의 모든 업무를 부대주들에게 일임한 지 오래되었습니다. 그리고 모든 시간을 연무에 힘썼습니다."

"휴~ 안타까운 일이지. 군부의 수장이 강호의 파락호들처럼 무공에만 열중하고 있으니……."

"태 대주는 군부보다 무림에 더 어울리는 인물입니다."

"어쩔 수 없지. 여하튼 앞으로 배 대주의 역할이 중요하네. 무슨 말인지 알겠나?"

"여부가 있겠습니까."

"좋네. 하지만 명심하게. 비록 태 대주가 그동안 업무에 등한시했다고 하나 대원들 중 적지 않은 수가 따랐던 인물이네. 개인적으로도 뛰어난 인물이고. 그렇기에 부대주들이 목숨 걸고 함께하고 있는 것이 아니겠나."

"대인, 지금 대원들 모두 저를 따르고 있습니다. 그러니 걱정하지 않으셔도 됩니다."

"과연 자네도 그렇게 할 수 있겠는가? 믿을 수 있겠느냐, 이 말이네."

"무슨 일이든 시켜만 주십시오, 대인. 앞으로 충심을 다해 임하겠습니다."

"그래, 그래… 한번 배 대주를 믿어보겠네."

"감사합니다, 대인."

"하하하~"

영인의 부재에 다소 우려가 되었지만, 자신에게 충성을 다하겠다는 배용길의 말에 기분이 좋아진 우금성은 집무실이 들썩거릴 정도로 호탕하게 웃었다. 다소 상대하기 껄끄러웠던 영인보다 앞으로는 자신의 손발이 되어줄 배용길이 필요했다. 그에 우금성은 충성을 맹세한 배용길은 중용하고, 영인과의 인연은 끊어지지 않을 정도만큼만 이어놓고 있으면 되는 것이다.

이제 우금성에게 있어서 자신의 앞을 가로막을 수 있는 인물은 아무도 없었다. 비록 도어사 이암과 몇 명이 거추장스럽기는 했지만, 예전처럼 눈치를 볼 정도는 아니었다. 그리고 자신이 계획한 것이 성사되면, 더 이상 이암도 버틸 수 없게 만들 수 있었다. 더욱이 투항하여 이자성의 신임을 얻은 안검청과 조화순이 훈공(勳功)에 의해 금의위와 동창을 맡게 되었고, 배용길도 보위대를 맡으면서 자신의 한 팔이 되었다. 이제 대순국의 모든 병권이 자신에게 있으니 더 이상 두려울 것이 없었던 것이다. 앞으로 대순국의 미래는 자신의 마음먹기에 달렸다고 해도 과언이 아니었다.

'빌어먹을! 배용길, 이 배은망덕한 놈… 네놈이 배신할 줄 알았지만 이렇게 대놓고 할 줄은 몰랐다. 그런데 우 대인은 저 녀석의 뭘 보고 중용할 생각을 한 거야? 쩝, 어차피 나야 원했던 일이지만 뒤가 영 개운하지 않네. 뭐, 어쩔 수 없는 일인가? 하긴, 권력이란 게 다 그런 거니까…… 여하튼, 언제까지 우 대인

이 네놈 뒤를 봐줄지 두고 보겠다. 자라새끼 같은 놈.'

우금성의 집무실에서 나온 영인은 근처에 배용길이 숨죽이고 있다는 것을 기척으로 알 수 있었다. 부상을 당했고 내상도 입었지만 그래도 최절정고수였다. 일류도 못 되는 배용길의 실력으로, 영인이 모르게 기척을 숨긴다는 것은 있을 수 없는 일이었다.

하지만 영인은 모른 척 밖으로 나갔다. 그리고 배용길이 집무실에 들어가자 지붕에 몸을 숨기며 조심스럽게 집무실에 접근했다. 배용길이 무슨 일로 들어간 것인지 호기심이 들었던 것이다. 그러나 이후 우금성과 배용길의 대화를 들을 수 있었고, 상황이 어떻게 돌아가는지 파악할 수 있었다. 배용길한테 분노가 일었다. 우금성이야 나름 필요에 의해 맺어진 관계였기에 별다른 감정이 없었고, 또한 자신이 우금성의 위치였다고 해도 충분히 취할 수 있는 행동이었다. 그러나 배용길은 아니었다. 지금의 배용길이 있기까지 키워준 것이 있는데, 그런 은혜도 모르고 배신을 했으니…….

그러나 수유의 시간이 흐르지 않아 영인의 마음은 차분하게 가라앉았다. 어차피 자신이 원하던 것을 쉽게 얻을 수 있는 상황이 되었기 때문이다. 그리고 소득도 있었다. 앞으로 자신의 계획을 실행에 옮김에 있어서 우금성에 대한 미안함과 부담감을 덜 수 있게 되었기 때문이다.

第八章
그래, 지금부터는 내 인생을 살자

논공행상이 끝난 후, 이자성은 보화전에서 공신들의 공을 공
식적으로 인정하며 금과 비단을 하사했다. 그리고 행정내각의
대부분을 명나라의 관제에 따라 개편하였다. 하지만 대부분 문
무대신들이 예상했던 것을 벗어나지 않았다. 예상치 못한 것이
라면, 숭정제의 도주를 막았던 영인에 대한 것뿐이었다.

　부상으로 참석하지 못한 영인의 의중을 우금성은 보화전에
자리한 모든 문무대신들에게 전했다. 그에 이자성은 영인을 황
성과 도성 전체를 수비하는 경위지휘사사(京衛指揮使司)의 수반
인 정3품 지휘사(指揮使)에 임명하려고 하였다. 하지만 우금성
이 영인에게 가벼운 직무를 주는 것이 좋다며 이유에 대해 상세
히 설명하고 주청을 하였고, 이자성은 이를 받아들여 경위지휘
사에 고일공을 임명하며 황궁의 내정(內廷) 수비까지 담당하도

록 하였다. 그리고 영인을 정1품 궁위제독(宮衛提督)에 임명하며 황궁의 외조(外朝)를 수비하도록 명했는데, 정3품에서 정1품으로 승차하면서 새롭게 신설된 궁위제독부(宮衛提督府)의 수장이 된 것이다. 비리비리했던 최하 말단 병사로 시작해서 5년도안 되어 제독에 오른 것인데, 도독을 제외하면 최고위 군사지휘관이 바로 제독이었다. 이는 개인적으로 영광일 뿐만 아니라 모든 이들의 부러움을 받는 대상이 된 것이다.

그러나 문무대신들의 생각은 달랐다. 모두 침묵하고 있었지만, 영인에 대한 우금성의 태도가 변했음을 알 수 있었다. 우금성이라는 막강한 권력자를 잃었음은 물론, 영인은 권력의 중심에서도 멀어진 것이다. 이것은 문무대신들에겐 쌍수를 들고 반길 만한 상황이었다.

"야, 이제 어떻게 할 거냐?"

"어떻게 하긴 뭘 어떻게 해? 난 제독이 됐고, 너희들은 정3품위첨사(衛僉事)가 됐잖아. 그 정도면 됐지, 뭘 바라?"

"네가 배용길보다 권한도 없는 제독이 됐는데, 우리가 정3품이면 뭘 하냐? 이건 우리를 내쫓겠다는 거라고."

"쩝, 그렇긴 하지……."

영인은 명규의 말에 순간적으로 할 말이 없었다. 명규의 말대로 정1품 제독에 임명된 것은 영인이 세운 공에 대한 포상에 불과하였고, 실제적인 권한은 보위대 대주보다 못했기 때문이다. 그리고 궁위제독은 영인이 원하던 지위도 아니었다. 오히려 경위지휘사를 원했었는데, 우금성이 영인의 건강을 위한다는 명분으로 틀어버린 것이었다.

"영인아, 앞으로 어떻게 할 거냐?"

"큭큭, 내가 뭘 어떻게 할 수 있겠냐. 그저 내쫓기기 전에 알아서 나갈 수밖에."

"뭐? 그걸 지금 말이라고 하냐?"

"그만 해라, 명규야. 영인이 너도 그만 하고."

"……."

"명규야, 내가 생각해도 별 방법이 없는 것 같다. 이번 일은 우 대인하고 배용길이 작정하고 벌인 일이다. 그러나 문제는 폐하와 대신들이 우 대인의 주청에 암묵적으로 동의했다는 거다. 흠! 물론 배용길이 보위대를 장악하게 놔둔 우리의 잘못이 크겠지만."

"젠장! 배용길, 이 씹어 먹어도 시원찮을 자라 똥자루새끼! 감히 키워준 은혜를 이런 식의 배신으로 갚아? 반드시 복수해 주겠다!"

으드득.

"야! 그만 해라, 그러다 멀쩡한 이빨 다 나가겠다. 휴~ 내가 원한 건 이 정도까지는 아니었는데, 어찌하다 보니까 이렇게 됐네. 여하튼 이번 일로 우 대인에게 가지고 있던 미안한 마음을 홀홀 털어낼 수 있게 돼서 난 좋다. 우 대인과 내가 서로 필요에 의해서 맺어진 관계였다는 것이 확인됐잖아."

"그리고 우 대인이 너뿐만 아니라 우리 모두 탐탁지 않게 생각하고 있다는 것이 명확히 확인됐다. 훗, 조만간 우린 황궁에서 나가게 될 거다. 아니, 나가야만 살아남을 수 있겠지."

"하하, 네 말이 맞다. 아마 산해관이 정리되면 도어사와 함께 우리를 황궁 밖으로 내몰 거다."

영인의 말대로 우금성이 가장 꺼리는 인물이 있다면 누가 뭐라고 해도 도어사 이암이었다. 그만큼 대순군에 이암의 영향력이 컸다. 하지만 황궁이 함락된 이후 이암보다 우금성의 입김이 문무대신들에게 더 먹히고 있었다. 이암은 도성의 백성들을 다독이며 안정을 찾도록 해야 한다며 장수들과 병사들의 기강확립을 더욱 강화해야 한다고 주장한 반면, 우금성은 그동안 억눌려져 있던 장수들의 절제를 살짝 풀어주며 자신의 입지를 굳건히 다지고 있었기 때문이다. 그러나 문제는 이자성이 우금성의 행동에 제동을 걸지 않는다는 것이다. 이자성 역시 장수들에게 절제를 강요하기보다는 조금 풀어주는 것이, 향후 충성심을 굳건히 할 수 있는 방법이라 생각했기 때문이다. 그만큼 우금성의 영향력이 일인지하 만인지상이라 생각될 정도로 절대적이 되어 버렸다.

"빌어먹을……! 우 대인이 어떤 식으로 내몰 것인지 모르겠지만, 절대 좋은 모양은 아닐 거다."

"네 말이 맞다, 명규야. 자자, 지금부터 내 말 잘 들어. 우 대인이 손을 쓰기 전에 우리가 먼저 알아서 나가야 돼. 정신없을 때 나가면 더 좋겠지. 그러기 위해선 준비가 필요하다, 맨손으로 나갈 순 없잖아. 철저히 준비해서, 절대 뒤탈이 없게끔 만들어야 돼. 큭큭, 무슨 말인지 알지?"

"젠장! 좋다, 한번 해보자."

"휴~ 어쩔 수 없네. 나도 하겠다."

"그래, 그렇게 나와야지! 좋아, 그럼 우리 멋지게 한탕 해보자고. 하하하~"

명규와 영도의 동참에 영인은 호탕하게 웃었다. 비록 자신이 큰 틀을 생각하긴 했지만, 세밀한 것은 명규와 영도의 도움이 필요했다. 경험도 중요하지만, 삶의 연륜도 무시할 수 없기 때문이다. 그리고 무엇보다 세세한 부분까지 계획하고 검토하기엔 영인의 성격엔 무리였다.

영인이 남훈전(南薰殿)을 궁위제독부로 사용하였다. 남훈전은 오문에서 황극문으로 향하지 않고 서쪽의 옹화문(雍和門)으로 들어가면 있는데, 무영전(武英殿) 아래에 위치한 전각이었다. 공기도 좋고 서화문(西華門)과 가까이 있어, 유사시 몸을 피할 수 있는 위치에 있었다. 그리고 영인이 숭정제의 탈출을 막았을 때 격전이 벌어졌던 성문이기도 했다.

영인이 남훈전에서 대원들과 앞으로의 일을 논의하던 시각, 보화전에선 산해관의 일로 문무대신들이 모여 논의를 하고 있었다. 숭정제가 죽은 후 전국이 하루가 다르게 어수선해졌고, 그로 인해 해결할 문제가 산적했기 때문이다. 그러나 가장 먼저 시급하게 해결해야 할 문제는 숭정제가 죽기 전 평서백으로 승차시킨 영원총병 오삼계의 회유였다. 그에 우금성은 오삼계의 부친 오양(吳襄)이 금주총병(錦州總兵)에서 은퇴하여 도성에 살고 있다는 정보를 입수하게 되었고, 산해관총병 고제(高第)를 대신하여 당통과 좌무태(左懋泰)의 부대를 파견하여 수비하게 함과 동시에 오양에게 오삼계를 제후(諸侯)로 봉하겠으니 투항을 권고하는 서신을 보내도록 했다. 또한 이런 사항을 장강이남의 조량옥과 유청택(劉淸澤) 등 장수들과 각지에 흩어져 있는 군영의 장수들에게 보내 투항을 권유했다. 하지만 북부에서 가장 큰 영향력을 지닌 오삼계가 투항을 하지 않았기 때문에 아직 답신이 오고 있지 않고 있었다.

"뭐라? 지금 영원총병이 투항을 거부하고 있다 했는가?"

"그렇습니다, 폐하."

"이유가 무엇인가, 우 승상?"

"그것이……."

우금성은 이자성의 질문에 쉽게 대답할 수가 없었다. 자신이 생각해도 이해할 수가 없는 이유였기 때문이다.

우금성은 송헌책이 노환으로 승상 직에서 물러나자 이자성의 명에 의해 승상에 승차하였다. 그리고 병부상서는 대장군 고군은이 맡게 되었다.

"도성에 가족이 있고, 또한 평서백이란 지위도 인정해 주겠다고 짐이 직접 약조까지 했잖은가. 짐의 권고를 마다하는 이유가 도대체 무엇이란 말인가?"

이자성은 우금성에게 이해할 수 없다는 표정으로 물었다. 현재 오삼계는 영원성의 정예 군사와 징집한 백성 등 보병과 보급병을 합해 약 50만 명을 이끌고 도성으로 숭정제를 구원하러 오던 중, 황성과 황궁이 이미 함락되었다는 소식을 듣고 난주에 머물러 있는 상태였다. 그렇기에 이자성은 자신이 손만 내밀면 금방 잡을 것이라 예상했었는데, 상황이 자신의 예상과 달리 흐르자 짜증이 났다.

"말씀드리기 송구하오나, 영원총병의 애첩이 관련되어 있습니다."

"애첩? 겨우 애첩 하나 때문에 투항을 거부했다는 말인가? 영원총병이네. 숭정제가 마지막까지 기다렸던 장수란 말이네. 그런데 지금 그것이 말이 된다 생각하는가?"

"소신도 처음엔 믿지 않았으나, 영원총병이 보낸 서신과 소신의 정보력을 총동원해 본 결과… 진원원(陳圓圓)이라는 애첩 때문에 영원총병이 화가 나서 투항을 거부한 것이 사실로 확인되었습니다."

"하~ 이거참, 어이가 없군."

우금성의 확답에 이자성을 순간 할 말이 없었다. 남아대장부로 태어나 총병에 이른 장수가, 겨우 애첩 때문에 대사를 그르칠 수도 있다는 것은 생각조차 해보지 않았다. 아무리 애첩이 양귀비와 같은 절세미인이라 해도, 남아라면 대범하게 넘길 수 있는 아량이 있어야 된다고 생각했다. 따라서 이자성에겐 오삼계의 행동이 이해가 되지 않았다.

"흐음~ 영원총병 오삼계가 겨우 그 정도의 인물이었단 말이지……."

이자성은 오삼계가 쉽게 굴복시킬 수 없는 뛰어난 장수라 생각했다. 그러나 이번 일로 인해 그 생각이 바뀌었다. 겨우 애첩 하나 때문에 대사를 보지 못한다면 약간의 군사만 동원해도 충분히 힘으로 누를 수 있겠다는 판단이 들었던 것이다.

"훗! 그 정도 인물이라면 짐도 필요없다."

"폐, 폐하……! 영원총병은 쉽게 볼 인물이 아닙니다. 지금이라도 영원총병의 요청을 들어주어 투항을 유도하는 것이 좋을……."

"그만 하라, 우 승상. 이후로 장부도 아닌 영원총병의 투항은
짐이 받지 않을 것이다."

"폐하~"

"그만! 더 이상 거론하지 마라."

"…알겠습니다, 폐하."

"그래, 그나저나 진원원이란 영원총병의 애첩이 어디 있는
가? 얼마나 예쁜지 얼굴이나 한번 보고 싶군."

"…소장이……."

"응? 그럼 유 장군이 오삼계의 애첩을 거뒀단 말인가?"

"망극합니다, 폐하……."

"하하, 아니다. 유 장군이 짐보다 한발 빨랐구나."

"아닙니다. 소장은 다만… 폐하, 소장이 그만 여색에 빠져 이
런 일이 발생하였습니다. 당장 진원원을 폐하 앞에……."

"그냥 놔둬라, 이미 유 장군이 거뒀다면 됐다. 아무리 양귀비
보다 예쁘다 한들 그게 무슨 소용이 있겠는가. 흠, 어쩔 수 없
지. 우 승상은 들어라. 3일 안으로 영원총병으로부터 답신이 없
다면 반역죄로 다스릴 것이니, 이를 알리고 마지막으로 투항을
권고토록 하라. 만약 투항을 하지 않는다면 그 죄를 엄히 물을
것이다. 그리고 고상서는 짐의 뜻을 알고 미리 준비하도록 하
라."

"폐, 폐하……."

이자성의 갑작스러운 말에 우금성은 놀란 눈으로 쳐다보았
다. 그러나 이미 자신은 할 말을 다 했다는 듯 이자성은 우금성

이 아닌 다른 신하를 향해 시선을 주고 있었다.

'휴~ 이 일을 어이한단 말인가. 영원총병은 쉽게 대할 인물이 아닌데……'

우금성은 앞으로 어떻게 이 문제를 해결해야 할지 난감했다. 이자성을 비롯한 대부분의 대신들이 오삼계를 쉽게 생각했지만, 자신이 아는 한 절대 만만한 상대가 아니었기 때문이다. 그에 걱정이 되었고, 아쉬운 마음에 도움을 청하고자 이암을 쳐다보았다. 그러나 이암도 어쩔 수 없다는 듯, 우금성의 시선을 받자 고개를 좌우로 저었다. 이미 황명이 떨어진 상태였기에 할 수 없게 된 것이다. 황제란 함부로 말을 해서도 안 되지만, 한번 한 말은 다시는 번복해선 안 되는 자리인 것이다. 그에 시기를 놓친 이암과 우금성 등 상황을 파악할 수 있는 머리가 있는 대신들의 얼굴이 수심에 가득 찼다. 다만 한 사람만이 안도의 한숨을 쉬며 기분 좋게 웃고 있었는데, 바로 유종민이었다.

'하~ 황궁을 함락한 이후 사람이 어찌 저렇게 변할 수가 있단 말인가. 여인 하나 때문에 변해도 너무 변했구나……'

남훈전에서 궁위제독부의 업무를 처음 시작한 이후 영인이 한 일은 황궁보고를 찾는 일이었다. 우금성으로부터 황궁보고가 어디에 있는지 파악할 수 없다는 말을 들은 후였다.

영인은 혹시 우금성이 알면서 가르쳐 주지 않는 것인지 의심하였다. 하지만 사례태감이었던 동창제독 조화순과 금의위도독 안검청이, 황궁보고가 황궁 내에 있다는 것밖에 모른다고 이자성에게 직접 말했기에 의심을 접을 수 있었다. 그리고 이자성의 명을 받은 우금성은 동창과 금의위 및 보위대를 동원하여 황궁보고를 찾고 있었다.

우금성의 행보에 영인은 속이 탔다. 지금 자신이 움직이면 괜한 분란을 만들 수 있었기 때문이다. 그러나 마냥 손 놓고 있을 수 없었기에 몰래 환관과 궁인들을 불러 조사를 하였다. 하지만 조화순과 안검청이 했던 말을 똑같이 되풀이하는 것만 확인할 수 있었다. 분명히 있는 것은 맞는데, 정확한 위치는 파악하지 못한 것이다.

"빌어먹을! 도대체 이놈의 황궁은 뭐가 이렇게 비밀이 많아? 이것도 모른다, 저것도 모른다. 이게 말이 돼?"

"황궁보고가 왜 중원제일의 보고겠냐. 환관이나 궁인들이 전부 알고 있으면 그게 보고겠냐?"

"아무리 그래도 그렇지, 최소한 단서는 나와야 되잖아."

"영인아, 차라리 우 승상에게 적극적으로 도와달라고 해보는 것이 어떻겠냐?"

"그걸 말이라고 하냐? 차라리 우리가 황궁보고를 찾는 데 혈안이 되어 있다고 온 도성에 소문을 내지 그러냐?"

"지금은 신중해야 돼. 가뜩이나 우 승상도 황궁보고를 찾고 있는 중이잖냐."

"흐음~"

"이렇게 하면 어떻겠냐, 영인아?"

"뭔데, 영도야. 좋은 생각이라도 났냐?"

"아무리 생각해도 환관이나 궁인들은 모르는 것 같다. 죽은 숭정제나 측근들만 알고 있었겠지. 그만큼 비밀스러운 장소를 찾아야 된다는 거다."

"그래서? 뻔한 말만 하지 말고 본론을 말해봐, 어떻게 하자는
건데?"

"흠! 지도를 구해야지. 황궁의 지리를 한눈에 파악할 수 있는
지도를 구한 후 하나씩 찾아보는 것이 좋지 않겠냐?"

"야, 일반 지도도 아니고 그런 지도를 어떻게 구해?"

"참나, 차라리 우리가 돌아다니는 것이 빠르겠다."

"그런가? 흐음……."

"맞다, 하오문! 하오문에 부탁하면 수월하게 풀릴지 모르겠
다."

영도의 말에 핀잔을 주던 명규가 갑자기 손뼉을 치며 일어섰
다. 그리고 영인과 영도에게 의견을 말했는데, 듣고 보니 가능
성이 있어 보였다. 하지만 문제가 있었는데, 하오문은 믿을 수
없는 곳이었다. 그리고 전문적으로 정보를 취급하는 곳이기에
조그마한 실수라도 해서 눈치를 챌 수 있는 단서라도 주게 되면
금방 핵심을 파고들 수 있는 무서운 곳이 바로 하오문이었다.
그에 화수홍에게 부탁하기는 하되, 절대 하오문이 알 수 없도록
개인적으로 알아봐 달라 해야 했다. 비록 쉽지 않은 일이라 중
간에 정보가 샐 확률이 많지만, 지금으로서는 방법이 이것밖에
없었기에 모두 찬성했다.

그날 밤, 영도는 뜨겁게 화수홍을 안아준 후 오후의 일을 설
명했다. 나른한 기분으로 처음엔 무슨 말인가 하며 듣던 화수홍
은 얘기가 진행될수록 흥분이 가시며 놀란 눈으로 영도를 쳐다
보았다.

"상공, 황궁보고를 찾아서 어떻게 하시려고 그러세요? 호, 혹시……?"

"생각하고 있는 게 맞을 거요, 부인."

"상공! 위험한 일이에요. 상공이 어려운 상황에 처해 있다는 것은 알지만, 이건 아니에요. 왜 무모한 일에 가담하려고 그러세요? 태 제독의 능력을 의심하는 것은 아니지만, 황궁보고는 절대 건드려서는 안 되는 곳이에요."

"하지만 이미 결정된 일이오, 부인. 그리고 나뿐만 아니라 모두 이번 일에 목숨을 걸고 있소. 부탁하오, 부인."

"하~ 그렇다면 어쩔 수 없네요. 그렇지만 본 문에 알리지 않고는 정보를 얻을 수 없어요. 그 점은 상공께서 이해를 해주셔야 돼요."

"흐음~ 알겠소, 부인. 그렇게 전하리다. 자, 이제 잡시다."

"예, 상공."

화수홍은 영도의 말을 듣고서 쉽게 잠을 이룰 수가 없었다. 아무리 생각해도 너무 위험한 일에 뛰어든 것 같았기 때문이다. 그러나 해야만 했다. 영도의 표정을 보니, 정말 이번 일에 목숨을 걸고 있다는 것을 피부로 느낄 수 있었기 때문이다.

'상공, 제 목숨이 떨어진다 해도 반드시 해드릴게요.'

*　　　　*　　　　*

영인이 한창 황궁 이곳저곳을 돌아다니며 순시한다는 명분으로 황궁보고를 찾고 있을 때, 이자성은 우금성의 보고를 받고는 분노에 휩싸였다. 오삼계가 투항 권고를 받아들이지 않고, 오히려 자신의 가족과 진원원을 영원으로 보내라는 자신의 요구를 들어주지 않을 경우 군사를 일으키겠다는 협박을 해왔기 때문이다. 이에 이자성은 우선 당통과 좌무태의 부대를 선봉으로 세우도록 한 후, 자신이 직접 산해관을 공격하기 위한 출전 준비를 명했다.

"오 총병, 정말 대순국의 권유를 받아들이지 않을 생각입니까?"

"조금만 지켜봅시다, 마 총병."

"하지만 지금 황성에선 우리를 공격하기 위해 출진 준비를 한다고 하지 않습니까."

"허장성세입니다. 우리를 겁박하기 위한 술수일 것입니다."

"술수일지 아닐지는 모르겠지만, 이번에 우리의 뜻이 꺾이면 추후 목숨이 위태로워질 수 있소. 마 총병, 이건 우리와 대순국 간의 기선 싸움이오."

"본인도 오 총병과 같은 생각이오, 마 총병. 저들도 우리의 위치를 생각한다면 나중을 위해서라도 이 정도의 반발은 보여주는 것이 좋다 생각하오. 그리고 오 총병이 겨우 애첩 하나 때문에 이런 큰일을 벌일 사람이 아니지 않소이까."

"그… 렇기는 하지만……."

"고맙소, 조 총병. 역시 본인의 진심을 생각해 주는 것은 조 총병밖에 없는 것 같구려."

오삼계는 자신을 변호해 주는 옥전총병(玉田總兵) 조변교(曹變蛟)와 동협총병(東協總兵) 조섭교(曹燮蛟)에게 고맙다는 예를

표한 후, 산해관총병(山海關總兵) 마과녕(馬科寧)을 향해 시선을
돌렸다.

"흠! 마 총병, 본인도 이번 일이 무리가 있다는 것은 알고 있
소. 하지만 나중을 생각할 때 조 총병 말대로 누군가 한 번은 해
야만 할 일이라 생각했소. 비록 본인의 애첩이 발단이 되어 이
렇게 되었지만, 남아로 태어나 자기 여인 하나 지켜주지 못한다
면 어찌 진정한 남아라고 할 수 있겠소. 본인은 이번 기회에 우
리의 기상을 대순국에 확실히 알리고, 또한 남아로서 당당해지
고 싶소이다."

"흐음……."

"부친께서 대순국의 권유를 받고 각 군영에 투항을 권고하는
서신을 보내 큰 상까지 받았다고 들었소. 그에 본인도 어쩔 수
없다는 생각에 투항할 생각이었소. 마 총병도 알겠지만, 당장
시급한 것은 청나라의 남하는 저지하는 것이라 생각했기 때문
이오. 자결하신 폐하를 생각한다면 있을 수 없는 일이나, 그렇
다고 이 땅을 청나라에게 넘겨줄 수는 없지 않겠소이까."

"그렇지요……."

"그에 본인은 무엇이 우선인지 생각하여 결정을 내리려고 했
는데, 황성에서 들려온 소식에 잠시 미룬 것이오. 지금으로서는
도저히 대순국의 의도를 정확히 알 수가 없었기 때문이오."

"그게 무슨 말이오, 오 총병?"

"아무리 황궁을 손에 넣었다고 하나, 우리를 중히 여긴다면
이런 식으로 처리하지 않을 것이라 생각했소. 그에 본인은 저들
을 시험해 보고자 약간의 도발을 한 것이오. 만약 대순국에서

진정으로 우리를 받아들일 생각이 있다면 본인의 요구를 흔쾌히 들어줄 것이고, 그렇지 않다면 언제든지 우리를 내칠 생각을 가지고 있는 것이 아니겠소? 본인은 그렇게 생각하오. 기본적인 것조차 들어주지 않는다면, 그다음은 뻔한 일이 아니겠소. 그러니 기다려 봅시다."

"오 총병의 설명을 듣고 보니 일리가 있는 말이구려. 좋소, 그럼 본인도 오 총병의 말을 믿고 기꺼이 동참하겠소."

"하하, 고맙소이다."

'유종민, 이 노옴… 조금만 기다려라. 마 총병이 동참을 했으니 이제 이자성도 나에 대한 생각이 틀려질 것이다. 그나저나 진원원을 강제로 범하다니… 짐승 같은 놈, 도저히 용서할 수 없다. 하아~ 포악하다 소문난 유종민인데, 원원이 매일 밤 나를 생각하며 눈물을 흘리고 있겠구나……'

아름다운 진원원이 밤마다 자신을 그리며 오열하고 있을 것을 생각하자 오삼계의 얼굴이 일그러졌다. 자신의 애첩을 다른 남자에게 빼앗겼다는 데서 오는 분통함의 표출이었다. 그것도 강제로 빼앗겼다는 생각이 들자, 도저히 속에서 치솟는 울분을 참을 수가 없었다.

하지만 오삼계는 되도록 이런 자신의 심정을 밖으로 내비치지 않으려고 노력했다. 지금은 다른 총병들의 동의를 얻어 함께 행동하는 것이 도움이 되었기 때문이다. 그래야 이자성도 자신을 쉽게 보지 못할 것이고, 진원원과 가족을 무사히 영원으로 보내줄 것이기 때문이다.

*　　　　*　　　　*

오삼계가 한창 총병들의 동참을 권유하던 시각, 이자성은 우금성에게 일러 출전 준비를 서두르도록 명하고 있었다. 오삼계의 의도와는 달리, 이자성은 지금까지 승승장구하던 것만 생각하고 있었다. 그에 북부의 요새들도 자신이 출전만 하면 알아서 투항할 것이라 여겼고, 아무 걱정 없이 궁녀들과 술자리를 하며 출전할 날만 기다리고 있었다.

"하~ 형님, 정말 이 방법밖엔 없는 것입니까?"

"원 아우, 지금으로서는 달리 방법이 없네. 내 죽음으로 폐하의 성정이 예전으로 되돌아올 수만 있다면 난 웃으면서 죽을 것이네. 그러나… 하……."

"왜 말을 끝맺지 못하십니까. 형님이 죽는다고 해서 지금의 황제가 예전으로 돌아오지 않는다는 것을 이미 아시지 않습니까. 아무 소용 없는 짓입니다. 형님만 헛되이 목숨을 버리는 일이란 말입니다."

"흐음……."

이암은 소리치는 원숭지를 한동안 바라보다 지그시 두 눈을 감았다.

"형님!"

"휴~ 원 아우, 내가 왜 그것을 모르겠는가. 그러나… 내 심정이 지금 어떻지 생각해 보았는가? 평생 내 이상을 실현해 줄 지도자를 찾았고, 그를 위해 최선을 다했네. 그런데 몸 바쳐 싸워온 그 시간들이, 처참하게 무너져 가는 것을 봐야 하는 내 심정이 어떨지 생각해 보았는가 말일세."

"하아……."

원승지는 이암의 두 눈에 흐르는 눈물을 보며 할 말이 없었다. 그저 안타까운 시선으로 창밖에 보이는 전각 지붕 너머 하늘을 바라볼 뿐이었다.

사실 이암은 이자성을 주군으로 섬긴 것이라기보다 백성들의 안분한 삶을 이뤄줄 수 있는 지도자를 위해 살아왔다고 해도 과언이 아니었다. 그동안 백성들을 위해 싸웠던 것인데, 정작 주군인 이자성은 황궁을 함락했다는 성공에 도취되어 너무도 빨리 타락해 버린 것이다. 이런 이자성과 함께했던 문무대신들을 보며 이암은 배신감을 느꼈다. 참담했고 고통스러웠던 것이다. 자신의 염원은 이루었으나 결과는 참담했고, 지금은 설상가상으로 토사구팽 당할 처지에 놓여 있었던 것이다.

"형님께서 어떤 심정인지 알겠습니다. 그러나 우 승상만 처리한다면 지금이라도 되돌릴 수 있습니다. 근위대와 제 휘하의 금사영(金蛇影)을 동원하면 충분히 가능합니다."

"아우는 지금 나더러 내분을 일으키란 말인가? 지금 내분이 일어나면 천하는 더 큰 혼란에 빠질 수 있네. 그렇게 되면 힘없는 백성들은 어떻게 되겠는가."

"형님……."

원승지의 부탁에도 불구하고 이암은 자신의 뜻을 꺾지 않았다. 이미 자신을 믿고 따르던 수하들이 황궁을 떠나 자립하자는 것도 질책했었다. 당연히 내분이 일어날 것이 분명한 일을 허락할 수 없었던 것이다. 우금성을 죽여 파벌 간의 내분이 일어난다면, 그것은 자신이 믿었던 이자성과 대립하는 것이기 때문이다. 그리고 이암은 무엇보다 자신의 선택이 틀리지 않았다고 믿고 싶었다. 그렇지 않다면 지금까지 살아왔던 삶과 이상을 행해 노력했던 시간들이 모두 허상에 불과할 뿐이었고, 실패였다고 인정하는 것이나 마찬가지라 생각했기 때문이다.

"상공, 저도 상공을 따라가겠습니다. 그것만은 막지 말아주세요."

"하~ 평생 고생만 시켰는데, 마지막까지 함께해 주겠단 말이오? 내가 부인에게 뭐라고……."

"어찌 그런 말씀을 하시나요. 상공은 소녀에게 전부입니다. 상공이 없는 삶… 소녀는 생각해 보지 않았습니다."

"휴~ 고맙소, 부인. 죽어서나마 부인께 속죄하리다."

이암과 홍 부인은 원승지가 보고 있는 앞에서 비수로 가슴을 찔러 자결했다. 죽기 전까지 담담한 눈빛을 유지했는데, 그런 모습을 바라보던 원승지 역시 단 한 방울의 눈물조차 흘리지 않고 평정심을 유지했다. 아니, 유지하려고 애썼다. 그것만이 당장 의형에게 할 수 있는 최선이었기 때문이다.

이암이 숨을 거둔 후 한참 동안 원승지의 손엔 벽혈검이 꼭 쥐어져 있었다. 아무리 담담하려고 해도 의지와 상관없이 몸이 움직인 것이다. 하지만 끝까지 흥분하지 않았다.

이암과 홍 부인의 몸이 서서히 굳어져 탁자 위에 쓰러진 후에야 두 눈에서 눈물이 흘러나왔고, 눈앞에서 죽어가는 의형을 구할 수 없었다는 무력감에 고통스러워 견딜 수가 없었다. 세상에 대한 배신감에 울분이 가득 담긴 절규가 터져 나왔다. 그러나 시간이 흐르자 차츰 마음이 진정되었다. 다만 너무나 허무하고 기가 막혀 말이 나오지 않았다. 나오는 것이라고는 헛바람처럼 새는 한숨이었으며, 그저 망연하게 허공을 바라볼 뿐이었다. 극도의 허무감이 밀려왔다.

'허무하구나. 인생이란 것이 겨우 이런 것인가? 휴~ 알 수가 없구나. 항상 난 부친같이 뛰어난 사람도 아니고, 그와 같은 일을 할 수도 없다고 생각하며 살아왔다. 언제나 이런 상황에선 부친이라면 어떻게 했을까를 염두에 두었고, 다른 사람들도 부친이라면 이 상황에서 이랬을 것이라고 했지. 지금까지 난 그것을 당연하게 생각했다. 그런데 지금 생각해 보니, 그것은 내가 아니라 부친의 아들로서 살아온 것이다. 과연 그게 내 삶이고 인생일까? 그리고 지금까지 실패하지 않은 인생을 살았다고 스스로 말할 수 있을까?

원승지는 벽혈검을 고쳐 잡고 천천히 이암의 집무실에서 나왔다. 시원한 바람이 머리를 식혀주었다. 무언가 뻥 뚫린 것 같이 가슴이 시원했다.

"아니다, 지금까지 내 삶에 진정한 내가 없었기에 실패를 논할 수 없겠구나. 그럼 앞으로 난 어떻게 해야 할까? 난… 그래, 지금부터는 내 인생을 살자. 나를 위해, 죽기 전에 실패한 인생이 아니라고 당당히 말할 수 인생을 살자……'

허무함이 가득 담겨 있던 원승지의 눈빛이 한순간 번쩍였다. 두 주먹에 힘이 들어갔고, 흐느적거리던 자세가 곧아졌다. 내부의 심적 변화가 밖으로 표출된 것이다. 무공의 깨달음이 아닌 스스로에 대한 성찰이었다. 그리고 빠른 걸음으로 황궁을 나섰다. 아니, 뛰었다. 앞으로는 자신의 인생을 살기 위해 원숭지는 자신을 기다리고 있는 온청청을 향해 힘차게 달렸다.

이암의 비보를 들은 이자성은 심적인 충격을 받았다. 더욱이 이암이 자결하기 전에 쓴 듯한 문서를 읽고선 한동안 입을 다물 수가 없었다. 그만큼 충격이 컸다. 자신이 죽음으로 내몬 것 같았기 때문이다.

문서엔 자신에게 바라는 것들과 잘못하고 있는 것들, 그리고 황제로서 백성들을 살피라는 충언이 담긴 유언이었다. 그러나 이자성에겐 이암의 충언들이 전혀 눈에 들어오지 않았다. 그저 자신의 충신이었고 친우였던 이암의 죽음이 믿어지지 않았고, 왜 하필 죽음으로 자신의 의지를 보였어야만 했는지 알 수가 없었다. 그냥 말로 했었어도, 아니, 상소만 올렸어도 되었을 것인데…….

한동안 멍한 시선으로 하늘을 바라보던 이자성은 우금성과 대신들에 의해 정신을 수습할 수 있었다. 그러나 정신이 들자마자 이자성은 이암의 의도와 다른 방향으로 움직였다. 이암을 죽음으로 몰고 간 것이 자신과 문무대신들의 방탕함이 아니라 아직 자신의 명을 따르지 않는 숭정제의 잔재들 때문이라 여겼던 것이다. 그에 오삼계를 비롯하여 자신의 명을 따르지 않는 북부 총병들에게 분노하며 출진 준비를 서두르라 일갈했고, 산해관이 있는 동쪽 하늘을 향해 한동안 분노의 시선을 거두지 않았다.

이자성의 명을 받은 우금성은 '이것이 아닌데…' 하면서도 황성을 수비할 수 있는 최소한의 병력만 남긴 후 동원할 수 있는 모든 병사들을 준비하도록 병부상서 고군은에게 시켰다. 이자성이 이암의 죽음으로 분노하고 있었기에, 최대한 서둘러 산해관으로 출전해야 평정심을 회복하고 냉철한 모습으로 돌아올 것 같았기 때문이다.

이자성은 정예 병력 6만여 명을 이끌고 산해관으로 출병하였다. 거기다 친위군들과 다른 장수들의 병력까지 합하면 거의 10만 명에 이르는 대병력이었고, 뒤를 따르는 보급 부대 5만 명도 유사시 보병으로 활용 가능한 병력이었다.

이자성이 떠나자 황궁은 봄인데도 추운 겨울처럼 썰렁했다. 황궁에 남아 있는 것은 승상인 우금성을 비롯하여 환관과 궁인들, 그리고 황성과 도성을 수비하는 경위지휘사 고일공뿐이었다. 물론 영인도 황궁을 수비해야 했기에 남게 되었다. 만약 보위대 대주였다면 이자성을 따라 산해관과 영원으로 출병했어야 했지만, 지금은 아니었기 때문이다.

그리고 지금은 보위대가 아니었다. 이암이 죽은 이후 그동안 호위대 역할을 충실히 행했던 근위대가 화산파로 돌아간 것이다. 더욱이 이자성을 도왔던 원승지와 최추산, 그리고 산종도 황궁을 나섰다. 이자성으로서는 막을 명분이 없어 떠나는 것을 지켜봐야만 했고, 우금성에겐 껄끄러운 상대가 한꺼번에 사라진 셈이었다. 하지만 이로 인해 호위대를 재정비할 필요성이 재기된 것이다. 이에 근위대의 역할은 금의위가 맡게 되었고, 보위대는 친황위(親皇衛)로 명칭이 바뀌면서 대주로 승차한 지 며칠 되지 않은 배용길이 도독으로 승차하게 되었다. 그러나 황궁에선 친황위가 아니라 자의위(紫衣衛)로 불리고 있었다. 대원들 모두 자색 의복을 걸치고 있기도 했지만, 금의위와 비교되면서

붙여진 명칭이었다.

"빌어먹을, 승지가 그렇게 떠날 줄은 몰랐다."

"누가 아니래. 도어사도 그렇지, 왜 많은 방법들 중에 자결을 선택하냐고. 자결했지만 결과는 똑같잖아. 아니, 이젠 더 나빠졌잖아."

"내 말이! 괜히 아까운 목숨만 사라진 거지. 한때는 서먹한 사이였지만, 그래도 그만한 인물이 없었는데, 정말 아쉽다. 휴~ 그나저나 승지는 도대체 어디로 간 거냐? 명규야, 넌 뭐 아는 것 없냐?"

"내가 어떻게 알겠냐. 다만 화산파엔 가지 않은 것 같더라."

"그래? 그렇다면 어디로 갔지? 떠나기 전에 말이라도 하고 갈 것이지, 무심한 놈……."

"충격이 컸을 거다. 의형이 눈앞에서 자결했으니 고통스러웠겠지."

"흐음……."

명규의 말에 영인도 고개를 끄덕였다. 아마 지신이 그 자리에 있었다면, 그리고 자신이 원승지의 위치였다면 당장 칼을 들고 우금성을 향해 뛰쳐나갔을 것이다. 의도하지 않았겠지만, 원인은 우금성에게 있다고 판단되었기 때문이다. 만약 우금성이 권력에 욕심을 부리지 않고 이암과 뜻을 합쳤다면 지금처럼 대신들이 흥청망청거리지 못했을 것이다. 더욱이 권력을 양분하고 있던 실력자들이 합심하여 절제를 요구했는데, 대신들이 그것을 따르지 않을 수 없었을 것이기 때문이다. 그리고 무엇보다 이자성도 처음 봉기할 때 다짐했던 대로, 백성들을 위해 성심을 다하는 황제가 되었을지도 모르는 일이었다. 그러나 이미 지나간 일이었고, 생각해 보았자 머리만 아프고 허상에 불과할 뿐이었다.

"혹시 장평공주한테 간 것은 아닐까? 아니면 온 낭자한테 갔던가."

"장평공주한테? 글쎄……."

"아니, 충분히 가능성 있는 말이다, 영인아. 한번 찾아가 보는 것이 좋겠다."

황궁이 점령당하던 날, 장평공주는 숭정제가 휘두른 검에 죽지 않았다. 왼팔이 잘리는 부상을 입었지만, 환관과 궁인들의 조치에 간신히 목숨을 연명할 수 있었던 것이다. 다행히 그날 원숭지가 수녕궁으로 갔었고, 환관과 궁녀들의 도움을 받아 비밀리에 황궁을 무사히 빠져나올 수 있었다. 그리고 5일 만에 정신을 차리게 된 것이다.

"그럴까?"

"여기 있었구나? 무슨 얘기를 하고 있었냐?"

한창 명규와 대화를 나누던 중 영도가 집무실로 들어왔다. 그에 숭지에 관한 얘기를 해줬고, 장평공주를 찾아갈 생각이란 말을 해줬다.

"너희들 미쳤냐? 왜 그렇게 생각이 없는데? 찾아가긴 어딜 찾아가겠다는 거야."

"그럼 이렇게 가만히 있어야 하냐?"

"휴~ 가뜩이나 태자와 황자들이 유 장군 수중에 있고, 장평공주의 시신이 나오지 않아 살아 있을지 모른다는 소문이 도성에 떠돌고 있다. 동창과 경위지휘사사 병사들이 황성을 수색하고 있는 거 몰라서 그런 말을 하고 있냐?"

"그럼 어떻게 하냐? 아무리 적이 되었다고 해도 승지의 성격으로 볼 때 떠나기 전 장평공주는 만났을 것 아니냐."

"그래. 하지만… 그래도 비구니가 되겠다고 했었으니 그냥 떠날 수도 있잖아."

"듣고 보니 영도 말이 맞는 것 같다. 영인아, 괜히 긁어 부스럼 만들지 말고 지금은 조용히 있자."

"나중에 찾으면 되잖아. 승지도 마음이 정리되면 세상에 나올 거다."

"그럴까? 휴……."

명규도 영도의 말에 동조하자 영인도 어쩔 수 없다는 듯 아쉬운 마음을 달래며 자리에 앉았다.

탁!

"자, 받아라."

"응? 그게 뭐냐? 혹시?"

영도가 수중에서 무언가를 꺼내 탁자에 내려놓자 영인과 명규의 시선이 영도에게로 향했다.

"큼! 그게… 휴~ 우선 봐봐, 그리고 얘기하자."

"그래? 그런데 필사본이냐?"

"당연히 필사본이겠지. 원본을 어떻게 가지고 오겠냐."

탁자에 올려진 장권지(醬卷紙)를 보며, 원승지의 일로 인해 찡그려져 있던 입가에 살짝 미소가 자리했다. 황궁이 빈 지금이 적기였는데, 마침 황궁을 살필 수 있는 지도까지 손에 들어오자 절로 흥분이 되었던 것이다.

"황궁이 워낙 비밀에 싸여 있는 곳이라 하오문에서도 구하기 힘들다고 하더라. 다행히 황궁을 그린 것이 있어 가져오긴 했는데, 도움이 될지 모르겠다."

"없는 것보다는 낫겠지."

"흠! 그동안 증축과 보수를 해서 바뀐 곳이 있을지도 모르니, 그 점은 우리가 알아서 해야 할 것 같다."

"그거야 당연한 말이지! 걱정 마라, 영도야. 야, 빨리 펼쳐 봐."

"그래. 자, 어디 보자⋯⋯."

명규의 재촉에 장권지를 활짝 펴놓고 살펴보려고 하는데, 막상 펼쳐 보니 생각하고 있던 것과 너무도 거리가 먼 것이 눈앞에 펼쳐졌다.

"응? 이게 뭐야? 이건 그냥⋯ 그림이잖아?"

"그러게? 이게 도면이냐? 어떻게 된 거야?"

"그게⋯ 휴~ 하오문에서도 이것밖에 없다고 그러더라. 100년 전에 그렸다고 하던데, 아마 황성 밖에 숨어서 간신히 그렸었던 것 같다."

"젠장, 그럼 뭐야? 아무런 소득도 없다는 거잖아?"

"차라리 서책이 보관되어 있는 문연각(文淵閣)에 가서 우리가 직접 원하는 것을 찾는 것이 낫겠다. 이건 전혀 도움이 안 돼."

"흐음⋯⋯."

"빌어먹을! 그 많은 서책들을 언제 다 살피고 또 어떻게 찾을 건데?"

"그건, 휴⋯⋯."

명규의 말에 영인은 순간 할 말이 없었다. 그리고 명규와 영도도 막상 서책을 하나하나 살펴야 한다고 생각하자 하늘이 무너지는 것 같고 가슴이 답답해졌다. 서 있는 것조차 힘들 정도로 다리에 힘이 빠져 털썩 의자에 주저앉았다. 생각해 보니 자신들은 서책하고 가깝게 지냈던 적이 없었던 것이다. 절로 눈앞이 깜깜해졌다.

"정말 우리가 서책을 일일이 살펴봐야겠냐?"

"그래, 영인아. 그건 좀…….'

"젠장, 이렇게 된 이상 어쩔 수 없다. 환관과 궁녀들은 모르는 것이 확실하니 다른 녀석들을 족쳐볼 수밖에."

"누굴 족친다는 건데? 환관과 궁녀 말고 황궁에 누가 있다고 그래?"

"없긴 왜 없어, 한림원(翰林院) 학사들이 있잖아."

"야, 이 미친놈아! 한림원이 어떤 곳인지 몰라서 그런 말을 하냐? 그곳 수장이 내각대학사란 말이다. 그뿐이면 말도 안 한다. 송 승상이 지금 병환으로 누워 있어서 그렇지, 내각대학사하고 친분이 장난 아니라고. 그런데 누굴 족치겠다는 거야? 그렇게 죽고 싶냐?"

"그러냐? 쩝, 그럼 그 밑에 있는 자들을 족치면 되겠네. 동창이나 금의위 녀석들을 족치면 좋겠지만 뒤탈이 걱정되니 그럴 수가 없잖아. 젠장, 황궁보고를 그 녀석들이 모른다는 것은 말이 안 돼. 그렇다고 잡아다가 죽일 수도 없고… 한 놈만 족쳐볼까? 아무래도 태자와 황자들을 피신시켰던 장 첩형이란 놈을 잡아들이면 좋겠는데……."

"휴~ 내가 말을 말아야지. 더 이상 너하고 얘기하면 내 머리가 이상해질 것 같다."

"그럼 어쩔 수 없지. 자, 모두 일어나라. 생각난 김에 움직이
자. 시간 없어."

"빌어먹을······."

"끄응~"

명규와 영도는 집무실을 나서는 영인의 뒤를 따라 문연각으
로 향했다. 어찌 되었든, 영인의 말대로 시간이 별로 없다는 말
은 맞는 말이기 때문이다.

*　　　　*　　　　*

수하의 보고를 들은 오삼계는 분노에 휩싸였다. 이자성이 군
사를 일으켜 직접 출병했다는 소식을 전해 들었기 때문이다. 더
욱이 태자 주자랑과 황자인 주자형과 주자소, 그리고 부친인 오
양과 진원원을 대동하고 온다 하니 기가 막혔다. 비록 애첩의 일
로 분노를 느꼈지만, 이자성이 자신을 이 정도로 하찮게 생각할
줄은 몰랐기 때문이다. 그만큼 오삼계가 느끼는 분노는 대단했
고, 다른 총병들도 오삼계 못지않게 분노하였다. 처음부터 이자
성이 자신들을 포용할 생각이 없었다고 단정까지 내릴 정도였다.

그에 오삼계가 주축이 되어 다른 총병들과 함께 군사를 일으
켰고, 자신을 공격하기 위해 온 당통의 별동대를 맞아 대승을
거두었다. 당통은 오삼계의 상대가 아니었던 것이다. 더욱이 다
른 총병들까지 합세를 한 상황이었으니, 이런 사항을 모르고 공
격했던 당통의 패전은 당연한 결과라 할 수 있었다.

당통을 물리친 오삼계는 산해관으로 향했다. 산해관은 마과 녕을 대신하여 이자성이 보낸 고제가 수비를 하고 있었는데, 고제를 설득하여 투항을 권고하였으나 고제는 이를 받아들이지 않았다. 그에 오삼계 등은 분노를 하였고, 총공격을 강행하여 산해관을 점령할 수 있었다. 하지만 이자성이 대병력을 이끌고 직접 산해관으로 오고 있었기에 오삼계로서는 앞뒤로 적을 맞이하게 되었다.

당통에게 승리하고 산해관을 점령했지만, 오삼계는 분노보다 앞으로의 일이 걱정되었다. 영원과 산해관을 지킬 수 없을 것 같았기 때문이다. 그에 고심을 거듭하다 총병들과 상의하여 청나라에 청원서(請願書)를 보냈는데, 이번에 자신을 도와주면 영토를 할양하겠다는 의사를 전달했다.

하지만 이때 청나라의 예친왕 도르곤은 추밀원(樞密院) 대학사 범문정(范文程)이 올린 중원통치권 쟁취의 전략 방침과 계획에 따라 영원을 점령할 생각으로 군사들을 다그치고 있었다. 군기를 수정하고 식량을 저장하며, 날이 풀릴 때를 기다리며 군사들을 대기시키고 있었던 것이다. 그런데 북경이 대순국에 의해 점령당했다는 소식을 들었다. 예친왕으로서는 대토벌을 거행할 수 있는 절호의 기회가 온 것이다. 그에 출전 명령을 내리려고 했는데, 마침 오삼계로부터 구원을 청하는 청원서가 도착한 것이다.

청원서를 본 예친왕은 절로 웃음이 났다. 돌아가는 상황을 쉽게 파악할 수 있었고, 오삼계가 살아남기 위해선 자신과 손을 잡을 수밖에 없다는 것을 파악할 수 있었기 때문이다. 그에 예친왕은 출병할 의사가 있음을 밝혔고, 대신 자신에게 투항할 것을 권유하는 서신을 보냈다. 이로써 오삼계는 이자성에게 모든 것을 맡기고 투항하던지, 아니면 청나라에 투항하여 새로운 길을 모색할 수밖에 없게 된 것이다. 어느 쪽의 손을 잡든 오삼계는 한 곳을 선택할 수밖에 없었다.

이자성이 산해관에 조금씩 다가설 무렵, 오삼계는 총병들과 의논한 끝에 청나라에 투항하는 것으로 결론을 내렸다. 아무리 생각해도 이자성에게 투항하게 되면 모든 것을 잃게 되고 목숨마저 위태로울 것 같았기 때문이다. 그에 산해관 너머 예친왕에게 수하를 보내 자신의 의사를 전했는데, 서신을 받은 예친왕은 세상을 다 얻은 것 같은 호쾌한 웃음을 터뜨리며 기뻐했다. 그리고 군사를 정리하고 산해관을 출발했는데, 이자성보다 먼저 도착해야 했기에 밤낮으로 군사들을 다그쳤다. 만약 이자성이 먼저 도착하게 되면, 가족들로 인해 오삼계가 변심을 할 수도 있었기 때문이다. 그렇게… 그동안 굳건히 버티며 청나라의 남하를 막고 있던 산해관, 그곳을 오삼계가 활짝 열고 청나라 병사들을 맞이할 시간이 다가오고 있었다. 중원을 호령하던 명나라를 무너뜨린 대순국, 그리고 새롭게 중원을 차지하게 될 청나라의 운명이 갈리는 순간이었다.

第九章
약조? 소유권을 달라고? 하~

이자성은 황궁을 나서면서 우금성에게 만여 명의 병사를 맡겼다. 혹시라도 자신이 황궁을 비운 틈을 타서 숭정제의 옛 신하들이 반란을 획책할 수도 있었기 때문이다. 그에 이자성이 우금성 대신 병부상서 고군은을 앞세우고 열심히 산해관으로 이동하고 있을 때, 영인은 온갖 신경질을 부리며 문연각을 휘젓고 있었다. 며칠이 흘렀지만 자신이 원하는 것을 찾을 수가 없었던 것이다. 그에 명규와 영도를 닦달했고, 정5품 경력사(經歷司)가 된 이식과 송추일 등 20명의 대원들까지 동원하였다.

문연각에서 일을 보던 학사들은 졸지에 벼락을 맞은 것처럼 당황스럽고 불안한 하루하루를 보내야 했다. 서책하고는 거리가 먼 군사들이 무엇을 찾는지 이곳저곳을 뒤적이고 있었기 때문이다. 다행히 살펴본 서책은 알아서 제자리에 꽂아 놓았기에 따로 뒷정리를 하지 않아도 되어 힘들지 않았지만, 우락부락한 대원들이 칼을 차고 왔다 갔다 하고 있었기에 학사들은 업무를 볼 수가 없었다. 그에 종5품 시독학사(侍讀學士)나 시강학사(侍講學士)가 영인에게 정중히 문연각에서 나가줄 것을 요청했는데, 영인도 자신의 일을 보는 것이기 때문에 일을 마칠 때까지 나갈 수 없다고 거절했다.

일언지하에 거절하는 영인의 태도에 시독학사와 시강학사는 할 말이 없었다. 마음 같아서는 내각대학사에게 부탁하여 송헌책이나 우금성에게 상황을 알리고 싶었으나, 그동안 황궁을 드나들면서 주변으로부터 영인에 관한 소문을 들었기에 꾹 참고 지켜볼 수밖에 없었다. 그렇게 영인은 학사들의 불만을 조용히 잠재우고 문연각을 점령했다.

사라락~

"호오~ 서책도 계속 읽다 보니까 재미있네."

"그러십니까? 제독님, 그럼 이것을 읽어보시겠습니까? 살펴보니 서화에 관한 것인데……."

"서화? 야, 내가 서화에 대해 뭘 알겠냐? 그리고 도면을 찾으라고 했지 누가 서화나 보고 있으라고 했냐?"

"도면을 찾던 중에 발견한 것입니다. 나중을 위해서라도 한 번쯤 보시는 것이 좋지 않겠습니까? 풍류를 논하려면 금기서화를 알아야 한다고 그러던데……."

"풍류? 그걸 보면 풍류를 알 수 있단 말이지?"

"헤헤, 그렇지요. 그리고… 춘화도 몇 점 있습니다."

"춘화도 있다고? 오~ 송추일, 오랜만에 마음에 드네. 좋아,

보는 거야 뭐가 어렵겠냐. 이리 줘봐."

"예, 제독님."

송추일이 건네준 서책을 받아 든 영인은 바로 펼쳐 보기 시작했다. 춘화가 있다는 말에 귀가 솔깃한 것이다. 그러나 눈을 즐겁게 해주는 춘화는 몇 개 없었다. 산이나 강을 그린 것들이 대부분이었다. 선이 섬세하고 묘사가 잘된 것들인데, 보는 것만으로도 신비스러움을 느낄 수 있는 절경들이었다.

영인은 한참을 들여다보았다. 산수화를 그린 그림들과 한쪽에 멋들어진 필체로 설명을 해놓았는데, 도통 무슨 내용인지 알수가 없었다. 그나마 산봉우리가 마치 여인의 아미처럼 아름답다느니 하는 것은 이해할 수가 있었다. 하지만 숲이 속삭이자 맨살을 들어냈다느니 망막한 하늘에 꽃망울이 날린다느니 하는 것은, 아무리 머리를 굴려도 무엇을 의역한 것인지 파악할 수가 없었던 것이다.

"뭐가 이래? 이런 게 서화야? 설명하려면 누구나 알기 쉽게 하던가."

"야, 차라리 네가 무식해서 모르겠다고 해라. 그리고 이런 건 그냥 그림만 보는 거다. 차라리 나처럼 미인도나 보지, 머리 아프게 이런 걸 왜 보고 있냐?"

"헙, 미인도? 그렇지, 내가 왜 그 생각을 못했지? 송추일, 이 새끼! 주려면 미인도나 줄 것이지, 이놈 어디 있어?"

"그렇게 소리를 지르면 추일이가 오겠냐? 아마 지금쯤 너를 피해 문연각에서 도망쳤겠다."

"끄응~"

명규의 말대로 영인의 고함 소리가 들리자마자 이상한 낌새를 눈치챈 송추일은, 반사적으로 문역각을 뛰쳐나가 남삼소(南三所)를 향해 달렸다. 건네주면서도 꺼림칙해 불안했었는데, 막상 고함까지 지르자 영인의 눈에 띄지 않는 것이 봉변을 벗어나는 최선의 방법이라 생각했기 때문이다.

"그만 화내고, 이것 좀 봐라. 재미있는 것이 있더라."

"참나, 넌 뭘 가지고 왔는데 재미있다고 그러냐?"

"한번 봐봐. 왜 이런 것이 학사들이 있는 문연각에 있는지 모르겠지만, 아마 보면 흥미가 생길 거다."

"그래? 쩝, 어디 줘봐. 재미없기만 해봐, 추일이 몫까지 네가 뒤집어써야 할 거다. 흠! 현천칠성검(玄天七星劍)이라… 응? 이, 이게 뭐야? 무공 비급이잖아?!"

명규가 건넨 서책의 표지를 무심결에 읽던 영인은 제목을 확인하자 깜짝 놀라 명규를 쳐다보았다. 마침 명규가 '거봐, 흥미가 생기지? 하는 표정으로 어깨를 으쓱했다. 그에 겉표지를 넘기고 내용을 살펴보기 시작했다. 급한 마음에 대충 훑어보았는데, 정말로 무공 비급이었다.

"이게 어떻게 된 거야? 어떻게 이런 것이 이곳에 있는 건데?"

"흥미가 동하지? 날 따라와라, 그럼 아마 더 깜짝 놀랄 거다."

영인은 아직 흥분이 가시지 않은 상태에서, 비급을 꼭 쥐고서 명규의 뒤를 따라갔다. 도착한 곳은 출입구에서 가장 안쪽에 있는 서가(書架)였다. 문연각에 들어가려면 동쪽의 입구를 통해야만 하는데, 명규가 인도한 곳은 문연각의 서쪽 끝에 해당하는 곳이었다. 동쪽부터 빠뜨리지 말고 하나씩 살펴보라 명했기에 아직 대원들의 손을 타지 않은 곳이었다. 대원들이 아무리 땀을 흘리며 열심히 찾는다고 해도, 아미 이곳까지 오려면 족히 두 달은 넘게 걸릴 것 같았다.

"이곳이다. 한번 살펴봐라. 전부 무공 비급들로 꽉 차 있다."

"정말? 어디… 저, 정말이네? 어떻게 이런 비급들이…….."

명규의 말대로 무림인들이 목숨보다 더 중요하게 생각하는 비급들이 빽빽하게 놓여 있었다. 놀라 말조차 나오지 않을 정도였다. 그에 손에 잡히는 대로 내용을 살펴보았다. 정말 무공 비급이 맞았다. 한동안 정신없이 내용을 살펴보다 무슨 생각이 들었는지 서책을 덮고 주변을 둘러보았다. 잘은 모르지만, 모든 서책들이 100년은 족히 넘어 보였다.

"며, 명규야."

"왜?"

"혹시… 이곳이 황궁서… 무고가 아닐까?"

"무고? 무슨… 황궁무고?"

"그래, 황궁무고! 아니, 황궁서고인가? 여하튼 황궁보고 중 무고가 아니냐고."

"서, 설마…….."

"잘 생각해 봐. 문연각은 황궁의 모든 서책을 보관하는 곳이잖아. 그중엔 진귀한 문서도 있고 말이야. 진귀한 서책, 그리고 무공 비급… 서고나 무고나 같은 거잖아, 모두 서책을 말하는 것이니까."

"그… 렇기는 한데, 그래도…….."

"왜? 잘 생각해 봐. 황궁에서 서책이 보관된 곳은 이곳뿐이잖아. 그래서 불이 나지 말라고 지붕도 묵색 기와를 얹은 것이고. 맞다! 그러고 보니 황궁에서 묵색 기와를 얹은 곳은 이곳밖에 없다. 안 그러냐?"

"묵색 기와는 이곳밖에 없기는 한데… 만약 네 말이 맞는다면 문연각이 황궁보고 중 한 곳이란 말인데, 웬만한 학사들은 마음대로 드나들 수 있는 곳이라……."

영인 옆에서 아무 생각 없이 비급을 살펴보고 있던 명규는 갑작스러운 영인의 말에 눈이 동그래졌다. 우연히 찾은 곳이라 영인을 데리고 온 것뿐이었기에, 설마 찾고 있던 황궁보고라고는 생각되지 않았던 것이다.

"쩝, 관리가 허술하긴 하지."

"그래, 황궁보고라고 하기엔 무리가 있지. 더구나 서고하고 무고가 같은 곳이라고는……."

"하긴 그것도 네 말이 맞다. 서고하고 무고는 확실히 다르지. 그런데 말이야, 그럼 이곳은 뭐냐? 학사들이 출입하는 곳에 비급이 있잖아. 그것도 몇 개의 서가에 한 가득하게."

"그건, 흐음……."

"명규야, 이곳이 어디냐? 황궁이다. 구중심처라고 하는 자금성이라고. 황궁 자체가… 웬만한 사람들은 접근조차 할 수 없는 곳이잖아. 비고, 쉽게 찾을 수도 없고 손댈 수 없는 곳. 황궁이 딱이지 않냐?"

"…그래도 황궁보고잖아. 만약 네 말대로 문연각이 황궁서고나 무고라면 체인각(體仁閣)과 홍의각(弘義閣)은 금은보화와 비단 같은 보물들을 보관하는 보고(寶庫)겠네? 하하, 말도 되지 않는⋯⋯."

영인의 말에 어이없어 웃으며 대꾸하던 명규는 순간적으로 '어쩌면 그럴 수도 있겠구나'라는 생각이 뇌리를 스치고 지나갔다. 영인 말대로 황궁 자체가 접근이 힘든 곳이고, 황제만이 자유롭게 출입할 수 있는 곳이기 때문이다.

"어때? 내 생각이 맞을 수도 있겠지?"

"잠시만, 그래도 혹시 모르잖아. 한번 확인이라도 해보자. 하다못해 이곳이 네가 말한 곳이 맞다 해도, 정말 귀한 것들은 따로 보관하고 있을지도 모르잖아."

"좋아, 확인해 보자. 이곳 책임자가 누구였더라?"

"누군지는 모르겠고, 책임자는 수찬(修撰)이다. 참고로 말하는데, 수찬이란 지위는 종6품이다. 한림원에선 실무를 책임지는 자리지."

"그러냐? 여하튼 불러봐, 직접 물어보면 알 수 있겠지. 아니다, 차라리 우리가 직접 가자."

"그게 좋겠다. 괜히 소문나서 좋을 것 없겠지. 가자."

영인과 명규는 문연각을 빠져나온 후, 주경전(主敬殿)을 지나 문화전(文華殿)으로 향했다. 문화전은 황제의 경연(經筵)과 태자의 강학을 하는 곳으로, 고명한 유학자들이 강론을 하는 곳이었다. 그만큼 한림원의 많은 학자들이 모여 있는 곳으로, 문화전을 보는 것만으로도 뭔가 고요하면서도 묵직한 것이 가슴을 지그시 누르는 듯한 이질적인 느낌이 들었다.

"제독께선 이곳에 무슨 일로 오셨습니까?"

"수찬을 보러 왔다. 만날 수 있겠는가?"

"수찬이시라면 조 수찬을 말씀하시는 것 같은데, 무슨 일…헙! 아, 알겠습니다. 기별을 넣겠으니 잠시만 계십시오."

문화전을 관리하는 듯한 학사가 재빨리 보고하지 않고 오히려 질문을 하려고 하자, 영인과 명규의 눈썹이 찡그려졌다. 그에 화들짝 놀란 학사는 급히 허리를 숙였다가 안쪽으로 사라졌다.

영인과 명규는 문화전 밖에 있는 동안 짜증이 났다. 제독과 위첨사를 밖에 세워놓고 사라진 학사의 행동에 화가 난 것이다. 그러나 지금은 아쉬워서 온 것이기 때문에 불쾌한 마음을 접고 조용히 학사가 다시 나오길 기다렸다. 그리고 얼마 지나지 않아 5명이 모습을 드러냈다. 가장 앞쪽에 있는 인물이 그중 수좌에 해당하는 것 같았는데, 수염이 멋들어지게 기른 학사였다.

"조범행(趙汎幸)이라고 합니다, 제독. 수찬 직을 맡고 있습니다."

"그렇소? 반갑소, 조 수찬. 본인이 조 수찬에게 물어볼 것이 있어서 이렇게 찾아왔소."

"그러십니까? 그럼 안으로 드시지요."

조범행의 안내를 받아 문화전으로 들어선 영인은 자신을 쳐다보는 많은 시선들을 느낄 수 있었다. 적대적인 시선은 아니었다. 갑자기 나타나서 문연각을 차지하고 있는 영인에 대한 관심의 눈빛이었다. 그러면서도 학자들이 전형적인 무인들을 대할 때 보이는 눈빛처럼 상대를 아래로 보는 듯 살짝 무시하는 눈빛도 보였다.

말을 하지 않고 있었지만, 학자들도 많은 관심을 보이고 있었다. 무언가 찾고 있는 것 같았고, 또 대충 짐작되는 부분도 있었기 때문이다. 아무리 관에 투신한 학자지만 강호의 소문과 완벽하게 차단된 삶을 살아오지 않았기 때문이다. 학자들 중에는 무림에서 명성을 떨치는 제갈세가의 방계뿐만 아니라 여러 세가의 자제들도 있었기 때문이다. 그렇기에 황궁보고에 대한 것을 알고 있었고, 특히 서고나 무고에 관심이 가지 않을 수 없었던 것이다.

더욱이 영인은 모든 것을 집중해서 문연각을 살피고 있었다. 문연각은 아무리 한림원 학사라 해도 수찬인 조범행의 허락을 받지 않고는 쉽게 드나들 수 없는 곳이었는데, 갑자기 문연각에서 열심히 무언가를 찾고 있어야 할 영인이 문화전에 찾아왔기에 호기심이 동한 것이다.

"무엇이 궁금하셔서 친히 이곳까지 오셨습니까?"

"문연각에 대해 알고 싶은 것이 있어서 왔네."

"지금 살펴보고 계시지 않습니까. 그런데 무엇을 더 알고 싶은 것입니까?"

"문연각의 모든 것, 지어진 시기나 보관된 서책들에 대해서 모두 알고 싶네. 그리고… 서가 끝에 왜 무공 비급이 놓여 있는지도."

"흐음……."

조범행은 단도직입적으로 물어보는 영인으로 인해 이마에 주름이 잡혔다. 언젠가 이런 날이 올 것이라 짐작은 하고 있었지만, 그렇다고 해서 이렇게 직접적으로 물어볼 줄은 몰랐기 때문이다. 당황스러웠다. 그에 순간 말문이 막혔고, 한동안 영인을 주시하며 침묵을 유지했다.

"왜 아무 말도 없는 것인가?"

"비급은 살펴보셨습니까? 아니, 살펴보셨으니까 이곳에 오셨겠지요. 어떠셨습니까?"

"무엇이 말인가?"

"흐음, 아직 자세하게 살펴보진 않은 것 같군요. 그러십니까?"

"…맞네. 오늘 보게 되었고, 궁금해서 찾아온 것이네."

"그러시군요. 그럼 제독께서 직접적으로 물으셨으니, 소인도 단도직입적으로 말씀드리겠습니다. 아마 제독께선 문연각이 강호에서 전설로 취급되고 있는 황궁보고 중 서고나 무고가 아닐까 해서 찾아오셨을 것입니다. 그렇지 않습니까?"

"…그렇네."

"솔직히 말씀드리자면, 소인이 문연각을 관리하고 있지만 정확한 사정은 모릅니다. 다만 영락제 때 무림의 유명한 문파나 세가에서 심법과 각각의 무공들의 필사본을 상납했다 알고 있습니다. 그러나 제독께서 찾고 계시는 보고는 아닐 것입니다. 아니, 어쩌면 보고라고 할 수 있겠군요. 여하튼 소인이 제독께 왜 이런 말을 하게 됐는지는 제독께서 비급을 자세히 살펴보시면 아시게 되실 겁니다."

"자세히 살펴봐야 알 수 있다? 비급이 있었는데?"

"영인… 제독, 잠깐만. 흠… 조 수찬이라고 했나? 조 수찬의 말을 당장 이해할 순 없지만, 당부대로 비급을 살펴보면 알 수 있겠지. 그런데… 보고에 대한 것을 좀 더 알려줄 수 없겠나?"

"지휘사님, 소인이 말해드릴 수 있는 것은 그것밖에 없습니다. 문연각이 만약 황궁보고였다면 이렇게 방치되고 있지 않았을 것입니다. 그리고 한마디 더 하자면, 세상에 알려진 것과 다르게 황궁보고는 황궁 안에 존재하지 않을 수도 있습니다. 어쩌면 있을 수도 있겠지요. 그러나 찾는다는 것은 힘들 것입니다. 진정한 황궁보고는… 이미 잊혀진 지 오래되었기 때문입니다."

"그게 무슨 말인가? 진정한 황궁보고는 무엇이고, 또 잊혀진 지 오래 되었다니?"

"소인이 문연각을 책임지게 된 이후 한때 소일 삼아 생각해 봤던 소견에 불과합니다. 제독께서 신경 쓰지 않으셔도 됩니다."

"아니네, 어쩌면 도움이 될 수도 있지 않겠는가. 그리고 오늘의 일은 섭섭지 않게 해주겠네. 그러니 자네가 왜 그런 생각을 하게 되었는지 말해주게."

영인은 지푸라기라도 잡는 심정으로 조범행의 조언을 듣고자 했다. 황궁에 오래 있었고 문연각을 관리하고 있었기에, 조범행이 황궁보고에 관해 생각했었다면 충분히 도움이 될 것이라 판단되었다. 평소 언행을 조심하는 것이 학사인데도 불구하고 조범행이 개인적인 소견이라며 말할 정도라면, 그동안 한림원이나 개인적으로 황궁보고에 대해 조사했었다는 것을 짐작할 수 있었기 때문이다.

"흐음… 휴, 알겠습니다. 그러나… 제게서 듣지 않은 것으로 해주셔야 합니다. 제가 이런 말을 하는 것 자체도 한림원에 알려지면 안 됩니다. 한림원뿐만 아니라 동창과 금의위도 주시하고 있기 때문입니다."

"동창과 금의위까지? 알겠네, 절대 알려지지 않게 하겠네."

조범행의 부탁에 영인은 주변을 둘러보며 공력을 일으켰다. 주변엔 명규 외엔 아무도 없었다. 그러나 하도 조범행이 당부를 하자 명규에게 일러 주변을 살펴보도록 했다. 그리고 명규가 아무 이상없다고 말하며 돌아오자, 그때서야 조범행이 조심스럽게 말문을 열기 시작했다. 동창과 금의위 등도 모두 알고 있는 비밀 아닌 비밀이었지만, 한림원의 수찬이 궁위제독부에 언질을 준다는 것이 외부에 알려져서 좋을 것이 없었기 때문이다. 조범행이 영인과의 개인적인 친분을 만들기 위해 슬쩍 알려주는 것이지만, 소문이 잘못 돌아 한림원이 영인과 한 배를 탔다는 식으로 변질되면 자칫 목숨이 위태로워 질 수도 있었기 때문이다.

영락제 때 만들어졌다고 하는 황궁보고, 그러나 실상은 황궁을 지으면서 원나라 때 만들어졌던 곳을 발견한 것에 불과했다. 그리고 정확히 황궁보고란 서고나 무고 등을 지칭하는 것이 아니라, 세상의 진귀한 보물들을 모아놓은 보고를 지칭하는 말이었다. 체인각이나 홍의각과 같은 보고가 아니라, 원나라가 동쪽 끝에서 서쪽 끝까지 대륙을 정복하면서 획득했던 보물들 중 가장 희귀한 것들로 채워진 보고 중의 보고였다.

황궁보고는 영락제 이후 황제, 그것도 직계에게만 죽기 전 구두로 전해졌다. 황제 이외엔 아무도 몰랐고, 함께 잠자리를 하는 황후나 귀비들조차 알지 못했다. 오직 전국에 홍수나 가뭄이 들어 백성들의 삶이 어렵던가 나라가 위태로울 때, 황제가 국고나 내탕금으로 해결할 수 없을 때 보고에서 가지고 나온 보물들을 대상들에게 팔아 해결하곤 했던 것이다. 즉, 황궁보고의 보물들은 황제의 보이지 않는 내탕금(內帑金)의 일환으로 사용되었다.

그러나 이것도 열한 번째 황제인 정덕제(正德帝) 주후조(朱厚照)까지였다. 홍치제(弘治帝) 주우탱(朱祐樘)의 장자로 16살의 나이에 등극한 정덕제는, 죽기 전까지 무종(武宗)이라 불리며 왕성하게 활동했다. 문무대신들은 물론 백성들에게까지 정덕제의 괴행에 괴짜 황제라 불렸지만, 세 번의 반란을 진압하고 북방의 침입을 직접 막기도 했었다. 그리고 당시까지 황궁보고는 황제인 정덕제가 철저하게 관리하고 있었다.

하지만 문제는 정덕제가 여인들과 뱃놀이하다 물에 빠져 31살의 나이에 죽은 이후였다. 갑자기 요절한 이후였기에 다음 황제한테 황궁보고에 대한 것을 전하지 못했고, 12번째 황제인 가정제(嘉程帝) 주후총(朱厚熜)은 즉위한 이후 황궁보고를 찾기 위해 동창과 금의위, 그리고 한림원까지 동원해야만 했다. 그에 이들은 황제가 바뀌는 와중에도 서로 반목하고 경쟁하며 찾는 것을 멈추지 않았고, 세월이 흘러 지금까지 이어져 온 것이다.

탁! 쓰윽, 쓰윽~ 타악~!

"젠장, 이것도 마찬가지네."

"그것도?"

"그래, 어떻게 제대로 된 비급이 하나도 없냐?"

"휴……."

명규는 영인의 불평에 한숨이 나왔다. 조범행의 충고대로 문연각에 돌아온 영인은 비급을 자세히 살펴보았고, 뭔가 잘못된 것을 알게 되었다. 중요한 부분이 삭제되었거나 전혀 이상한 방향으로 전개가 되었기 때문이다. 만약 영인이 최절정의 경지에 이르지 않았다면 무심코 지나치던가 전혀 몰랐을 부분이었다.

영락제 때 무림에 영향력을 행사하던 문파나 세가에 강압적인 방법으로 비급을 상납하도록 압력을 넣었었는데, 구파일방과 오대세가는 물론 사파의 세력들도 있었다. 아무리 영락제라고 해도 원본을 내놓도록 할 수 없었던 것이다. 하지만 문제는 필사본으로 받은 비급들 모두 제대로 된 것이 하나도 없다는 것이었다. 황제의 명이라 하더라도 자신들의 목숨보다 더 소중한 것이 비급이었기에 완벽한 필사본을 줄 수 없었고, 그에 더하여 일정 수준 이상 익히지 못하도록 만들어놓은 것이다. 특히 심법에 심혈을 기울였는데, 절대 6성 이상 익힐 수 없도록 만듦과 동시에 주화입마를 유도하는 방향으로 손을 본 것이다. 그렇다고 검법이나 도법 등에 소홀한 것도 아니었다. 한 초식조차 제대로 된 것이 없을 정도였었고, 연계 초식은 모두 초식이 중간에 끊겨져 있었다.

당시 황궁에선 이런 사실을 몰랐었다. 세월이 흘러 황제가 동창과 금의위 위사들에게 무공을 익히도록 명했는데, 위사들이 일류의 경지에 이르면 어김없이 반신불수가 되는 주화입마에 걸리거나 피를 토하고 목숨을 잃는 일이 발생하면서 이와 같은 것을 짐작하게 된 것이다. 아니, 모든 사항을 조사하게 되면서 알게 되었다.

황제는 동창과 금의위의 보고를 듣고 불같이 진노했다. 하지만 무림에 화를 낼 수도 없었다. 진의를 확인하려면 원본과 대조를 해야 하는데, 그것은 무림을 추궁하는 것이기 때문에 적으로 만드는 것이나 다름없었기 때문이다. 아무리 무소불위의 권력을 행사하는 황제라고 해도, 무림 전체를 적으로 돌려 위험을 초래할 수는 없었기 때문이다. 당연히 모든 문제는 위사들이 제대로 익히지 않고 잘못된 방향으로 익혀 발생한 것으로 유아무야 결론이 날 수밖에 없었고, 다시는 비급상의 무공을 수련하지 못하도록 했다. 이후 동창과 금의위는 문제의 비급들을 나름대로 연구하며 자신들만의 새로운 무공을 만들려고 노력했고, 그것이 지금에 와선 어느 정도 결실을 맺고 있었다.

"이걸 익히느니 차라리 팔괘참봉술을 익히고 말겠다."

"그 정도로 형편없냐? 그래도 잘 찾아보면 쓸만한 게 있지 않을까? 모두 이름만 들어도 대단한 무공들이잖아."

"혹시나 해서 백여 권을 넘게 살펴봤다. 그런데 건질 게 하나도 없어. 딱 일류 초입까지가 한계다."

"일류 초입?"

비급의 제목만 본다면 어떤 무인이라도 입이 벌어질 정도로 놀라겠지만, 영인과 명규는 입에서 욕부터 나왔다. 아무리 대단한 무공이라도 잘못된 수련 방법으론 배울 수 없기 때문이다.

"그래. 이렇게 만들기도 쉽지 않지만, 무엇보다 최소한 비급상의 무공을 거의 완벽하게 익힌 고수라야 이런 식의 장난칠 수 있을 거다."

"설마, 그게 말이 되냐? 이런 무공을 10성 가까이 익힌다면 모두 최절정고수겠다. 그럼 지금 눈앞에 있는 이 많은 비급들은 뭐냐?"

"그러니까 내가 어이없어하는 거다. 이 비급들 모두 절대 한 사람이 필사한 것이 아니다. 그렇다면 결론은 뭐겠냐? 당시 최절정에 이른 고수들이 수없이 많았다는 거지."

"야, 그게 말이 되냐? 이 서가에 있는 비급이 몇 권인데, 당시 그렇게 고수들이 많았다고? 하하~ 영인아, 웃기지 좀 마라. 아이고 배야, 하하하~"

"쩝……."

"하하~ 오랜만에 잘 웃었다. 그나저나 재미있는 생각이긴 하다. 네 말대로 정말 그렇다면, 궤 아저씨의 말대로 무림 전성시대가 아니고 뭐겠냐?"

"하긴, 내가 생각해도 어이없기는 하다. 아마 우리가 모르는 방법이 동원되었겠지."

"당연하지. 그나저나 아무리 문제가 있는 비급이라고 해도 많이 봐두면 도움이 되지 않을까? 동창이나 금의위 녀석들도 이것들을 가지고 새로 무공을 만들었다고 했잖아. 물론 시간이 거렸지만."

"많이 걸렸지. 흠! 그나저나 약간은 도움이 되겠지. 나한테 죽은 변태녀석이 아마 동창에서 만든 무공을 익혔을 거다. 꽤 셌었어, 하마터면 죽을 뻔했으니까. 그래서 한번 봤으면 좋겠는데, 조 제독한테 보여달라고 하면 허락해 줄까?"

"미친놈, 너 같으면 보여주겠냐? 그리고 아직 완벽하지 않은
것 같다고 조 수찬이 말했잖아. 그동안 경쟁하며 서로를 살펴왔
다고 했으니까 정보는 확실할 거다. 그럼 보나마나지. 저것들을
보니까 어떻게 만들었는지 궁금해졌냐?"

"쩝, 안 도독도 안 되겠지?"

"그렇게 보고 싶냐? 야, 차라리 이참에 네가 하나 만들어보지
그러냐? 그게 더 빠르겠다."

"미친놈. 그게 네 말대로 쉬운 일인 줄 아냐? 이그, 내가 말을
말아야지."

'젠장, 어떤 식으로 조합했는지 보고 싶은데······.'

명규의 말에도 불구하고 영인은 좀처럼 아쉬운 마음을 달랠
수가 없었다. 그러나 가만히 생각해 보니 명규의 말대로 전혀
가망성이 없는 일에 매달리기보다는 힘들더라도 자신이 직접
만드는 것이 나을 것 같았다. 물론 시간이 남아돌 때의 일이었
지만, 당장 할 시간도 마음도 없었고 능력도 없었다. 완벽한 것
을 망치는 것은 쉬운 일이지만, 망가진 것을 복구하는 것은 절
대 쉬운 일이 아니기 때문이다.

영인은 착잡한 기분에 입맛이 썼다. 오랜만에 흥미가 생겼는
데, 아쉬운 마음만 달래야 했기 때문이다. 그러나 아쉬운 마음
은 금방 가라앉지 않았다. 하지만 전혀 소득이 없는 것도 아니
었다. 잘못된 부분을 찾는 것도 공부가 되겠다는 생각이 들었
고, 이에 차분한 마음으로 의자에 앉아 천천히 비급을 살펴보기
시작했다. 잘못된 부분을 찾는 것도 좋았지만, 왜 잘못되었는지
찾기 시작한 것이다. 그리고 아직 잘못된 부분을 살필 실력이

안 되는 명규도 혹시나 하는 생각에 영인의 곁에 앉아 열심히 비급을 살폈다. 길을 걷다 돌부리에 걸려 넘어졌는데 눈앞에 산삼이 자라고 있을지도 몰랐기 때문이다.

"오랜만에 뵙네요, 제독님."

"그렇군, 정말 오랜만이네. 그런데 무슨 일이기에 이른 아침부터 본인을 찾아왔나?"

"제가 온 것이 싫으신가요? 저는 제독님이 보고 싶었는데."

"헙! 흠, 당돌하군. 그쪽 나라의 여인들은 그대처럼 행동하는가? 여하튼, 그때 우 승상하고 얘기가 잘 된 것으로 알고 있는데?"

"훗, 잘됐지요. 하지만 오늘은 제독님을 만나려고 왔습니다. 그때와 달라진 모습을 보니 정말 새롭네요."

재클린 할스.

우금성과 화포의 조달과 병사들의 훈련에 대해 얘기를 나누도록 자리를 마련해 준 이후 처음 보는 것이다. 첫인상에 호감을 느끼고 있었는데, 이렇게 다시 보니 영인도 감회가 새로웠다.

"황궁의 안위를 책임지고 계시다면서요?"

"황궁 전체는 아니고, 그저 외조의 수비를 맡고 있네."

"그러시군요. 그래도 군부의 최고 책임자들 중 한 분이시니, 대단하세요."

"대단할 것까진 없지. 그런데 오늘은 혼자 왔군. 그때 만났던 철없는 수녀는 그쪽 나라로 돌아간 것인가?"

"아니요, 아직 함께 있어요. 훗! 사실 그 일 때문에 이렇게 찾아왔어요."

재클린은 자신도 어렵게 대하는 수녀를 철없는 소녀쯤으로 치부하는 영인의 처사에 웃음이 나왔다. 사실 자신도 함께 생활하면서 그런 생각이 몇 번 들었던 적이 있었지만, 수녀라는 신분 때문에 입 밖으로 꺼내지 못했었기 때문이다. 새삼 다른 나라에 와서, 그것도 엘로힘과 예수 그리스도를 믿지 않고 있는 사람과 대화를 나누고 있다는 것을 깨달을 수 있었다.

"왜? 그 어린 수녀가 본인을 만나고 싶다 했는가? 난 그럴 생각이 없는데?"

"만나보시다 보면 제독님의 생각이 달라지실 거예요. 그건 제가 확신합니다."

"하하~ 무슨 일 때문에 만나려고 하는지 모르겠지만, 지금은 너무 바쁘군. 나중에 기회가 되면 만나는 것이 좋을……."

재클린과 단둘이 대화를 나누고 있는 것이 즐거웠다. 그리고 웬만하면 이유를 만들어서라도 이런 기분 좋은 자리를 또 만들고 싶었다. 하지만 지금은 시간이 없었다. 이자성과 우금성이 황궁으로 돌아오기 전에 비급을 하나라도 더 살펴봐야 했지만, 무엇보다 황궁보고를 찾아야만 했다.

조범행으로부터 문연각에 찾고자 했던 황궁의 내부 도면이 없다는 것을 확인했다. 그렇기에 명규와 영도가 대원들을 데리고 황궁 곳곳을 누비며 직접 찾고 있었다. 비록 내정엔 들어가지 못하지만, 외조만이라도 샅샅이 조사해야 했기 때문이다. 그리고 무엇보다 비급을 살펴볼 수 있는 실력은 영인밖에 없었다. 그에 명규와 영도가 외조를 살피는 동안 영인은 문연각에 홀로 출입하여 비급들을 살펴보고 있었다.

"황궁보고! 제독께서 황궁보고를 찾고 계신 것을 알고 있어요."

"협! 그걸 어떻게… 아니, 감히 누가 그런 소문을……."

"동창과 금의위가 움직이고 있는데, 소문에 민감한 상인이 모를 수가 없지요. 더구나 한림원 학사들의 불만이 많더군요. 제가 비록 외국의 상인이지만, 오히려 외국인이기 때문에 더 민감할 수도 있어요. 장사를 하려면 그 나라의 상황과 정보 흐름을 파악하는 것이 무엇보다 중요하거든요."

"그렇군. 훗, 머리 나쁜 녀석들이 귀한 서책만 망가뜨린다고 떠들었겠군."

"호호, 비슷하긴 해요. 아마 제독께서 수녀님을 만난다면 원하는 것을 얻으실 수 있을 겁니다. 황궁보고에 대한 얘기를요."

"그게 무슨 말이지?"

"말씀 드린 그대로예요."

"그럼 그때 봤던 어린 수녀가 황궁보고의 위치를 알고 있다는 말인가?"

"그것은 저도 잘 몰라요. 다만… 수녀님께서 보고의 위치를 알 수 있는 방법이 있다고 하더군요. 그래서 제가 직접 이렇게 온 것이고요."

"흐음……."

'뭐지? 도대체 그 어린것이 무슨 방법으로 위치를 알 수 있다는 거지? 또 그런 것을 내게 왜 알려주는 것이고?'

재클린의 말에 영인은 정신을 차릴 수가 없었다. 아무리 정성을 기울여도 황궁보고를 찾을 수 없자, 요즘은 황궁을 떠날 때 체인각과 홍인각의 보물들을 슬쩍 훔칠 생각까지 하고 있었다. 그런데 방법이 있다고 하니 놀라지 않을 수 없었던 것이다. 그것도 황궁엔 한 번도 들어와 본 적이 없는 외국인이…….

"어떻게 하시겠습니까? 만나보시겠습니까?"

"흥미가 생기는군. 그런데 나를 믿을 수 있나? 이렇게 찾아올 정도라면 내가 왜 황궁보고를 찾으려고 하는지 짐작할 수 있을 텐데?"

"그것도 짐작하지 못한다면 상인이라 할 수 없지요. 상인은 눈치가 꽤 빨라야 살아남을 수 있거든요."

"호~ 그런데 나를 도와주겠단 말인가? 모험심이 꽤 강한 것 같군."

"전 그렇게 모험심 강한 여인이 아니에요. 어차피 서로 필요하기 때문에 이렇게 자리를 주선하고 있는 거지요. 그리고 사실 이런 말은 하지 않으려고 했는데, 제독께선 시간이 많지 않아요."

"응? 시간이 많지 않다고? 갑자기 그게 무슨 말이지?"

"산해관은 지금 전쟁이 벌어지고 있겠지요? 그렇지 않나요?"

"글쎄? 지금쯤 전투가 벌어지고 있으려나? 그런데 갑자기 그건 왜 묻지?"

"친분있는 상인들이 그러더군요. 산해관은 외부의 침입을 막는 천해의 요충지지만, 내부로부터의 공격에는 취약하다고. 그 럼 결론이 난 것 아닌가요? 곧 황제가 환궁할 것인데, 그땐 이렇게 대놓고 찾을 수 없게 되겠지요. 어쩌면 황제가 자신이 없는 사이에 명하지도 않은 일을 했다고 불충의 죄를 물을 수도 있잖아요. 아, 맞다! 지금 제독의 행동은 누가 봐도 부정적으로 보이겠다. 이런! 어쩌면 황제가 황궁에 들어와 처음으로 할 일은 제독의 목을 스윽~ 하는 것이겠네요. 그렇지 않나요?"

"하, 하~"

재클린이 자신의 목을 손으로 긋는 시늉을 하며 말하는 모습에, 영인은 어이가 없어 실소를 흘렸다. 그러나 전혀 근거가 없는 말이 아니었다. 만약 우금성이 옆에서 거든다면 충분히 가능한 일이었다. 어쩌면 지금도 주시하고 있을지 모르는 일이었다. 황궁보고를 찾는 일에 제독부의 총력을 기울이고 있는데, 동창과 금의위 등에 분명한 이유를 밝히지 않았기 때문이다. 당연히 지금까지 자신의 행동이 모두 이상하게 생각될 것이 분명했다.

하지만 영인이 하나 간과한 것이 있었다. 이미 동창과 금의위해서 승상인 우금성에게 모든 보고를 한 후였다. 그러나 예전에 영인에게서 황궁보고에 대한 것을 들었던 우금성은 보고를 듣고는 고개만 끄덕거리며 모른 척하라는 지시를 내렸다. 비록 자신에 의해 내쳐졌지만, 영인이 자신에게 잘못한 것이 없기에 찾을 수 있는 데까지 해보라고 배려를 해준 것이다. 찾으면 좋고, 그렇지 않다면 예전 부탁을 들어준 것이 되기 때문이다. 만약 이런 우금성의 배려가 없었다면, 진작에 동창과 금의위에서 위사들을 앞세우고 궁위제독부를 찾아왔을 것이었다.

이러한 사항을 모르는 영인은 재클린의 말에 가슴이 쿵! 하고 가라앉았다. 만약 우금성의 귀에 들어가면 상황이 어떻게 돌변할지 예측이 불가능했기 때문이다. 그에 입술이 마르기 시작했고, 탁자 위에 놓여 있는 차를 한 모금 마시며 입술을 축였다.

'젠장, 내가 생각없이 너무 설쳤구나. 이렇게 되면 우 승상이 알기 전에 일을 끝내야겠군. 빌어먹을······.'

"흠! 정말 위치를 알 수 있는 방법이 있는가?"

"예, 그건 제가 보증할게요. 그리고 만나주시는 대가로 은자 5백 냥을 드리지요."

"홋, 만나주는 대가로 5백 냥이라······. 그렇다면 오히려 내가 만나달라고 해야겠군. 좋다, 그럼 미시쯤 다시 와라. 참! 그대와 수녀만 오도록 하고, 들어올 땐 서화문으로 오도록. 내가 미리 서화문에 연통을 넣겠다."

"감사합니다. 그럼 이따가 뵙겠습니다."

영인은 재클린과의 대화를 곰곰이 생각해 보았다. 무엇보다 우금성이 신경 쓰였다. 조금 전에는 놀라 미처 생각하지 못했는데, 동창과 금의위라면 우금성에게 그동안의 일을 보고했을 것이기 때문이다. 당연히 우금성은 촉각을 곤두세우며 주시하고 있을 것이고, 그렇게 되면 영인으로서는 굉장히 곤란해질 수밖에 없었다. 모든 면에서 운신하는 데 상당한 불편이 예상되었기에 재클린의 말처럼 정말 시간이 없음을 직감할 수 있었다.

'그래, 그 수녀를 만나보면 방법이 생기겠지. 우선 눈앞에 닥친 일이나 신경 쓰자.'

앞으로의 일 때문에 머리가 아팠지만, 약속 시간 전까지 비급을 한 권이라도 더 살펴보기 위해 문연각으로 향했다. 이가 없으면 잇몸으로 씹는다고, 상황이 불리하면 황궁보고 대신 다른 곳을 털면 되었기 때문이다. 그리고 문연각의 비급들을 살피면서 요즘 자신의 무공에 대해 생각하는 시간이 많아졌다. 특히 자뢰전구류비록의 내용들을 조금이나마 파악할 수 있는 단서들도 찾을 수 있었기에, 비급을 살핀다는 것이 시간 때우기가 아니라 도움이 되고 있었다.

미시쯤 약속대로 재클린이 수녀를 데리고 영인을 찾아왔다. 미리 서화문에 언질을 주었기 때문에 둘은 남훈전까지 별다른 제지 없이 올 수 있었다. 영인은 수녀를 보자마자 본론을 곧바로 꺼냈다.

"황궁보고를 찾을 수 있는 방법이 있다고?"

"호호, 제독께서 급하신가 보군요. 하지만 천천히 하시는 것이 어때……."

"그렇습니다. 만약 제가 찾는 것이 그곳에 있다면, 확실히 찾을 수 있습니다."

"그런가? 확실하단 말이지?"

만나자마자 영인이 묻자 재클린이 중간에 나서서 대화를 진행하려고 했는데, 엘루아나가 재클린의 만류에도 불구하고 대답했다. 영인은 그런 엘루아나의 반응에 미소를 지었다.

"예, 다만 제가 찾는 것이 그곳에 반드시 있어야 합니다. 그렇지 않다면 아무리 저라 해도 찾을 수 없습니다."

"흐음… 그렇다면 보고에 그대가 찾는 것이 있다는 것인데, 뭔지 말해줄 수 있나? 아니지, 우선 방법이 무엇인지 들어보지."

"그전에 제독과 제가 협의를 통해 신뢰를 구축하는 것이 먼저가 아닐까요?"

"협의? 신뢰? 하하, 이거참."

"저는 반드시 찾아야만 하는 것이 있으니 제독께선 대가로 그것의 소유권을 주시겠다는 약조를 해주셨으면 합니다."

"약조? 소유권을 달라고? 하~"

"그렇습니다."

"흠! 내가 누구인지 알면서 그런 말을 하는가?"

"알고 있습니다. 그러나 반드시 해주셔야 합니다. 그렇지 않으면 도와드릴 수 없습니다. 그리고… 서로 분명한 것이 좋지 않겠습니까?"

영인은 자신의 두 눈을 똑바로 보고 정확한 발음으로 자신의 의견을 말하는 엘루아나를 보며 이마에 주름을 잡았다. 생각보다 강하게 나오는 엘루아나의 반응이 거슬렸던 것이다.

재클린은 영인의 표정에서 불만을 느낄 수 있었다. 그에 자신이 나서려고 했는데, 무슨 생각을 했는지 영인이 손을 들어 제지한 후 엘루아나를 향해 시선을 주었다.

"찾는 것이 무엇인지 모르겠지만, 그 물건에 대한 소유권을 인정해 주겠다. 단! 내게 설명을 해줘야 한다. 소유권을 넘겨줘도 상관없다는 생각이 들지 않을 경우, 황궁보고를 찾을 수 있다고 해도 네 도움은 받지 않겠다. 알겠나?"

"그건… 휴~ 그렇게 하지요."

"헉, 수녀님!"

"괜찮아요, 재클린 양. 어차피 성물은 엘로힘을 믿고 따르는 신자들에게나 필요한 것입니다. 엘로힘과 예수 그리스도를 믿지 않는 제독과 이 나라 백성들에겐 아무리 가지고 있어도 사용할 수 없습니다. 믿음이 있어야 사용할 수 있습니다."

"그렇지만… 알겠습니다. 교황께서 수녀님께 모든 것을 일임하셨다고 했으니, 수녀님의 의견에 따르겠습니다."

"고마워요, 재클린 양. 언제나 엘로힘과 예수 그리스도와 성령의 축복이 재클린 양과 함께하실 겁니다."

"감사합니다, 수녀님."

엘루아나의 굳건한 의지에 재클린도 어쩔 수 없다는 듯 뒤로 물러났다. 앞으로 진행될 일에 재클린이 끼어들 여력이 없어진 것이다. 그에 재클린은 걱정되는 눈빛으로 엘루아나는 일별한 후 반대쪽에 앉아 있는 영인을 향해 시선을 돌렸다.

"그럼 설명해 봐라. 도대체 그대가 찾는 물건이 무엇인가?"

"…휴~ 알겠습니다, 그럼 지금부터 제가 찾는 것을 설명하겠습니다. 제가 찾는 것은 저희 가톨릭교에서 성배라 칭하고 있는 것으로……."

영인은 엘루아나의 설명에 귀를 기울였지만 이따금씩 하품이 나올 정도로 재미없었다. 이러한 것은 영인이 종교에 전혀 관심이 없었던 것도 한몫했지만, 찾고자 하는 성배라는 물건이 가톨릭이라는 교단의 정신적 성물 정도로 생각되었기 때문이다. 즉, 불교의 부처님상이나 마교의 성화 정도로 여겨졌던 것이다. 당연히 종교를 모르는 영인에게 있어서 성배는 특별하게 생각될 정도가 아니었다.

그렇다고 전혀 흥미가 없는 것은 아니었다. 배로 몇 달이 걸리는 머나먼 곳의 귀한 물건이 어떻게 황궁까지 흘러오게 된 것인지에 궁금했던 것이다. 그리고 무엇보다 엘루아나가 황궁보고에 자신이 찾는 성배가 있다고 확실하게 말하고 있었기 때문이다.

엘루아나의 설명에 의하면, 성녀 막달라 마리아가 예수 그리스도의 부활 이후 가톨릭교의 초대 교황 베드로와 아무런 상의 없이 성배를 가지고 사라졌다고 한다. 그것이 지금으로부터 약 1,600여 년 전의 일이었다. 그리고 1,160여 년 전 프랑크 족의 일파인 메로빙거 왕조가 부흥하면서 나타났는데, 약 890년경 메로빙거 왕조의 마지막 국왕 힐데리히 3세가 당시 재상이라 할 수 있는 궁재(宮宰) 피핀 3세의 반란으로 인해 폐위되면서 다시 사라진 것이다. 카롤링거 왕조를 열어 프랑크 왕국을 이어가게 된 피핀 3세는 교황청과 긴밀한 협조를 하며 사라진 성배를 찾았지만, 성배는 이미 메로빙거 왕가의 후손들 중 한 명이 가지고 프랑크 왕국을 떠난 후였다. 비잔틴 제국의 황성이 있는 콘스탄티노플로 간 것이다. 그리고 후손은 대대로 숨어 살다가 550년 전 십자군전쟁이 발발하면서 성지인 예루살렘에 정착했는데, 그 이후 후손에게 무슨 일이 벌어졌는지 모르지만, 약 350년 전 가장 강력한 군사력을 지닌 원나라의 형제국인 일한국의 가잔칸에 의해 당시 황제였던 성종 테무르 올제이투칸에게 진상된 것이다.

"그럼 당시 진상된 것이 성배였고, 원나라가 명나라에 의해

북으로 쫓겨난 이후에도 사라지지 않고 황궁보고에 있다는 말인가?"

"그렇습니다."

"흐음……."

영인은 엘루아나의 설명을 들으면서 입이 다물어지지 않았다. 오랜 세월 동안 집요하게 행방을 추적한 것도 놀라웠고, 과연 그만한 가치가 있는 물건이 세상에 있을까 해서였다. 그러면서 이해할 수 없는 의문이 들었다. 비록 명황실과 상상할 수도 없는 큰돈이 오고 갔겠지만, 오래전부터 상거래를 했었고 홍이포를 만들 수 있는 기술도 전수했기에 신뢰가 쌓인 사이였다. 더욱이 숭정제도 황궁보고를 찾고 있었기에 물건 하나쯤은 그저 줄 수도 있는 좋은 관계였을 텐데, 왜 하필 자신이냐는 것이었다.

"한 가지 묻고 싶군. 왜 숭정제하고 거래하지 않았는가? 보다 더 유리한 조건이었을 텐데?"

"그건 제가 설명드릴게요. 사실 제독의 말대로 죽은 숭정제하고 거래하려고 했었어요. 그런데 황성에 머물면서 숭정제의 평판을 듣게 되었지요. 황제로서 열정적으로 정사를 돌봤지만, 한 가지 마음에 걸리는 것이 있더군요."

"마음에 걸려? 도대체 그것이 무엇이었는데?"

"돈입니다. 제가 만나본 숭정제는 열정적이고 체면을 상당히 중요시했어요. 그리고 무엇보다 돈에 대해서 상당히 인색한 황제였죠. 물론 황제로서 근검절약을 실천한다는 것은 모범적인 일이겠지만, 그것도 지나치면 저희 같은 상인들이 보기엔 그리 좋지 않습니다. 절약할 땐 절약하더라도 쓸 땐 확실하게 쓸 줄 아는 사람이 더 호감 가지요."

　근검절약은 전통 미덕이고 좋은 것이다. 그러나 숭정제는 너무 지나쳤다. 천하의 재물을 모두 움켜쥔 황제가, 서예를 연습하면 앞뒷면을 모두 채웠고 물품을 구입할 때는 가격 흥정을 하게 해서 깎도록 했다. 또한 명절 때 황궁 안에서 가무연회를 한 적이 없었고 궁 안에서 화려한 의복을 입는 것도 금했으며, 즉위한 이후부터 거의 매년 조정에 돈이 없다고 하며 재민구호 등 나라에 큰일이 발생할 때마다 문무대신들에게 돈을 기부하도록 했다. 오죽하면 도성이 포위되어 나라가 멸망할 위기에 처한 상황에서도 내탕금이 없다 하며 황성을 지키는 병사들에게 은자를 내놓지 않을 정도였다. 당시 좌도어사 이방화가 숭정제에게 간언하길, '사직이 위기에 처했는데, 황상께선 어찌하여 이렇게 신외지물에 인색하십니까? 가죽이 없으면 털이 어디에 붙어 있겠습니까?' 하며 탄식할 정도였다.

　"설마! 호부상서 류체순이 우 승상의 명을 받고 숭정제의 내탕금을 조사했을 때 얼마가 나왔는지 아는가? 자그마치 은자만 3,700만 냥이었고 황금도 150만 냥이 나왔다. 값비싼 보석들은 셀 수도 없이 나와서 홍인각에 모두 보관해 두고 있다. 그런데 숭정제가 돈에 인색했다고?'

　"맞습니다. 조정에 돈이 없다 하나, 내탕금은 그렇게 많았지요. 그러니까 제가 숭정제와 거래를 하지 않았던 겁니다. 황궁 보고를 찾게 되더라도 숭정제라면 단 하나의 물건도 내어주지 않을 것 같았거든요."

"하~"

재클린의 설명에 영인은 할 말이 없었다. 숭정제가 그럭저럭 뛰어난 구석이 있는 황제인 줄 알고 있었는데, 쪼잔하고 욕심 많은 수전노에 불과한 인물이었기 때문이다. 그리고 숭정제에 관한 설명을 들으면서 영인은 한 가지 확실하게 깨달은 것이 있었다. 돈은 쓸 때 확실하게 쓰자는 것이었다.

"좋다. 그런데 나보다 우 승상에게 부탁하는 것이 더 좋지 않겠는가?"

"우 승상과 좋은 연을 맺긴 했지만, 믿음이 가지 않더군요. 이건 상인의 직감입니다. 그리고 엘루아나 수녀님도 우 승상보다 제독님께 가자는 말씀을 하셨습니다. 우 승상이 알아서 좋지 않은 것이 있다고요."

"좋지 않은 것?"

"예, 그건 차차 아시게 될 것입니다."

"그래? 흐음… 좋다, 설명을 들어보니 내겐 필요없는 물건임을 알겠다. 황궁보고를 찾게 되면 그 물건의 소유권은 그대에게 주겠다."

"아~ 감사합니다, 제독."

"감사할 것 없다. 어차피 서로 이득을 보자는 것이니까. 자, 그럼 언제 시작할까? 그대들도 준비할 것이 있겠지?"

"예, 내일 아침이면 준비가 될 것 같습니다."

"그럼 내일 다시 오도록. 참, 내일도 둘만 와라. 괜히 신경 거슬리는 녀석들 데리고 와봐야 도움도 안 되고, 거치적거리면 내 불만을 살 수도 있으니까. 알겠나?"

"그건… 휴~ 그렇게 하겠습니다. 그럼 내일 뵙겠습니다."

재클린과 엘루아나는 혹시나 하는 생각에 불안했지만, 그 정도 위험을 감수하지 않으면 성배를 영영 찾을 수 없다는 생각에 승낙했다. 아직 영인의 신의를 믿을 수 없는 상태지만, 엘로힘과 예수 그리스도의 의지와 축복이 자신들과 함께할 것이란 생각에 승낙한 것이다.

第十章
잘못됐다, 그것도 아주 많이!

다음날, 약속대로 재클린과 엘루아나가 사시에 영인을 찾아
왔다. 엘루아나의 수중엔 무언가 묵직한 것이 들려 있었는데,
자세히 살펴보니 두꺼운 서책이었다. 아주 오래전에 만들어진
것 같았는데, 검은색의 두꺼운 표지 중간에 이상한 글자가 쓰여
있었다.

　탁.

　"그게 무엇인가? 서책인 것 같은데, 상당히 두껍군."

　"이것은… 성궤(聖櫃)입니다."

　"성궤?"

　"예. 그리고 이것이 바로 어제 제독께 말씀드렸던, 우 승상이
알게 되면 안 되는 것이기도 합니다."

　"그래? 모양이 이상하긴 하지만, 그렇다고 해서 별다른 것은

없는데? 흐! 여하튼 궤(櫃)라 함은 무언가를 놓은 상자를 말하는 것이 아닌가? 그런데… 아무리 봐도 서책처럼 보이는군. 설명을 부탁해도 될까?'

"그렇지 않아도 설명을 드리려고 했습니다. 제독께서 말씀하신 대로 겉모습이 서책과 비슷하지만, 형태만 비슷하지 서책은 아닙니다. 그리고 엘로힘과 예수 그리스도의 복음이 담긴 성서가 따로 있기에, 저희 가톨릭에서는 이 성보를 성궤라고 부릅니다. 성궤는 이렇게 열 수 있게 되어 있습니다."

엘루아나가 가지고 온 성궤는 일반 서책에 비해 길이나 두께가 한 마디 정도 더 컸다. 엘루아나는 오른쪽 단면 부분에 잠겨 있는 고리를 풀고 천천히 책장을 넘기듯 한쪽으로 펴자, 성궤가 반으로 가라지며 안쪽엔 빽빽하게 알 수 없는 문양이 도안된 철판이 나타났다. 오랜 세월이 흘렀음에도 불구하고 묵색을 띠고 있는 표지와 달리, 안쪽에 있는 철판은 은은한 광택을 내는 은색을 띠고 있었다.

"오~ 반으로 나뉘는군. 확실히 서책은 아니군. 그나저나 철판이 꽤 두꺼운데, 모두 은으로 만들어진 것인가? 거기다 중간에 박힌 보석까지… 왜 그대들이 성궤라 부르는지 알겠군. 보석과 은으로 만들어진 보물이라 그렇군. 정말 대단해, 그것만 팔아도 상당한 가격이 나가겠다. 그런데 아무것도 담을 수 없을 것 같은데……."

"예. 성궤는 무엇인가를 담는 것이 아니라, 이 위에 성배와 성령을 올려놓은 것입니다. 또한 이것은 은으로 만들어진 것이 아닙니다, 이 세상에 존재하지 않는 물질로 만들어진 성스러운 것입니다. 물론 보석도 세상에 알려지지 않은 것입니다."

"그런가? 세상에 알려지지 않은 것이라……."

"예, 그리고… 성궤는 팔 수 있는 것이 아닙니다."

"아! 이런, 성물이라 했지? 미안, 미안. 하하~ 나도 모르게 그만 실수를 하고 말았군. 제길, 역시 난 이 입이 말썽이라니까."

"훗, 아닙니다."

엘루아나의 핀잔에 영인은 멋쩍은 표정을 지으며 머리를 긁적였다. 그러나 이런 행동이 엘루아나와 재클린의 긴장감을 어느 정도 해소해 주는 역할을 했다. 그에 옆에 있던 재클린이 고맙다며 영인에게 살짝 미소를 지어주자, 영인도 웃어주며 재클린 곁으로 가서 섰다. 하지만 시선마저 엘루아나에게서 옮겨진 것은 아니었다.

"그나저나 그 성궤가 성배나 성령을 올려놓는 받침이라 했는데, 그대들이 믿는 종교에선 그런 물건들이 꽤 많은가?"

"그렇지 않습니다. 저희 교황청엔 성서 외에 삼대성물이 있을 뿐입니다. 삼대성물은 성궤와 지금 찾으려고 하는 성배, 그리고 모든 죄를 정화시켜 주는 성령입니다. 아쉽게도 성령 또한 옛날에 잃어버렸는데, 성배를 찾은 후 성령도 찾아야 합니다. 그것이 제 사명입니다."

"잃어버린 물건을 찾는 것이 사명이다……. 여인이 하기엔 좀 벅찬 일인 것 같군. 그런데 그것들을 모두 찾아서 뭘 하려고 그러나?"

"만약 성배와 성령을 찾아 이 성궤 위에 올려놓을 수만 있게 된다면, 엘로힘과 예수 그리스도의 성음(聖音)을 들을 수 있게 되기에 반드시 찾아야만 하는 것입니다."

"성음을 들을 수 있다고? 하~ 믿겨지지 않지만, 그렇게 말한다면야……. 그래도 오래전에 잃어버렸다면 찾는다는 것이 어려울 텐데, 세월만 허비하는 일이 아닐까?"

"제독께선 그렇게 생각하실 수도 있겠으나, 제겐 그 어느 일보다 보람된 일입니다. 비록 제가 찾지 못한다 해도 후대에서 찾으면 되고, 또 조그마한 단서라도 찾을 수 있기에 전혀 세월을 허비하는 일이라 생각하지 않습니다."

"그런가? 그럼 네 소원대로 반드시 찾게 되기를 바란다."

성궤를 꽉 쥐는 엘루아나의 모습을 보면서 영인은 엘루아나의 의지와 신앙심을 살짝 엿볼 수 있었다. 그러나 자신과 상관없는 것이기에 더 묻기도 귀찮고 해서 그냥 화제를 돌렸다.

"자, 그럼 어떻게 찾을 것인가? 비리비리한 한림원 녀석들뿐만 아니라 동창과 금의위 녀석들도 우릴 주시하고 있다. 지금 위첨사들과 대원들이 다른 곳으로 시선을 돌리고 있지만, 모든 시선이 거둬진 것은 아니다. 아마 오래가지는 못할 거다."

"알겠습니다, 서두르지요."

영인의 말에 엘루아나는 경건한 표정으로 성궤에 박혀 있는 아기 주먹만 한 청색 보석에 손을 얻은 후, 연신 뭐라고 중얼거리듯 주문을 읊기 시작했다.

"재클린, 지금 뭘 하고 있는 거지? 무슨 주술 같은 것을 하고 있는 건가?"

"사실은 저도 성궤에 대한 것은 말만 들었지, 오늘 처음 봤어요. 성궤는 지금까지 교황청을 벗어난 적이 없었고, 또한 절대 벗어날 수 없는 것이거든요. 그만큼 아무나 볼 수 없고 만질 수도 없는 물건인데, 이렇게 보게 되다니 대단한 영광이지요. 수녀님이 교황께 전권을 일임받았다고 하기에 긴가민가하고 있었는데, 오늘 보니 그 말이 맞았네요."

"그런가? 그럼 저 수녀의 위치도 꽤 높은가 보군."

"아마 그럴 거예요. 그리고 제가 많은 수녀님을 봐왔지만, 엘루아나 수녀님과 같은 행위를 하는 수녀님은 처음 봐요. 아마 제가 모르는 예식을 행하는 것 같은데… 정확히 뭐라고 말하기가 곤란하네요."

"어차피 처음 봤다는데 어쩔 수 없지. 그나저나 예식이라… 그럼 무슨 말을 하고 있는지 알 수 있나? 주문 말이야."

"아니요, 처음 듣는 언어예요. 라틴어나 히브리어는 아닌데, 어떤 언어인지 저도 궁금하네요."

"흐음… 가톨릭이라는 곳, 신비스러운 면이 마치 마교와 비슷하군."

"마교요?"

"그래, 이미 오래전에 사라져서 전설이 된 무림문파지. 내가 요즘 문연각에 자주 드나들면서 우연히 마교에 대한 기록이 있어서 읽을 수 있었는데, 그들은 절대 꺼지지 않는 성화를 신성시했다 하더라고."

"꺼지지 않는 성화요?"

"별거 아니야. 저 모습을 보니까 갑자기 그런 생각이 나서 얘기한 거다. 뭐, 그렇다고 그대가 믿는 가톨릭교가 마교라는 것은 아니니 걱정하지 않아도 돼. 흠! 원래 명나라를 세운 홍무제 주원장이 그곳 출신이었는데, 명나라를 세우면서 배신을 했지. 그래서 나름 자세한 기록이 아직까지 남아 있었던 것 같다. 여하튼 당시 그들도 성화를 피우기 위해 교주가 주술을 읊었다고 하던데, 그러면 성화에서 절대 꺼지지 않는 묵화(墨火)가 일어나 교도들의 죄를 정화시켜 준다고 하더군."

"헉! 무, 묵화라고요? 죄를 정화시켜준다고요?"

"응, 그런데 왜 그렇게 놀란 눈으로 쳐다보나?"

"아, 죄송해요. 그러나 그 성화라는 것, 제가 알고 있는 정화의 불꽃이라는 성령과 비슷해서요. 성령도 절대 꺼지지 않는 묵화를 피우며, 세상의 모든 죄를 정화시켜 준다고 기록되어 있었거든요."

"그래? 하하, 그것참… 종교라는 것이 모두 그렇게 비슷비슷한가?"

"그렇지는 않아요. 하지만 공교롭게도 너무 비슷하군요. 한번쯤 생각해……."

"응? 저건 뭐야?!"

영인의 설명을 들으면서, 재클린은 어쩌면 자신이 잃어버렸던 성화의 행방을 찾을 수 있는 단서를 얻게 되었다는 생각에 기뻐하며 사색에 들려고 했다. 그러나 갑자기 호들갑스럽게 소리치는 영인으로 인해 강제로 깨어날 수밖에 없었다. 하지만 재클린도 영인의 시선을 따라 엘루아나를 보게 되면서 입이 저절로 벌어졌다. 저절로 무릎이 굽혀졌고, 엘로힘과 예수 그리스도의 성스러운 축복을 찬양했다.

"아~ 이제 됐습니다. 다행히 성궤를 깨울 수 있었습니다."

엘루아나는 청색 보석에서 손을 뗐다. 보석에선 신비스러운 빛이 흘러나오고 있었는데, 청색보석 주변에 흐르는 이상한 기류를 느낄 수 있었다. 무언가 묵직한 기운이 소용돌이치고 있는 것 같았는데, 자신이 알고 있는 기와 같으면서도 다른 것 같았다. 그에 호기심이 발동하여 가까이 다가가려고 했는데, 엘루아나의 저지로 인해 무산되었다.

"안 됩니다. 지금 가까이 다가가거나 만지시면 간신히 깨운 성궤가 잘못될 수 있습니다."

"아, 신기해서 잠시 보려고……."

"무슨 말인지 알고 있습니다. 그러나 지금은 성궤가 안정되지 않았기에 자칫 잘못하면 보석이 힘을 잃을 수 있습니다. 어쩌면 제독께서 다치실 수도 있어서… 제가 말린 것입니다."

"그런가? 쩝, 그렇다면 어쩔 수 없지."

엘루아나의 우려 섞인 당부에 영인은 아쉬운 마음을 접고 뒤로 물러날 수밖에 없었다. 위험하다는 말을 듣고선 만지고 싶은 마음이 사라진 것이다.

한동안 성궤의 보석이 청색 빛을 뿌리며 집무실을 가득 채웠다. 그러나 약 일각의 시간이 흐르자 청색 빛이 조금씩 약해지면서 한곳에 모이기 시작했는데, 한순간 꽉! 하는 약간의 소음을 발생시키고선 성궤 위에 타원형 빛의 형태로 변했다. 바로 보석 위였는데, 크기도 비슷해져 있었다.

빛이 안정되자, 엘루아나는 얼른 성궤를 집어 들었다. 그렇다고 덮은 것이 아니었다. 펼쳐진 그대로 들어 올린 것이다.

"이제 되었습니다. 자, 가시지요. 지금부터 성궤의 신성한 빛이 성배가 있는 곳으로 안내해 줄 겁니다."

"안정된 모습이 저건가? 역시 아까 불안전하긴 했나 보군. 그런데 저 빛이 방향을 알려준단 말인가? 그것참, 보면 볼수록 신기한 물건이군."

"신기하지요, 다행히 성배가 가까운 곳에 있어서 깨울 수 있게 된 것입니다. 그렇지 않다면 이런 모습을 보이지 않거든요. 그리고 신앙이 두터운 신자가 아니면 사용할 수도 만질 수도 없는 성물입니다."

"하하, 알았다. 그런 것에 욕심없으니까 그렇게 경계할 필요 없다. 난 그저 황궁보고의 보물만 손에 넣으면 된다."

"알았습니다. 그럼 저를 따라오십시오."

집무실을 나선 엘루아나는 성궤의 보석 위에서 빙글빙글 돌고 있는 타원형 빛을 쳐다보았다. 처음엔 무작정 돌던 빛이, 어느 순간 한곳을 가리키기 시작했다. 움직임을 멈추고 방향을 알려주기 시작한 것이다. 이런 모습을 보고 있던 영인과 재클린의 입에선 절로 탄성이 흘러나왔다.

'세상 참 오래 살고 볼 일이네. 세상에 저런 귀물이 있을 줄은 몰랐군. 그렇다면 마교의 성화라는 것도 정말 존재했던 것이 아닐까? 나중에 무림에 나가면 확인해 봐? 큭큭, 내가 드디어 미쳤구나, 확실히 미쳤어. 이미 사라진 마교를 찾겠다는 것도 그렇고, 또 찾으면 마귀들을 어떻게 상대하겠다고 그런 생각을 하는지……'

"무슨 생각을 그리 하시나요, 제독님?"

"그냥, 세상은 참 재미있다는 생각이 들어서 혼자 이것저것 생각해 보았다. 그나저나 빨리 따라가는 것이 좋겠군. 벌써 저 만치 멀어졌다."

"호호, 알았습니다."

재클린은 영인과 함께 걸으면서 기분이 좋았다. 성궤의 성스러운 모습을 직접 확인했다는 것도 즐거웠고, 확실하지 않지만 성령에 대한 단서를 얻은 것도 즐거웠다. 그러나 왠지 영인과 함께 걷고 있다는 것에 가슴이 설레었다. 고국의 명망 높은 귀족 자제들보다 영인이 더 듬직해 보였던 것이다.

'내가 왜 이러지? 키도 나와 비슷하고 비실비실해 보이는 마른 몸, 제독이지만 대부분의 실권을 잃은 상대를 보고 가슴이 뛰다니⋯ 더구나 국적과 인종도 다른데⋯⋯. 휴, 내가 정신이 어떻게 된 것 같다. 이번 일만 끝내고 빨리 아버지께 가야겠다.'

영인과 재클린이 서로 다른 생각을 하며 뒤에서 따라가는 동안, 엘루아나는 성궤의 빛이 인도하는 대로 빠르게 걷고 있었다. 무영전 우측 외곽을 끼고 북쪽으로 멈추지 않고 걸어가다가 어느 순간 멈췄는데, 그곳은 자령궁(慈寧宮) 동측의 융종문(隆宗門)이었다.

영인은 엘루아나가 멈춰 서자 왜 그런지 알아보려고 걸음을 빨리했는데, 갑자가 뒤를 한 번 돌아본 엘루아나가 망설이지 않고 융종문으로 들어가려고 하자 깜짝 놀랐다. 융종문 안쪽은 내정에 속한 곳이라 영인도 쉽게 드나들 수 없는 곳이기 때문이다.

"자, 잠깐! 그곳은 들어갈 수 없는 곳이다. 기다려!"

"옛? 하지만⋯⋯."

"꼭 안으로 들어가야 하나? 안쪽은 내정에 속하는 곳으로, 폐하께서 머무시는 건청궁(乾淸宮)과 보화전이 있다. 내가 담당하고 있는 곳이 아니야."

"그럼 어떻게 하지요? 이곳을 통하지 않으면⋯⋯."

"잠깐만 보자. 도대체 그것이 어디를 가리키고 있는 거야?"

엘루아나의 표정을 통해 안쪽으로 가야만 할 것 같자, 다른 방법이 없나 생각하다가 정확히 어디를 가리키고 있는 것인지 확인해 보기로 했다. 그에 엘루아나에게 다가가 성궤의 빛을 보았는데, 자세히 살펴보니 북쪽 방향을 가리키고 있는 것 같았다.

"건청궁인가? 아니면 곤녕전(坤寧殿)? 제길, 설마 궁후원(宮后苑)은 아니겠지?"

"어디인지 짐작이 가세요?"

"모르겠다. 이곳까지 동창이나 금의위 녀석들한테 걸리지 않은 것만도 행운이다. 그런데 지금 융종문으로 들어가면 모든 것이 허사가 돼. 경위지휘사사까지 움직일 수 있다. 그러니까 우선 영화전(英華殿)까지 가면서 빛의 방향이 안쪽으로 움직이면 그때 안으로 들어가자. 무턱대고 들어가는 것보다 확인을 거친 후에 들어가는 것이 좋겠다."

"제독님 의견대로 하는 것이 좋을 것 같네요, 수녀님."

"알겠습니다."

"좋다, 그럼 지금부터는 내가 앞장을 서도록 하지."

"예, 그렇게 하세요."

영인이 성궤를 조심스럽게 들고 있는 엘루아나를 지나치며 좁은 골목길로 향하자, 재클린이 얼른 엘루아나 옆으로 다가갔다.

"괜찮을 겁니다. 그러니까 안심하시고 따라가지요."

"정말 괜찮을까요? 한데 제독은 왜 수하들과 함께 움직이지 않는 것인지 모르겠어요. 아무리 동창과 금의위라는 황제친위군 때문이라지만, 이렇게 혼자 움직이다 불미스러운 일이라도 발생하면……."

"자신감이겠지요. 아무도 자신을 쉽게 건들지 못한다는……. 자, 우리도 어서 가지요. 벌써 저만치 갔네요."

"예."

영인의 뒷모습을 보면서 엘루아나는 살짝 불안감이 들었다. 특히 성궤를 들고 걸으면서 이런 불안감은 더욱 커졌는데, 누군가 자신과 성궤를 보게 된다면 빼앗으려 달려들 것 같았기 때문이다. 그에 옆에서 걷고 있는 재클린을 보았다. 하지만 재클린은 전혀 불안하지 않은지, 오히려 왕성한 호기심을 보이며 주변 건물들을 열심히 살펴보고 있었다. 평소 활발한 성격인 것은 알고 있었지만, 이 정도로 대범할 줄은 몰랐다. 그에 마음이 다소 안정된 엘루아나도 재클린을 따라 주변을 둘러보았는데, 모두 자주색 기와로 덮여 있고 벽은 온통 붉은색으로 치장되어 있었다. 지붕은 자주색보다는 오히려 노란색으로 보였다. 특이했다. 그러나 약간의 흥미가 생기는 것 말고는 별다른 것이 없었다. 그에 방향을 확인하기 위해서 성궤와 영인을 번갈아 보면서 영인의 뒤를 따르는 데 집중했다. 내정의 외벽을 끼고 돌자 영화전이 나왔고, 그곳을 지나자 높은 성벽과 함께 우측에 신무문이

보였다. 그에 얼른 성궤를 쳐다보았는데, 성궤의 빛은 내정을 가리키는 것이 아니라 여전히 북쪽을 가리키고 있었다.

"이봐, 그거 정말 확실한 거 맞아?"

"확실합니다. 변하지 않는 것은, 최종 목적지가 안쪽이 아니라 저쪽에 있기 때문입니다."

"그래? 여하튼 내정이 아니라는 말이네? 그나마 다행이네. 만약 내정에 있는 궁후원이나 건청궁이었다면 골치깨나 아팠을 텐데⋯⋯. 그런데 혹시 황성을 벗어나도 계속 북쪽을 가리키면 어디까지 가야 하는데? 저쪽은 만수산이라고. 그 너머는 지안문으로 황성 밖으로 나가는 성문이 있다. 설마 정말 황성 밖으로 나가는 것은 아니겠지?"

"그 정도까진 아닐 겁니다. 아니, 아닙니다. 분명 주변 가까운 곳에 성배가 있습니다. 그렇기에 성궤가 방향을 알려주고 있는 것입니다."

"그래, 휴~ 그렇다면 다행이고. 그런데⋯ 성궤가 꽤 신비한 힘을 지닌 것은 알겠는데, 도대체 얼마나 떨어진 곳까지인지 확인할 수는 없나?"

"그, 그건⋯⋯."

"저기, 지금은 어떻게 저길 통과할지 상의하는 것이 먼저가 아닐까요?"

영인의 다그침에 엘루아나가 확실한 답변을 못하고 얼버무리자, 이를 살피고 있던 재클린이 얼른 중간에 나서서 화제를 다른 방향으로 돌렸다. 지금은 조금이라도 빨리 이곳을 벗어나는 것이 좋았기 때문이다.

"뭘 상의해?"

"병사들이 있잖아요. 아무래도 저 성문을 통과해야 할 것 같은데, 문제가 되지 않을까요?"

"참나… 이봐, 병사들을 두려워하는 제독 봤어? 그리고 이걸로 저 빛이나 가리고 따라와라."

영인은 재클린에게 자신의 겉옷을 건네주고는 성큼성큼 신무문으로 향했다. 그에 재클린은 얼른 엘루아나 곁으로 가서 겉옷으로 성궤를 덮었는데, 다행히 빛이 밖으로 새어 나오지 않았다.

"너희들, 지금 뭐 하고 있는 것인가?"

"헙! 제, 제독님."

"폐하께선 역도들을 징계하시기 위해 힘든 길을 가셨는데, 성문을 지키는 병사들이 잡담이나 하고 있다니! 고 지휘사가 군사들의 기강을 소홀히 하는가 보군."

"아, 아닙니다. 소장들은 지금 막 교대를 했고, 전달 사항을 숙지하고 있었습니다."

"그래? 흐음… 알았다. 믿어주마. 어서 문이나 열어라."

"감사합니다, 제독님."

영인은 당당한 걸음으로 신무문을 나서려고 하다가, 뒤에 어정쩡하게 서 있는 재클린과 엘루아나를 향해 빨리 오라고 손짓했다. 아무래도 자신이 함께 신무문을 나서는 것이 좋을 것 같았기 때문이다.

영인의 부름에 재클린이 엘루아나의 손을 잡고 영인의 곁으로 다가왔다.

"뭘 그렇게 서성이고 있나? 이곳을 지나면 만수산이다. 홋,

숭정제가 목을 매고 자살한 수황정이 있는 곳이지. 자, 어서 따라와라."

"예, 제독님."

영인은 마치 병사들이 보라는 듯 재클린과 수녀의 허리를 살짝 감싸면서 신무문을 지나 만수산으로 향했다. 갑작스러운 영인의 행동에 재클린과 엘루아나의 아미가 살짝 찡그려졌지만, 주변에 보는 시선들을 의식해서 하는 행동임을 알고는 영인이 하는 대로 가만히 있을 수밖에 없었다.

*   *   *

영인이 엘루아나의 도움을 받으며 한창 황궁보고를 찾고 있을 때, 이자성은 병사들을 이끌고 석하(石河)로 향하고 있었다. 석하에서 반나절만 더 가면 산해관이 나오는데, 이자성은 기세등등한 표정을 짓고 있었다. 아직 오삼계가 관문을 열고 청나라에 투항한 것을 몰랐기에, 산해관에 도착하면 오삼계가 오체투지하며 항복할 것이라 생각했기 때문이다.

이때 오삼계는 자신의 서신을 받고 주야로 병사들을 다그치며 구원하러 온 청나라 통수(統帥) 예친왕을 마중하고 있었다. 마중을 나가기 전 머리를 깎았는데, 이것은 오삼계가 청나라에 투항하겠다는 의지를 보인 것이었다.

오삼계가 활짝 열어준 관문을 통과한 예친왕은 병사들에게 하루 쉬며 그동안의 피로를 풀도록 했다. 그리고 다음날 이자성을 맞이하러 석하로 향했다.

이자성과 오삼계는 석하에서 마주하게 되었다. 이때 예친왕은 오삼계의 병력 뒤에 진을 친 후 대기하고 있었는데, 이자성이 공격을 시작하면 측면을 공격하기 위해서였다.

이자성은 항복하러 올 줄 알았던 오삼계가 병사들을 이끌고 항전하러 오자 어이가 없었다. 자신의 뒤에 정렬한 정예 병력만 6만 명, 친위군과 보급병을 합하면 배가 넘는 15만 명의 병력이 자신의 공격 명령을 기다리고 있었던 것이다. 비록 오삼계의 병력도 엇비슷했지만 상대가 안 된다고 생각한 것이다.

이자성은 바로 공격 명령을 내리려고 했다. 그러나 고군은을 비롯한 장수들이 오삼계에게 항복할 수 있는 명분을 주는 것이 좋겠다는 의견을 주청하자, 이를 받아들여 이자성에 의해 송왕(宋王)에 봉해진 태자 주자랑과 오양이 앞에 나서서 투항할 것을 권고했다. 뒤이어 오삼계의 애첩이었던 진원원까지 투입했는데, 오히려 오삼계의 분노만 키울 뿐이었다.

이에 오삼계가 투항할 생각이 없다고 판단한 이자성은 고군은에게 당장 진군하여 철퇴를 내리도록 명했다. 공격 명령을 내린 것이다. 그에 고군은은 유종민 등 여러 장수들에게 공격하도록 했고, 오삼계의 진영을 향해 우레 같은 함성을 지르며 진격해 갔다.

전투 초반은 대순군의 우세로 시작되었다. 병사들의 사기가 하늘을 찌를 듯했기 때문이다. 아무리 오삼계가 병사들을 독려하였지만, 대순군의 거침없는 돌격을 막기엔 역부족이었다. 하지만 얼마 지나지 않아 후미에 몸을 숨기고 있던 예친왕이 공격 명령을 내렸다. 드디어 오삼계의 숨겨져 있던 힘인 청나라 병사들이 전투에 투입되기 시작한 것이다.

오삼계와 예친왕의 협공은 상당히 매서웠다. 당연히 승리를 자신하던 대순군은 순식간에 뒤로 밀리기 시작했고, 멀리서 전장을 주시하고 있던 이자성과 고군은은 깜짝 놀랐다. 이에 상황이 불리해졌음을 인지한 고군은은 이자성에게 어서 퇴각해야 한다고 주청했고, 이자성이를 받아들여 병사들을 뒤로 물리도록 했다. 그러나 오삼계와 예친왕의 추격은 끈질겼다. 더구나 말과 한 몸처럼 살아온 청나라 병사들은 대순군을 추격하면서 엄청난 피해를 강요했다. 그에 이자성은 퇴각을 거듭하며 하루 만에 석하에서 영평(永平)까지 150리를 후퇴하게 되었다.

영평에 임시로 군영을 구축한 이자성은 오삼계의 배신에 치를 떨었다. 영원과 산해관을 지키는 총병이, 청나라를 끌어들여 협공을 가했기 때문이다. 그러나 고군은은 당장의 분노 때문에 승산이 없는 전투를 치르는 것보다, 오삼계를 설득하여 청나라를 다시 산해관 밖으로 내모는 것이 먼저라고 주청하였다. 오삼계만 생각하면 주체할 수 없는 분노가 들끓었지만, 고군은과 여러 장수들의 의견이 합당한지라 이자성은 오양과 진원원을 인질 삼아 화의를 요청하도록 했다.

하지만 오삼계는 이자성의 화의 요청을 일축하였고, 예친왕과 함께 추격을 계속하였다. 이에 화가 난 이자성은 그 자리에서 오양을 죽인 후 진원원을 병사들에게 내어주어 욕보이려고 했는데, 황제로서 해서는 안 될 일이라는 유종민과 고군은의 주청에 그만두었다. 자신이 생각해도 졸렬한 짓이었기 때문이다.

그러나 이자성의 흥분은 가라앉지 않은 상태였다. 이에 고군은
과 유종민 등 여러 장수들을 다그치며 배신자 오삼계와 청나라
병사들을 공격하도록 명했다. 영평에서 패한다면 도성뿐만 아
니라 어렵게 차지한 황궁도 안전하지 못했기 때문이다.

그러나 승리를 바라는 이자성의 마음과는 달리, 무장과 승리
할 수 있다는 자신감이 정점에 달해 있는 오삼계와 청나라 병사
들은 너무 강했다. 더구나 청나라까지 가세한 수적인 열세로 인
해 대순군은 수많은 병사들을 잃고 패전하였으며, 어쩔 수 없이
황성으로 철퇴를 해야만 했다. 영평전투 이후 기세가 완전히 꺾
인 이자성은 분하지만 살아남기 위해선 황궁까지 빠르게 퇴각
할 수밖에 없었던 것이다.

하지만 정신없이 퇴각하던 중, 이자성과 고군은이 소홀히 한
부분이 있었다. 특히 유종민이 부상을 당하면서 이런 일이 발생
하게 되었는데, 바로 태자와 황자들이 장 첩형과 허당두 등의
도움을 받아 어수선한 틈을 타서 도망친 것이다. 그에 이자성은
유종민을 다그쳐 찾도록 명했으나, 이미 꼭꼭 숨어버린 상태라
찾을 수가 없었다. 아쉽지만 찾는 것을 포기하고 황궁으로 향할
수밖에 없었다. 그러나 동창제독 조화순은 사라진 태자를 찾는
데 포기하지 않았다. 만약 찾지 못하면 자신의 목이 떨어지게
생겼기 때문이다. 동창을 장악하기 위해 어쩔 수 없이 장 첩형
과 허 당두 등 수하들을 살려주었었는데, 오히려 그것이 독이되
어 버린 것이다.

* * *

재클린과 엘루아나를 대동하고 만수산 앞에 도착한 영인은 주변을 둘러보며 감시자가 있는지 살폈다. 원래 만수산이 내정의 궁후원과 함께 황제가 자주 휴식을 취하는 곳이기에, 주변 경계가 삼엄할 수밖에 없었다. 그러나 다행히 만수산에 오르는 곳으로는 감시자의 시선이 느껴지지 않았다.

　'그나마 다행이네. 그나저나 지금이 미시쯤이니, 최소한 유시 전에는 끝내야 할 텐데…….'

　밝은 대낮이기에 주변 감시가 소홀한 상황이지만, 아무리 기강이 해이해졌다고 해도 어두워지기 시작하면 달라질 수밖에 없다. 아직 대순국이 완전하게 자리를 잡은 것이 아니기에, 언제든지 자객이 들어올 수 있었기 때문이다.

　다시 한 번 주변을 둘러본 영인은 아무런 기척을 느낄 수 없자 엘루아나에게 눈짓을 주었다. 그에 엘루아나는 겉옷을 벗고 방향을 찾기 시작했다.

　"아직도 북쪽을 가리키고 있나?"

　"예, 신무문을 지나면서 정확히 북쪽을 가리키고 있어요."

　"그렇다면 만수산으로 올라야겠군. 완만한 경사니까 오르기엔 힘들지 않을 거다."

　정상에 올라 선선한 바람을 맞자, 마음이 차분하게 가라앉았다. 그리고 주변을 둘러보았는데, 황성이 한눈에 들어왔다. 기분이 꽤 상쾌했다. 그에 기분이 좋아진 영인은 재클린과 엘루아나 곁에 바짝 붙어서 성궤를 살펴보았다. 아직 북쪽을 가리키고 있었다.

엘루아나는 영인의 반응에 상관없이 성궤가 가리키는 방향으로 빠르게 걸어갔다. 약간 내리막길이라 수월하게 움직일 수 있었는데, 어느 순간 성궤 위의 빛이 좌우로 흔들리더니 반짝거리기 시작했다.

"차, 찾았어요. 이곳이에요, 이곳에 성배가 있어요!"

"뭐? 이곳이라고?"

"예, 확실해요. 이것을 보세요. 이건 성배가 이곳에 있기 때문에 나타나는 현상이 분명해요. 아~ 성배를 내가 찾다니……."

"이곳은 수황정인데? 설마 수황정이 황궁보고란 말이야? 하하, 이거참……."

엘루아나가 열심히 성호를 그으며 엘로힘과 예수 그리스도를 찬양하고 있을 때, 영인은 어이없다는 표정을 지으면서도 수황정 안으로 빠르게 들어갔다. 그리고 주변을 살펴보았는데, 아무것도 발견할 수가 없었다. 그에 밖에 있을지 모른다는 생각에 수황정을 나와 주변을 둘러보았으나, 역시 황궁보고의 그림자도 찾을 수 없었다.

"이봐, 다시 한 번 살펴봐. 내 눈엔 아무리 찾아도 황궁보고가 보이지 않는다."

"이곳이 맞습니다. 바로 제 발밑에 있습니다."

"발밑에 있다고? 맨땅에 무슨… 뭐야? 그럼 땅속에 있다는 거야?"

"예, 아마 저곳에 지하로 들어갈 수 있는 문이 있을 겁니다. 자세히 살펴보세요."

"그래? 알았다."

엘루아나의 확답에 수황정 안으로 들어간 영인은 무언가 이상한 것이 없나 주변을 살펴보았다. 그러나 아무리 둘러봐도 황제의 장수를 기원하는 석상들밖에 없었다.

"정말 이곳이 맞나? 지하로 들어가려면 문이 있어야 하는데, 직접 봐서 알겠지만 아무것도 없다."

"그렇긴 하네요. 수녀님, 다시 한 번 확인해 보세요."

"분명히 있을 거예요. 그리고 쉽게 발견될 정도면 벌써 다른 사람들이 발견했겠지요."

"쩝, 그렇긴 하네. 그나저나 이제 남은 곳은 저 석상들이 있는 곳밖에 없는데……."

"혹시 석상 아래에 있지 않을까요? 발밑면 석상이 통로를 여는 장치일 수도 있고요."

"뭐? 석상을 움직이자고? 이봐, 이곳이 어떤 곳인지 알고 그런 말을 하는 것인가? 이곳 수황정은 황제의 장수를 기원하는 곳이다. 그런데 석상들을 움직이자고?"

"지금으로서는 방법이 없잖아요."

"방법이 없어도 그렇지, 만약 움직였다가 잘못되기라도 하면 어……."

"잠시만요. 제독님의 말을 들어보니, 이곳은 황제나 황족 이외엔 들어올 수 없는 곳인 것 같은데… 그런가요?"

"그렇다. 그런데 왜 그런 것을 물어보지?"

"그렇다면 지금까지 아무도 석상을 움직여 볼 생각을 하지 않았겠군요. 자칫 불경죄로 몰릴 수도 있고, 최악은 반역죄로 처형을 당할 수도 있으니까요. 맞지요?"

"그, 그렇군. 맞다, 지금까지 석상을 옮기지 않았을 거다. 하하, 좋다. 한번 움직여 보면 알겠지."

재클린의 의견에 일리가 있는지라 영인은 마지막이란 생각에 석상들을 움직여 보기로 했다. 비록 엘루아나 때문에 짜증이 나 있었지만, 영인은 재클린을 향해 미소를 지으며 석상 앞으로 움직였다. 하지만 영인은 속으로 미친 짓이라 생각하고 있었다. 만약 황궁보고가 걸려 있지 않았다면, 절대 행할 수 없는 일이었기 때문이다. 그러나 빈손으로 돌아가면 평생 후회할 것 같았다.

영인의 말대로, 그동안 수황정 안의 석상들은 한 번도 움직이지 않았다. 아무리 동창과 금의위가 황제의 명에 따라 황궁보고를 찾고 있었다 해도, 황제의 장수를 기원하는 수황정의 석상들을 임의로 옮긴다는 것은 상상도 못할 일이었기 때문이다. 그것은 황제를 모독하는 것이고 빨리 죽기를 바라는 것과 진배없었기 때문이다. 더욱이 수황정에 들어올 수 있는 인물도 황제와 황족 등 소수에 불과했고, 그들 중 아무도 석상을 옮겨볼 생각을 하지 않았던 것이다.

영인은 가장 먼저 중간에 자리한 석상을 움직여 보았다. 석상들 중 가장 크기에 혹시나 하는 마음에서였다. 그러나 통로를 발견하지 못했고 다음 석상으로 향해야 했는데, 그렇게 움직인 석상이 6개나 되었다. 수황정 안에 있는 석상들 중 반 정도 움직여 본 것이다. 어느덧 시간이 흘러 신시가 되어갔다.

"젠장, 아무래도 없는 것 같다. 그만 돌아가자."

"하~ 조금만 더 해보면 안 될까요? 분명 지하로 내려가는 통로가 있을 겁니다."

"지금까지 열심히 찾았잖아."

"그렇지만 이곳이 분명한……."

"빌어먹을, 더 이상 못해! 이젠 황궁보고고 나발이고, 찾고 싶으면 너희들이 알아서 해. 난 그만 가볼……."

오랜만에 힘을 써서 그런지, 짜증이 난 영인은 엘루아나를 향해 삿대질을 하며 화를 냈다. 공력을 사용하였기에 땀을 흘리진 않았지만, 아무것도 못 찾고 시간만 흘러가자 신경질이 난 것이다.

"잠깐만요! 제독님, 이곳으로 와보세요. 이 석상이 이상한 것 같아요."

"왜? 뭐가 이상하다는 거야?"

막 수황정 밖으로 나가려고 하던 영인은 재클린의 다급한 목소리에 인상을 찡그리며 다가갔다.

"이곳을 보세요. 다른 석상들은 모두 벽하고 떨어져 있는데, 이 석상만 유일하게 벽하고 붙어 있어요. 이상하지 않나요?"

"그래? 그러고 보니 정말이네? 어디, 비켜봐. 하앗! 끄응~"

재클린의 말에 혹시나 하는 생각이 든 영인은 석상을 움직여 보기로 했다. 사실 이 석상은 주변 석상들에 비해 보잘것없어 신경도 쓰지 않았던 것인데, 지금 보니 그게 더 이상했던 것이다. 하지만 공력을 일으켜 석상을 움직이려고 했는데, 아무리 해도 얼굴만 붉어질 뿐 석상은 꿈쩍도 하지 않았다.

"헉, 헉~ 젠장, 뭐가 이렇게 무거운 거야?"

"움직여지지 않나요? 흐음… 벽하고 붙어 있는 건 아닐까요? 그렇지 않다면 이 석상보다 더 큰 석상도 움직였는데, 말이 되지 않잖아요."

"그러고 보니……."

재클린의 말에 영인의 뇌리를 번쩍하고 스쳐 지나가는 것이 있었다. 기관진식이었다. 황궁에 지어진 것이고 황궁보고까지 있을지 모르는 곳이니, 당연히 기관진식이 있을 거란 생각이 든 것이다. 그에 문연각에서 한 번 봤던 만박진해를 떠올리며 석상을 살폈는데, 책을 보긴 했지만 머리에 든 것이 없기에 아무 도움이 되지 않았다.

"빌어먹을, 뭐든 눌리는 것이나 밀리는 것이 있는지 살펴봐 봐. 기관을 찾지 못하면 안으로 들어갈 수 없으니까."

"혹시 이거 아닌가요? 석상 밑에 거북이 목이 살짝 움직이는데, 지금은 아무리 힘을 줘봐도 꿈쩍하지 않네요."

"그래? 이게 정말 움직였다고? 어디! 어라? 정말 그러네?"

재클린이 가리키는 것은 석상 옆에 조금 떨어져 있는 또 다른 석상이었는데, 그 석성 밑에 있는 현무상의 머리가 몸체와 완전히 붙어 있지 않았다. 그에 위아래로 움직여도 보고 밀어도 봤는데, 마치 붙어 있는 것처럼 미동이 없었다. 그에 아닌가 하면서도 혹시나 하는 생각에 끌어당겨 봤다.

쿵! 그그그그르릉~

"헙! 이, 이게……."

"찾았어요, 찾았다고요~!"

"하, 하~ 정말 기가 막히네. 어떻게 이런 장치를 할 수 있지? 세상 참……."

현무상의 목이 밖으로 반정도 빠져나오며 아래로 꺾이자, 쇠사슬이 살짝 보이며 미동도 하지 않던 석상이 벽과 함께 한쪽으로 밀리며 사람 한 명이 간신히 들어갈 수 있는 통로가 생겼다.

"자, 들어가자. 시간없다, 조금 있으면 동창이나 금의위 위사들이 순시를 돌 거다."

"알았……."

드득, 그그그그르룽~

"헉, 다시 닫힌다. 빨리 서둘러!"

"수녀님, 어서요~!"

통로 안이 어두워 사물을 분간할 수 없자 영인은 수황정 밖으로 나가 나뭇가지를 꺾은 후 의복을 감아 붙였다. 횃불을 대신하여 사용할 생각이었는데, 기름이 없어 금방 꺼질 것 같았다. 그런데 갑자기 석문이 닫히기 시작했다. 그에 깜짝 놀란 영인은 먼저 안으로 들어가며 소리쳤고, 재클린과 엘루아나도 깜짝 놀라며 통로 안으로 뛰어갔다.

석문이 닫히자 순식간에 적막에 휩싸였다. 그러나 영인이 들고 있는 횃불로 인해 어느 정도 사물을 분간할 수 있었기에 약간 안심이 되었다. 더욱이 성궤의 빛이 생각보다 밝게 빛나며 어둠을 몰아내 주었다. 하지만 다시 밖으로 나가기 위해선 석문을 움직일 수 있는 기관장치를 찾아야만 했다. 그에 주변을 살펴보았는데, 다행히 석문 옆에 문고리가 있었다.

이에 안심한 영인 등은 안쪽을 향해 걷기 시작했다. 길은 내리막길이었는데, 오랜 세월 사람의 왕래가 없었음을 증명하듯 벽과 바닥이 이끼로 가득했다. 다행히 벽면이 거칠어 미끌거리지는 않았는데, 음습한 느낌에 기분이 그리 좋지 않았다.

그래도 다행스럽게 일각 정도 내려가자 앉아서 쉴 수 있는 공간이 나왔는데, 철로 만들어진 문이 가장 먼저 눈이 들어왔다. 철문 양쪽에 기린상(麒麟像)이 위용을 드러내고 있었는데, 철문 위에 어보(御保)라는 금빛 편액이 걸려 있었다. 아니, 새겨져 있었다.

"어보? 뭐야, 그럼 황궁보고가 아닌가?"

영인은 어보라는 의미를 생각하며 꺼져가는 횃불을 들고 기린상과 철문을 살펴보았다. 철문이 있다는 것은, 안에 들어가야 무언가를 얻을 수 있다는 말이다. 그러나 안전이 우선이었다. 혹시라도 도난 등의 위험을 방지하기 위한 기관이 설치되어 있다면 위험할 수 있었기 때문이다. 그러나 아무리 살펴봐도 기관 장치 같은 것을 찾을 수 없었다. 그에 어느 정도 위험을 감수하더라도 철문을 직접 열어보기로 했다.

"모두 뒤로 물러서 있도록. 혹시 강제로 열게 되면 기관이 작동해서 위험해 질 수도 있다."

"알겠습니다. 제독님도 조심하세요."

"당연하지, 지금 죽으면 너무 억울하잖아. 하하, 그럼 열겠다. 하앗~! 끄웅~ 뭐야? 움직이지 않잖아? 젠장, 이것도 당기는 건가? 어디, 합! 끄웅~"

쿵, 드득! 그그그그릉~

녹으로 인해 철문이 쉽게 열리지 않았다. 그러나 공력을 운기하자 조금씩 열리기 시작했고, 다행히 완전히 열리는 동안 기관이 작동하지 않았다. 아니, 처음부터 기관은 없었던 것 같았다. 그에 속으로 다행이라 생각하며 성큼 철문 안으로 들어섰다.

"응? 뭐야? 이게 황궁보고야?"

"왜 그러세요? 뭐가 잘못됐나요?"

"잘못됐다, 그것도 아주 많이! 봐봐, 보물은 눈을 씻고 찾아봐도 없잖아."

"썰렁하긴 하네요."

"그래, 네 말이 맞다. 최소한 반은 차 있을 줄 알았는데, 겨우 저기 보이는 상자 3개라니. 그동안 황제들이 흥청망청 쓴 황금이 모두 여기서 빠져나갔나 보다."

"그럴지도 모르겠네요. 사실 저도 꽤 기대를 하고 있었는데, 이 정도일 줄은 생각도 못했네요."

영인은 생각했던 것과 달리 보물이 보이지 않고 조그만 상자만 놓여 있자, 허탈한 마음에 탄식까지 나왔다. 더구나 재클린까지 옆에서 거들자 다리에 힘이 쭉 빠질 정도였다.

"차, 찾았다! 찾았어요, 재클린 양, 성배를 찾았다고요! 아~"

"옛? 정말요? 정말 성배를 찾았나요?"

"여기요, 여기예요."

"어, 어디요? 수녀님, 그것이 성배인가요? 성배가 정말로 맞나요?"

"성배가 맞아요, 틀림없어요. 여기를 보세요. 은잔 안에 적색 보석이 있는데, 이것은 성배에만 있는 거예요."

"아……."

영인이 허탈한 마음에 한숨을 쉬고 있을 때, 성궤를 들고 안으로 들어온 엘루아나가 빛의 인도를 받으며 상자가 있는 곳으로 갔다. 그리고 상자들 중 가장 큰 상자를 열었는데, 그곳에 성배가 놓여 있었던 것이다. 드디어 꿈에도 그리던 성배를 찾은 것이다. 너무도 감격스러워 눈물이 나왔고, 주체할 수 없는 흥분에 숨이 막혀 간신히 입 밖으로 감탄사만 미세하게 흘릴 뿐이었다.

성배는 중원에서 흔히 볼 수 없는 긴 받침이 있는 술잔이었는데, 한 손에 쥐면 딱 알맞겠다는 생각이 들 정도로 작았다. 또한 반원형 형태의 술잔 외부에 촛대 비슷한 것이 여섯 개 붙어 있었는데, 양쪽으로 두 개씩 연결되어 3개가 각각 회전할 수 있게 만들어져 있었다. 그리고 말로는 설명할 수 없는 기하학적은 문양으로 전체가 도배되어 있었으며, 움푹 들어간 잔 안쪽 중심에 성궤에 있는 보석과 같은 크기의 적색 보석이 박혀 있었다. 한눈에 봐도 영롱한 빛을 뿌리는 것이, 성궤의 보석과 같은 신비한 힘이 느껴질 정도였다.

엘루아나와 재클린이 성배를 들고 감상하고 있을 때, 영인은 그 모습을 보며 배가 아팠다. 마음 같아서는 그냥 둘을 베어버린 후 차지하고 싶었는데, 감격에 겨워 하는 재클린의 얼굴을 보자 차마 칼을 뺄 수가 없었다.

'젠장, 내가 마음이 여려졌구나. 하긴, 내가 언제 여인을 베어 봤다고… 훗, 너희들 운이 정말 좋구나. 나 같은 진정한 남아 대장부와 함께 이곳에 왔으니. 만약 여인이 아니었다면 이 자리가 너희들 무덤이 되었을 거다. 쩝, 그나저나 난 무엇을 들고 나가야 하나?'

재클린과 엘루아나를 뒤로하고 영인은 석실 안을 차근히 둘러보았다. 역시 처음 보았던 상자밖에는 보이지 않았다. 아쉬운 마음에 좀 더 둘러보았지만, 나오는 것은 한숨뿐이었다. 외부의 공기가 들어오지 않아서 그런지, 세월이 많이 흘렀어도 많은 보물이 석실에 있었다는 흔적만 확인할 수 있었다. 속이 쓰렸다. 그러나 원나라 때 만들어져 명나라 정덕제까지 자금이 필요할 때마다 사용되었으니, 어쩌면 지금까지 남아 있는 것이 있다는 것 자체가 용할 정도였다. 다만 이런 상황을 영인이 용납하지 못하고 있었지만.

여하튼 철문을 들어서기 전만 해도 대원들을 불러 옮겨야 하나 하며 걱정했었는데, 지금은 아무리 수중에 찔러 넣어도 외부로 표시가 나지 않을 정도밖에 없었다. 물론 이것은 영인의 과장된 생각이었다. 아무리 조그만 상자라도 3개라면 절대 의복 속에 집어넣을 수 없었기 때문이다. 상자를 들고선 마지막이란 생각과 혹시나 하는 마음으로 벽 이곳저곳을 두드려 보고 발로 바닥을 찍어보았지만, 역시 더 이상 숨겨진 장소는 없었다. 아쉽지만 들고 있는 상자가 전부였던 것이다.

"젠장, 이렇게 되면 홍인각이라도 털어야 하나? 내가 미쳤지, 전설이란 믿을 게 못 된다는 궤 아저씨 말이 사실이었네. 그나저나 명규 이 새끼, 나가기만 하면 가만두지 않겠다."

영인은 성배를 향해 아직까지도 무릎을 꿇고 기도하는 재클린과 엘루아나를 향해, 한심하단 생각이 들었지만 대화를 하기 위해선 진정시켜야 했다. 그렇지 않으면 알아들을 수 없는 말을 읊으며 죽을 때까지 눈물을 흘릴 것 같았기 때문이다.

밖으로 나갈 생각에 여인들을 진정시킨 영인은 자신이 생각하지 못한 것이 있음을 알게 되었다. 밖으로 나가야 하는데, 그것이 쉽지가 않았던 것이다. 아무리 생각해 봐도 지금 나갔다가는 문제를 만들 수도 있단 생각이 들었다. 바로 재클린과 엘루아나 때문이었다.

시간이 꽤 흘러 날은 이미 저물었고, 만수산은 영인의 생각대로 동창의 위사들이 경계를 서고 있다. 무공을 모르는 재클린과 엘루아나를 데리고 만수산을 아무도 모르게 벗어날 수 없었던 것이다. 그에 영인은 어쩔 수 없이 석실에서 밤을 보낸 다음 만수산을 내려가야 할 것 같다고 재클린과 엘루아나에게 말했다.

"정말 그 방법밖에 없나요?"

"나라고 이러고 싶은 줄 아나? 너희들 때문에 나도 밖에 나갈수 없는 처지라고. 동창 녀석들이 변태들이긴 하지만, 무공까지 우습게볼 정도로 낮지 않다. 만약 너희들을 데리고 나갔다간, 몇 발짝 걷지도 않아 들킬 것이 뻔하다. 아니, 석문이 열리자마자 녀석들이 알아차릴 거다."

"휴~ 그렇다면 어쩔 수 없지요. 알겠습니다, 그럼 제독님의 말에 따르겠습니다."

"그래. 그럼 난 이곳에 있을 테니, 너희들은 내일까지 알아서 쉬어라. 자, 그럼 난 상자에 뭐가 들어 있나 확인해 볼까? 뭐가 들어 있으려나~"

재클린과 엘루아나가 수긍을 하자, 영인은 바닥에 털썩 주저앉은 후 상자를 열어보았다. 우선 성배가 나왔던 상자를 열어보았다. 성배라는 귀한 보물이 들어 있던 상자이니, 그에 버금가는 다른 보물이 들어 있을 것 같았기 때문이다. 하지만 상자 안에 들어 있는 것이라곤 청광과 홍광이 은은한 빛을 내며 어우러져 있는 팔찌 하나가 다였다. 마치 적룡과 청룡이 어우러지며 하늘을 유영하는 듯한 문양이 새겨져 있었는데, 팔면 돈이 될 수 있을 것 같기는 해도 마음에 들지 않았다. 그에 허탈해진 영인은 두 번째 상자를 열었는데, 상자 안에는 영인이 그토록 보고 싶어했던 보석들이 한가득 들어 있었다. 비록 보석의 가치를 몰라 정확한 값이 얼마인진 몰랐지만, 영롱한 빛깔과 큼직한 것만 보아도 상당히 귀한 보석들 같았다. 그에 재클린이 상인인 것을 떠올린 영인은 재클린을 불러 보석을 보여주었다.

"와~ 세상에 이런 보석들이 있다니… 다이아몬드, 루비, 사파이어, 에메랄드… 오팔과 페리도트까지? 정말 대단하네요."

"다이… 뭐라고? 여하튼 값이 나가는 보석들이 확실한가?"

"당연하지요. 이 정도 크기의 보석들이면 하나하나가 황금을 상자로 준다고 해도 쉽게 구할 수 없는 것들이에요. 저도 재력으론 꽤 자신있는 편이지만, 상자의 반만 구입해도 빈털터리가 되겠네요. 아마 이런 보석들은 저희 왕궁에도 몇 개 없을 거예요. 훗, 정말 욕심나네요."

"그래? 정말로? 정말 이 보석들이 네가 말한 그 정도 가치를 지니고 있단 말이지?"

"예, 그건 제가 장담할 수 있어요. 호호~ 축하드려요, 제독님. 이제 제독님은 이 나라에서 무시 못할 큰 부자가 되셨네요."

"큰 부자?"

"예, 그런데 좀 아쉽네요. 제가 이 나라에 몇 번 와봤지만, 이 나라 상인들은 보석들보다 황금이나 은을 더 쳐주는 것 같더군요. 저희 나라나 근처 나라들은 보석을 더 쳐주는데……."

"그래? 하지만 내가 그곳까지 갈 일은 없으니 상관없다. 그나저나 내가 이제 거부가 되었구나. 거부가 되었어! 하하하~"

한순간 허탈하고 아쉬웠던 마음이 싹 사라졌다. 생각지 않게 상자 안의 보석들이 엄청난 것들이었던 것이다. 그에 얼른 마지막 상자도 열어보았다. 하지만 상자를 열자 보여야 할 보석은 없고, 적색 비단으로 감싸여 있는 낡아빠진 서책 두 권과 손에 잡힐 정도의 작은 상자가 들어 있었다.

"쩝, 역시 보석은 이것밖에 없나 보네. 그래도 이젠 상관없다. 하하, 이번엔 뭐지? 어떤 서책이기에 이곳에 있는 거야?"

아쉬움이 없는 것은 아니었지만, 이미 거부가 되었다는 생각에 웃으며 서책을 꺼내 살펴보았다. 표지는 거의 낡아 글자가 희미하게 보였는데, 반야(般若)와 건곤(乾坤)이라 쓰여 있었다.

"반야, 건곤? 이게 뭐야? 혹시 비급인가? 훗훗, 그렇다면 이건 나가서 살펴봐야군. 자, 이게 마지막인가? 이 안엔 뭐가 들어 있으려나~? 큭큭, 비급이 있으니 영단이라도 들어 있으면 금상첨화일 텐데……."

생각지 않은 횡재를 기대하며 상자를 열었는데, 상자를 열자마자 머리를 시원스럽게 해주는 향기가 석실에 가득 퍼졌다. 그에 바람대로 영단임을 확신한 영인은 얼른 안을 살펴봤는데, 안에는 큼지막하게 대(大)라 쓰인 황금색 단환이 있었다.

"헉! 서, 설마 대환단? 이게 정말 소림사의 대환단? 하하, 이거 참… 오늘은 하늘이 내게 기연을 퍼부어주는 날인가 보구나. 세상에, 대환단이라니……. 아! 그럼 설마 이게 소림사의 비급? 하하, 문연각에 있는 장식용 비급이 아니라 제대로 된 비급이구

나. 하하하~"

영인은 한동안 석실이 들썩일 정도로 크게 웃었다. 재클린과 엘루아나가 영인의 웃음소리에 고막이 흔들려 고통스러워할 정도였으나, 영인은 이를 상관하지 않고 흥분이 진정될 때까지 웃음을 터뜨렸다.

흥분이 가라앉자 영인은 가장 먼저 대환단을 소매 속에 집어넣었다. 그러나 아직 완전하게 평정심을 회복한 상태는 아니었다. 깨달음을 얻은 이후 공력이 증가하여 현재 이갑자 정도 되었는데, 대환단까지 복용하면 자신이 신선이 되지 않을까 하는 상상을 하니 기분이 좋아지고 정신이 몽롱해졌던 것이다. 그러나 마냥 정신을 놓고 있을 수가 없었기에, 마음을 가다듬고 비급들을 적색 비단에 싼 후 소중하게 품에 넣었다. 그리고 팔찌를 손목에 찬 후, 마지막으로 보석 상자를 끼고서 잠자리에 들었다. 자신을 거부로 만들어줄 보석 상자를 끼고 있자 마음이 안정된 것이다.

재클린과 엘루아나가 이런 영인을 이상한 눈으로 바라봤지만, 영인에게 그런 시선쯤은 아무것도 아니었다. 그리고 쳐다봐도 상관없었다. 영인에게 있어서 중요한 것은 거부가 되어 있을 미래를 생각하며 행복한 꿈을 꾸는 것이었기 때문이다.

第十一章
빌어먹을! 내가 겨우 이 정도밖에 안 됐냐?

다음날 무사히 수황정을 나온 영인은 재클린과 엘루아나를 데리고 만수산 서쪽 문을 통해 황궁 밖으로 나갔다. 동창의 감시가 소홀해질 낮 시간을 택했기 때문에, 황궁 밖으로 나갔을 때는 미시가 조금 넘은 후였다. 중간에 서문을 담당하던 병사들이 이상한 눈초리로 바라보았지만, 병사들이 감히 바라볼 수 없는 제독이란 무소불위의 직위로 가볍게 눌러주었다.

　만수산을 나온 영인은 재클린과 엘루아나와 함께 서화문까지 걸었다. 간밤에 재클린이 성령에 관해 영인과 나눴던 이야기를 엘루아나에게 했는데, 엘루아나가 반색을 하며 영인에게 마교의 성화에 관해 이것저것 물었다. 그리고 황궁보고를 나서기 전, 영인은 자신이 무림에 나가게 되면 한번 찾아봐 주겠다는 말을 했다. 하지만 그것은 그저 요식적인 말에 불과했다. 영인에게 있어서 엘루아나가 찾는 성령은 아무런 가치도 없는 물건이었기 때문이다. 더구나 만약 마교의 성화가 엘루아나가 찾는 성령이더라도 굳이 마교와 악연을 만들고 싶은 마음도 없었다. 이미 존재 자체가 희미해져 버린 마교를 찾는 것도 힘든 일이지만, 찾을 생각도 없었던 것이다. 그러나 찾아봐 주겠다는 말조차 하지 않았다면 엘루아나와 재클린의 질문 공세에 계속 시달릴 것 같았기에 얼버무리듯 승낙을 한 것이다.

서화문에 도착했을 때, 재클린과 엘루아나를 기다리고 있던 성기사 헤르베 등을 만날 수 있었다. 그에 기분 좋은 미소를 지어주며 헤어진 영인은 당당한 걸음으로 서화문을 통해 황궁 안으로 들어갔다. 그리고 바로 자신의 집무실로 향했는데, 그곳엔 명규와 영도가 기다리고 있었다. 순간 아무도 없을 때 들어왔어야 했다는 자괴감이 들었지만, 이미 보석 상자를 들고 들어왔기에 어쩔 수 없이 탁자 위에 올려놓고 의자에 앉을 수밖에 없었다.

'젠장, 이렇게 되면 내 몫이 줄어드는데… 쩝, 어쩔 수 없지.'

"야, 이 상자는 뭐냐? 혹시 정말로 황궁보고를 찾기라도 한 거냐?"

"그래, 찾았다."

"저, 정말? 정말 찾았다고?"

"내가 언제 거짓말하는 것 봤냐?"

"어디냐? 어디에 있었던 거였냐?"

"홋, 수황정에 있었다. 하지만 이제 갈 필요없다, 이미 내가 이렇게 들고 왔으니까."

"뭐? 수황정에 있었다고? 그런데 뒷말은 뭐냐? 황궁보고에 겨우 상자 하나 있었다고?"

"그래, 정말 이 상자 하나밖에 없었냐?"

명규와 영도가 의문 가득한 표정으로 상자를 바라보고 있었다. 이런 둘을 바라보던 영인은 양심에 찔렸지만, 보석 상자를 내놓은 것만 해도 큰 인심을 썼다는 생각이 들어 얼굴에 철판을 깔기로 했다.

"나도 처음엔 믿어지지 않았다. 그러나 빌어먹을 황제새끼들이 다 팔아먹은 후였다. 그나마 이 상자라도 없었으면 수황정을 박살 내고 나왔을 거다."

"흐음……."

"그… 렇구나……."

"큭큭, 그렇게 똥 씹은 표정 하지 마라. 자, 그거나 한번 열어봐라. 나도 열어보기 전엔 너희들과 같은 표정이었으니까."

"야, 상자 가득 황금이라도 들어 있냐?"

"글쎄……."

"빌어먹을 새끼, 말이나 해주지. 여하튼 열어보거나 하자."

"잠깐, 내가 열어볼게."

황궁보고 안에 있던 것이 겨우 상자 하나라는 영인의 말이 전혀 믿을 수 없었지만, 그래도 당장 확인할 수 없기에 눈앞의 상자에 시선이 갔다. 그에 우선은 영인을 믿어보기로 하고 영도가 상자를 열어보았는데, 상자 안을 본 명규와 영도는 할 말을 잃었다. 눈이 동그랗게 변하고 손이 떨렸지만, 입에선 신음 소리조차 나오지 않았다. 그렇게 명규와 영도는 한동안 상자를 바라보았는데, 반 각 정도 지나서야 간신히 상자를 닫을 수 있었다.

"이, 이게 도대체 뭐야? 모두 보석들이냐?"

"세상에, 이런 보석은 생전 처음 본다. 도대체 얼마나 하는 거냐?"

"그래, 얼마나 되는 거냐?"

"나도 아직 실감이 나지 않는다. 하지만 홍인각에 있는 보석들 다 합쳐도 이 상자 안에 있는 보석들보다 못한 것은 확실하다."

"헙! 저, 정말?"

"함께 갔던 재클린이란 여상인 알지? 그 여인이 보석들의 값이 얼마인지 대략적이나마 알려줬다. 자기가 이 상자의 반만 사도 거지가 될 정도라고 하더라. 자기 나라 왕궁에도 이런 큼지막한 보석들은 몇 개 없을 거라고 하더라고. 훗훗, 우린 이제 거부가 된 거다. 황궁에서 나가도 한평생 떵떵거리며 살 수 있단 말이다."

"아~"

"하하, 하하하~"

영인의 말에 명규와 영도는 집무실이 들썩거릴 정도로 웃어댔다. 흥분을 주체할 수가 없어, 도저히 웃지 않고는 벌렁거리는 심장을 차분하게 가라앉힐 수 없을 것 같았기 때문이다. 그렇게… 셋은 그날 저녁까지 웃으며 집무실에서 앞으로 자신들이 누릴 찬란한 미래에 대한 이야기꽃을 피웠다. 상자 위에 손을 올려놓고서…….

황궁은 승리를 장담하고 출전했던 대순군의 패배 소식에 상황을 살피느라 어수선해졌다. 아니, 황궁뿐만 아니라 도성까지 난리가 났다. 이자성이 오삼계에게 패하고 난 후 황궁으로 쫓겨 오고 있다는 소문이 돌고 있었고, 이런 소문을 도성의 백성들이 알게 된 것이다.

백성들은 또다시 황성이 불바다가 되는 것은 아닌지 걱정되었다. 이자성이 쳐들어왔을 때는 전쟁의 참상을 몰랐지만, 한번 겪은 후였기에 불안감이 극에 이른 것이다. 더욱이 오삼계가 청나라 군대를 이끌고 온다고 하니, 도성을 빠져나가려는 백성들이 생길 정도였다.

"야, 어떻게 할 거냐?"

"나도 모르겠다. 아침에 재클린이 왔다 갔는데, 상황이 꽤 나쁜 것 같다. 이곳에 있어봤자 좋을 것 없다고 생각했는지 오늘 천진으로 간다 하더라고."

"그래? 우리가 이길 수 없다고 생각한 건가?"

"맞다. 오삼계 혼자라면 괜찮았겠지만, 그 뒤에 청나라가 있으니 벅차다고 생각했겠지. 아니, 사실 벅찬 것이 사실이다."

"흐음… 청나라까지 있으니 힘들긴 하지.

"후후~ 그래도 하룻밤 같이 있어서 그런지, 나더러 황궁에서 피하는 것이 좋을 거라 하더라."

"정말?"

"그래, 꽤 괜찮은 여인이다. 색목인만 아니면 그냥……."

"그냥 뭐? 데리고 살게? 예쁘고 귀엽긴 하지만 너하곤 어울리지 않는다. 아서라."

"내가 어디가 어때서?"

"누가 뭐래? 그냥 그렇다는 거지. 흠! 여하튼 안됐다 네가 좋아하는 여인이 떠나갔으니."

"빌어먹을 새끼."

"후후, 그나저나 우리도 피하는 것이 좋지 않을까?"

"나도 그러는 것이 좋을 것 같다. 아무리 생각해도 이번엔 힘들 것 같다."

"그렇지?"

"그래, 여하튼 우리도 준비는 하고 있자. 떠날지 남아 있을지는 좀 생각해 보도록 하고. 그런데 영도? 어디 갔냐?"

"아마 정보를 얻기 위해 제수씨에게 갔을 거다. 누가 뭐래도 이런 정보는 하오문이 빠르잖냐."

"그래? 그럼 영도가 돌아온 후에 결정하는 것이 좋겠군. 만약 하오문에서도 우리가 패할 것 같다고 말한다면, 그땐 미련없이 황궁을 나가면 되겠지."

"옳은 생각이다. 대원들한테도 그렇게 말해두겠다."

"알아서 해. 여하튼 언제든지 떠날 수 있도록 네가 알아서 준비시켜라."

영인의 말에 명규가 고개를 끄덕이며 밖으로 나갔다. 영인의 말대로 준비시키기 위해서였다. 그리고 저녁때쯤 기다리던 영도가 돌아왔다. 그에 영인과 명규가 하오문에서 얻은 정보를 얘기해 보라 했는데, 영도의 표정이 급격히 어두워졌다. 하오문에서도 이번 전투를 도저히 이길 수 없는 것으로 결론을 내렸기 때문이다. 오죽하면 황성조차 지킬 수 없다는 말이 나올 정도였다. 그에 영인은 이자성이 환궁하기 전에 떠나야겠다는 결심을 했고, 명규와 영도에게 자신의 의견을 말했다. 말이 좋아 떠나는 것이지, 그동안 주군으로 섬겼던 이자성에겐 배신이었다. 비록 맹목적인 충성심이 없었다고 해도 조심스러울 수밖에 없었다. 하지만 다행스럽게도 명규와 영도가 동의했고, 대원들도 아무런 이견이 없었다. 이미 영인의 의중을 파악하고 있었기 때문이다.

"고맙다."

"고맙긴, 이미 네가 말했던 것들이다."

"명규 말대로, 우린 이런 날을 대비하고 준비한 거잖냐. 그러니 고마워할 필요 없다."

"영인아, 날씨가 변화무쌍하고 폭풍우가 휘몰아치면… 잠시 다른 곳에 몸을 의탁하며 비를 피하는 것도 한 방법이다."

"그게… 무슨 말이냐?"

"참나, 이곳이 불리하면 다른 곳으로 가서 잘 먹고 잘살면 된다는 말이다. 문연각에서 서책 좀 읽었으면 이런 말을 할 때 고개는 끄덕일 줄 알아야 되는 것 아니냐?"

"빌어먹을! 내가 글 읽는 서생도 아닌데, 그런 말을 듣고 왜 고개를 끄덕여야 하는데? 그리고 내 앞에서 그런 이상한 말 주절거리지도 말라고 했지? 직접적으로 말하라고 했어 안 했어? 나하고 사투라도 벌이고 싶냐?"

"쩝, 누가 그렇데? 알았다, 알았다고."

명규와 영도가 바로 동의하자 영인은 하루 더 머문 후 떠날 수 있도록 대원들을 준비시키도록 했다. 하오문이 전해준 정보를 통해 결정한 것인데, 모레쯤 이자성이 대순군을 이끌고 환궁할 것 같다고 했기 때문이다. 바로 전날 황궁을 비우고 떠나기로 결정한 것이다. 최소한 상황이 어떻게 돌아가는지는 파악해 두는 것이 좋다는 명규의 의견이 반영되었고 영인도 이에 동조했다. 더욱이 영평전투 이후 3일이 지났으니, 대략적으로 거리를 생각해도 모레쯤 도착할 것 같다는 하오문의 말은 맞는 것 같았다. 그러나 영인이 동조한 것은, 무엇보다 황궁에 남아 있는 우금성 때문이었다. 어찌 되었든 이자성과 우금성은 대순국의 황제와 승상이었기에, 떠날 때 떠나더라도 끝까지 남아 있었다는 것을 알려주고 싶었다. 세상 일이란 어떻게 변할지 모르는 것이니, 나중을 위한 대비가 필요했던 것이다. 나중에 만나게 되더라도 배신했다는 말보다 어쩔 수 없었다는 말이 나올 정도만 되면 충분했다.

다음날 모든 준비를 마친 후 영인은 대원들에게 짐을 황성 밖으로 옮기도록 했다. 최대한 가볍게 하라 했는데, 대원들 재량에 맡겼다. 어차피 자신들이 짊어지고 다녀야 할 것들이기 때문이다. 짐은 재클린이 임시로 사용하던 곳에 숨기도록 했는데, 외성 광안문(廣安門) 근처라 유사시 위급한 상황에 처했을 때 바로 외성을 빠져나갈 수 있는 곳이었다.

영인과 대원들이 짐을 옮기는 동안, 도성은 이자성이 근처까지 도착했다는 소식이 퍼지면서 어느 정도 안정을 되찾았다. 그러나 일부에선 더욱 어수선한 상태였는데, 대부분 정보에 빠른 고관대작들과 상가들이었다. 이자성의 뒤를 오삼계와 청나라 병사들이 바짝 따르고 있었기에, 도성이 전쟁터가 될 것을 알고 있었던 것이다.

낮에 짐을 모두 옮긴 영인은 카뿐한 마음으로 뒷정리를 마무리한 후 황궁을 나가려고 했다. 갈 때 가더라도 욕은 먹고 싶지 않았기 때문이다. 그런데 막상 나가려고 하니 씁쓸했다. 비록 우금성에 의해 한직으로 물러나게 되었지만, 한 나라의 제독까지 오른 곳을 떠나려고 하니 뒷맛이 개운하지 않았던 것이다. 그에 씁쓸한 마음을 달래고 자신의 집무실 문을 닫은 후 궁인제독부를 나서려는 순간, 한 병사가 우금성의 명령서를 들고 달려왔다. 순간 영인은 자신의 도주를 알고서 보낸 것이 아닌가 하는 마음에 깜짝 놀랐지만, 평정심을 유지하고 명령서를 펼쳤다. 체인각과 홍인각의 물건들을 정리하라는 내용이 쓰여 있었다.

원래 외조가 궁위제독부에서 관리하는 곳이었기에 내려온 명령이었는데, 명령서 안에는 우금성의 허가증이 함께 동봉되어 있었다. 체인각과 홍인각 외부가 영인의 관할이긴 했지만, 아무리 영인이 제독이라 해도 안으로 들어가기 위해선 동창 위사들과 상보감(尚寶監) 환관들의 허가가 필요했다. 영인이 마음먹기에 따라 드나들 수 있는 곳이 아니었기 때문이다.

여하튼 우금성은 황궁을 방어할 수 없다는 결론을 내린 것 같았고, 상황을 보아하니 이자성을 비롯한 문무대신이 동의를 한 것 같았다. 아니, 확실했다. 그렇지 않다면 황제인 이자성이 없는 지금, 이와 같은 명령을 내려 보물들을 챙기도록 하지 않을 것이기 때문이다.

이에 영인은 오히려 잘됐다는 생각이 들었다. 지금 가지고 있는 보석들은 쉽게 팔 수 없는 것들이었고, 또 팔려고 해도 살 수 있는 능력을 지닌 인물을 만나기도 어려웠다. 그리고 보석의 가치를 알고 있는 영인으로서는 손해를 보면서 급하게 팔고 싶은 마음도 없었다. 그런데 보석들이 쌓여 있는 홍인각에 들어갈 수 있는 길이 열렸으니, 영인으로서는 가려운 곳을 긁어주는 것과 같았다.

영인은 대원들과 함께 상황도 살필 겸 해서 홍인각으로 향했다. 유시가 조금 지난 시각이라 그런지 어둠이 조금씩 깔리고 있었다. 하지만 홍인각은 환하게 횃불이 밝혀져 있었고, 상당히 어수선한 상태였다. 영인과 똑같은 명령을 받은 경위지휘사 고일공이 목청을 높이며 직접 지휘하고 있었는데, 병사들은 동창과 금의위 위사들의 감시를 받으며 열심히 마차에 보물들을 싣고 있었다. 분위기가 사뭇 살벌했다.

"야, 너희들은 대원들을 데리고 안으로 들어가라. 걸리지 않을 만큼만 챙겨, 알았지?"

"알았다. 넌 저 녀석들 시선이나 다른 곳으로 돌려줘라. 특히 동창하고 금의위 녀석들은 신경 좀 써줘야 할 것 같다."

"그래, 알았다. 그럼 수고해라."

명규의 말에 고개를 끄덕여 보인 영인은 천천히 고일공에게 다가갔다. 하지만 고일공은 주변을 돌아볼 여유가 없는지, 영인이 곁에 다가온 것도 모르고 병사들을 향해 목청을 높이고 있었다. 이에 마치 어쩔 수 없다는 듯 인상을 찡그리며 동창과 금의위 위사들이 있는 곳으로 자리를 옮겼다.

"너희들은 짐을 나르지 않고 지금 뭐 하고 있는 것이냐! 고 지휘사도 저렇게 목이 쉬도록 병사들을 다그치며 열심히 일하고 있는데, 고작 위사들이 이렇게 놀고 있다니……! 언제부터 동창

과 금의위의 위세가 이렇게 높아진 것이냐! 모두 죽고 싶은 것이냐~!'

"아, 아닙니다. 소장들은 경계를 서고 있……."

"이렇게 인원이 많고 횃불 때문에 사방이 밝은데, 누가 숨어든다고 경계를 한단 말이냐."

"숨어드는 것을 감시하는 것이 아니……."

"여러 말 할 것 없다! 지금 내 손에 죽고 싶지 않다면, 당장 고지휘사의 명에 따라 병사들과 함께 물건들을 옮기도록 해라. 어서~!'

"하지만… 알겠습니다, 제독님. 자, 가세."

"끄응~"

"흠……."

영인의 호통소리에 동창과 금의위의 반응이 달랐다. 금의위는 까마득한 상관의 명령에 어쩔 수 없이 움직인다는 표정으로 고일공에게로 걸어갔지만, 영인의 실력을 직접 경험했던 동창 위사들은 넙죽 허리를 숙여 보이며 달려갔다.

"훗, 이제 명규와 영도가 알아서 하겠지. 자~ 오늘밤이다, 오늘밤은 유난히 길겠구나."

영인은 살짝 미소 지으며 홍인각 안으로 들어가는 명규를 보며 고개를 끄덕여 주었다.

한참 동안 홍인각을 보던 영인은 아직까지 승상인 우금성의 모습이 보이지 않는 것을 알게 되었다. 상황이 좋지 않기에 정신이 없었던 것이다. 그에 더욱 흐뭇해진 영인은 짐을 나르면서도 주변 감시를 소홀히 하지 않고 있는 동창과 금의위 위사들을 향해 호통을 쳤다. 정신 차리고 짐이나 빨리 나르라고…….

　영인이 황궁을 빠져나온 다음날 정오 무렵, 이자성과 문무대
신들이 초췌한 모습을 한 채 병사들을 이끌고 황궁으로 들어왔
다. 며칠 전 황궁을 나갔을 때는 호기롭게 웃었었는데, 돌아올
때는 곤룡포가 헤어져 있을 정도였다. 추격하는 기마병들을 따
돌리기 위해서 밤을 낮 삼아 움직일 수밖에 없었는데, 한마디로
힘들게 도주하여 간신히 환궁한 것이다.

　이자성은 환궁하자마자 병사들에게 오삼계의 식솔들을 모두
잡아오라고 했다. 도저히 오삼계로 인해 얻은 분노를 풀지 않고
는 문무대신들과 회의도 할 수 없을 것 같았다. 그에 병사들의
손에 이끌려 잡혀온 오삼계의 식솔들을 모두 참형한 후에야 간
신히 분노를 누그러뜨릴 수 있었고, 문무대신들을 불러 회의를
할 수 있었다. 그러나 다음날까지 회의를 했지만 별다른 대책이
나오지 않았다. 참패를 당한 것도 모자라 병사들의 사기마저 꺾
였고, 또 병사의 수도 많이 부족하여 우금성조차 대책을 내 놓
을 수 없는 상황이었기 때문이다.

　이에 답답했지만 황궁을 내어줄 수 없다는 마음에 도성의 성
문을 모두 걸어 잠그고 방어에 전념하려고 했는데, 우금성과 고
군일 등 문무대신들 모두가 황궁을 떠나는 것이 옳다는 주청을
올렸다. 이에 어쩔 수 없이 황궁을 버리기로 결정한 이자성은
자신의 본거지라 할 수 있는 섬서성으로 이동할 것을 명했다.
이미 우금성이 홍인각과 체인각의 모든 황금과 보물들을 서안
으로 향하도록 지시해 놓았기에, 군자금을 확보했다는 안도감

에 후일을 생각하며 편안한 마음으로 황궁을 떠날 결심을 하게 된 것이다. 비록 도주하듯 물러나는 것이지만, 나중을 위한 전략적 후퇴로 생각한 것이다.

다음날 아침 무영전에서 즉위식을 거행한 이자성은 문무대신들 앞에 자신만이 중원을 다스릴 유일하며 진정한 황제임을 천명하였다. 그리고 오후쯤 오삼계와 청나라 병사들이 도성 근처에 거의 근접했다는 정보를 확인한 후, 이자성은 홍인각과 문연각 등 황궁의 모든 곳에 불을 지르라 명했다. 그리고 우금성을 대동하고 황궁을 나섰다. 숭정제를 압박하기 위해 황궁에 들어선 후 정확히 42일만의 일이었다.

도성의 백성들은 자신들을 버리고 도주하는 이자성을 보며 침을 뱉었다. 처음엔 자신들을 위해 일어선 줄 알았는데, 숭정제가 죽고 황궁을 점령한 후 도적의 수괴로 변질되었기 때문이다. 수시로 약탈과 방화 및 여인들의 겁탈이 끊이지 않게 자행되다 보니 백성들의 민심이 이자성으로부터 떠나간 것이다.

영인은 명규 등과 함께 백성들처럼 담장 뒤에 숨어서 이자성과 우금성이 병사들을 이끌고 떠나는 것을 묵묵히 지켜봤다. 우금성의 뒷모습이 쓸쓸해 보였다. 말은 하지 않았지만, 영인은 입이 텁텁할 정도로 씁쓸했다. 그렇게 대순군의 모습이 광안문 밖으로 완전히 사라진 후, 영인은 고개를 좌우로 흔들며 머리를 정리한 후 도성을 나서기 위해 준비했다. 아무래도 오삼계와 청나라 병사들이 도성을 점령하기 전에 떠나는 것이 여러모로 좋다 생각되었기 때문이다.

"자! 챙길 것도 다 챙겼겠다, 이제 출발할까?"

"그래, 이제 출발해야지."

"야, 우 승상이 정신없어서 다행이었다. 내가 좀 알아봤는데, 우리가 떠난 것도 모르는 것 같더라."

"정말? 그럼 다행이네. 잘됐다, 영인아."

"끄응~ 빌어먹을! 내가 겨우 이 정도밖에 안 됐냐? 말해봐, 응? 어떻게 내가 사라진 것도 모르냐?"

명규의 말대로, 우금성은 영인과 궁위제독부 대원들이 모두 사라진 것도 모르고 있었다. 아니, 거의 신경도 쓰지 않고 있었다. 눈앞에 보이지 않아 신경 쓰지 않았고, 또 병사들과 함께 따라오고 있겠거니 생각한 것이다.

오히려 영인으로서는 다행스러운 일이었다. 영인의 의도대로 후환을 남기지 않게 되었기 때문이다. 그러나 명규의 설명을 들은 영인은 그동안 자신이 우금성에게 아무것도 아니었단 생각에 화가 났다. 어떻게 한 나라의 제독이 수하들과 함께 사라졌는데, 승상이 그것을 모를 수가 있는지 이해가 되지 않았던 것이다.

생각지 않게 영인이 화를 내자 얼떨떨해진 명규와 영도는 어이가 없었다. 그러나 전혀 이해가 되지 않는 것도 아니었다. 그에 어차피 좋은 것이 좋다는 말로 영인을 위로했고, 그것이 잘 먹혔는지 금세 영인이 활짝 웃으며 말에 올랐다.

"모두 말에 올랐나?"

"옛, 제독님!"

"누가 제독인가? 내가 제독인가? 이제 그런 시답잖은 말은 빼

라. 지금부터는 장주라 불러라. 알았나!"

"옛! 알겠습니다, 장주님."

"좋다, 우린 절강성(浙江省) 항주(杭州)로 간다. 알았나?"

"알겠습니다, 장주님!"

"이제 우리들 세상이 활짝 열릴 것이다. 이제부터 세상은 우리들 것이란 말이다. 무림? 상가? 하하하~ 우린 그 모든 것을 취할 수 있는 재력이 있다!"

"끝까지 장주님께 충성을 맹세하겠습니다~!"

"좋다! 너희들이 나를 선택했듯이, 나와 여기 있는 부장주들 역시 너희들을 선택했다. 알았나? 그만큼 너희들이 충성한다면 그에 대한 보상은 내 목숨 빼고 다 주겠다. 알았는가~!"

"하하, 알겠습니다! 장주님께 충성을 다하겠습니다!"

"그래, 그럼 출발하자~"

영인의 연설에 대원들은 그동안 무겁게 느껴졌던 가슴이 다 시원해지는 것 같았다. 그에 대원들은 호탕하게 웃고 서로를 얼싸안으며 영인의 뒤를 따랐다. 앞으로 자신들의 가장 앞쪽엔 장주인 영인이 있고, 그 뒤에 부장주인 명규와 영도가 있을 것이다. 자신들은 앞으로 충성만 다하면 되었다. 먼저 자신들이 배신만 하지 않는다면, 그 뒤의 일은 고민하지 않아도 되었다. 그것으로 충분했다. 앞서 달려가고 있는 3명은 절대 먼저 자신들을 배신하지 않을 것임을 알고 있었기 때문이다.

두두두두~

"크큭, 왜 하필 항주냐? 그리고 네가 언제 장주가 됐냐?"

"항주가 어때서? 향락을 알려면 항주에 가라고 했잖아. 그리고 항주에 가서 큼지막한 저택을 구입한 후 대문에 무슨무슨 장이라고 편액을 걸면 장주지, 장주가 별거냐? 안 그래?"

"그래; 네 말이 맞다."

"어이, 넌 제수씨가 향주에 가서 기다리고 있으니 좋겠다?"

"너도 마찬가지 아닌가?"

"나야 어디를 가든 기다리는 여인들이야 많지. 하하하~"

"좋기도 하겠다."

"좋지, 그럼 기다리는 여인이 있는데 좋지 않겠냐? 아! 그러고 보니… 큭큭, 하하하~"

"웅? 명규야, 왜 갑자기 웃는 거냐? 영인아, 왜 그래?"

영도는 영인의 얼굴을 보며 갑자기 웃기 시작하는 명규를 이해할 수 없다는 눈으로 쳐다보았다. 하지만 한참 동안 영인과 명규 둘 다 영도의 궁금증을 해결해 주지 않았다.

"훗, 영인아~ 항주에 그녀가 기다리고 있지? 지금쯤 천진에서 출발했을 테니, 아마 우리보다 빨리 도착하겠다~"

"빌어먹을! 누가 누구를 기다려?"

"에이, 다 알면서! 하아, 불쌍한 예화~ 서방은 벌써 다른 여인을 생각하고 있는데, 지금 어디서 뭘 하고 있나?"

"젠장, 아니라니까!"

"하하~ 항주에 가면 예화하고 그 재클린이란 여상인하고 어울리는 것이 볼만하겠다. 아니지, 예화 눈을 속이며 여상인을 만나야 하는 네 고충이 볼만하겠구나, 하하~"

"그래, 열심히 구경해라. 내가 생각해도 웃기니까, 하하하~"

명규의 놀림이 계속됐지만, 상대하고 있는 영인의 얼굴엔 웃음이 떠나지 않았다.

그렇게…….

영인은 자신의 모든 것을 훌훌 털어버린 후 무림이라는 새로운 인생을 살아갈 곳을 향해 열심히 말을 달렸다.

무림은, 그리고 앞으로 인생의 중심은… 누가 뭐라고 해도 영인이었다. 누군가의 명령에 의해서 움직이는 것이 아니라, 앞으로는 스스로 결정 내리고 명령하며 모든 책임을 영인이 짊어져야 하기 때문이다. 그래서 더 설레고 두려웠으며, 기다려졌다. 모든 것을 할 수 있다는 자신감, 그것은 영인을 세상의 중심이라 생각하게 만들었기 때문이다.

세상의 중심.

무림의 중심.

영인은 자신이 생각하는 중심을 향해 새로운 출발을 시작했다. 그리고 그 시작은, 재클린이라는 한 여인이 기다리고 있는 항주에서였다.

『토룡영인』 5권 끝

〈1부 완결〉

참마도 新무협 판타지 소설

鬼弓士 귀궁사

**참마도 작가!! 그가 『무사 곽우』에 이어
다섯 번째 강호 이야기를 새롭게 풀어내다!!**

"길의 중앙에서 멋지게 서서 당당히 걸어가래.
사람으로 태어난 이상 그 누구도 당당하게 살아갈 권리는 있다고 말이야."

단야의 오른손이 꽉 쥐어졌다. 별것도 아닌 말이다.
하나 이토록 마음에 남는 소리는 없었다.
사람으로 태어나서……

요물, 괴물.
나이를 먹지 않는 월홍과 얼굴이 징그럽게 망가진 단야.
그들 앞에 펼쳐진 강호란……!

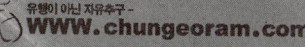

유행이 아닌 자유추구 –
WWW. chungeoram.com

Book Publishing CHUNGEORAM

운룡쟁천

조돈형 新무협 판타지 소설

『궁귀검신 1.2부』, 『운한소회』, 『마도십병』의
작가 조돈형!!
새로운 무림 최강의 전설이 도래하다!!
운룡쟁천(雲龍爭天)!!

팔룡전설의 기재 팔 인(八人)의 등장으로 들썩이는 천하(天下)!!
그러나 여기 진정한 전설이 눈뜨려 하고 있으니!!
　　그가 무림에 모습을 드러내는 날, 새로운 전설이 탄생할 것이다!!
　　온 무림이 숨죽이며 기다리던 도극성의 무림행!
　　이제 시작이다! 나를 맞을 자, 그 누구냐!

War Mage

워메이지 김재한 퓨전 판타지 소설

사람들이 인식하는 상식의 세계 이면,
짙은 어둠이 드리워진 그곳에 사는 괴물들이 있다.

문명이 드리운 그림자 속에서, 전투기계들과
인간의 사념으로부터 태어난 마물들이 격돌한다.
마법과 주술이 난무하는 초현실적인 전장,
소년은 그곳에 서는 대가로 인생을 잃었다.
운명의 노예가 되어 가족과 인성을 잃어버린 소년, 진유현.

총염(銃炎)과 검광(劍光)이 뒤얽히는
어둠의 거리에서, 운명의 족쇄를 끊고 나온
소년의 눈이 살의를 발한다.

유행이 아닌 자유추구 -
WWW.chungeoram.com
Book Publishing CHUNGEORAM

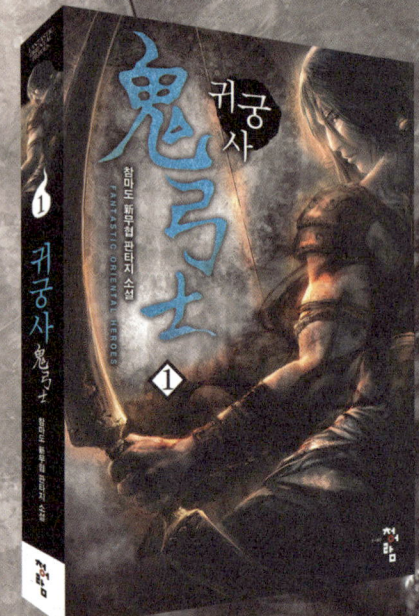

참마도 新무협 판타지 소설

귀궁사

鬼弓士

1

참마도 작가!! 그가 『무사 곽우』에 이어
다섯 번째 강호 이야기를 새롭게 풀어내다!!

"길의 중앙에서 멋지게 서서 당당히 걸어가래.
사람으로 태어난 이상 그 누구도 당당하게 살아갈 권리는 있다고 말이야."

단야의 오른손이 꽉 쥐어졌다. 별것도 아닌 말이다.
하나 이토록 마음에 남는 소리는 없었다.
사람으로 태어나서…….

요물, 괴물.
나이를 먹지 않는 월홍과 얼굴이 징그럽게 망가진 단야.
그들 앞에 펼쳐진 강호란……!

유행이 아닌 자유추구 —
WWW.chungeoram.com
Book Publishing CHUNGEORAM

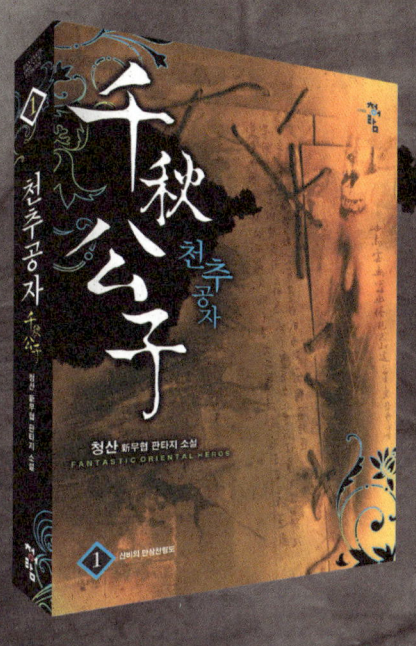

千秋公子

천추공자

청산 新무협 판타지 소설

운명을 뛰어넘는 담대한 도전!

황제마저 농락한 숭문세가의 공자 문천추(文千秋).
용문에 이르기 전까지 그는 시문과 서화를 즐기며 대하를 누비는
한 마리 커다란 잉어였다.
그러나 운명은 그를 용문(龍門) 앞에 이끌었다.
용문의 드센 물살을 거슬러 올라 용(龍)이 될 것인가,
아니면 용문점액의 상처를 입고 추락할 것인가.

죽음의 하늘 사중천(死重天)!
오로지 파괴와 살육만을 일삼는 사마악(邪魔惡)의 결집체.
사중천의 어둠은 태양마저 가리며 천하를 뒤덮는다.
마침내 죽음의 하늘과 맞서는 용 울음소리.

천추(千秋)에 빛날 문무제일공자의 호쾌한 행보가 시작되었다.

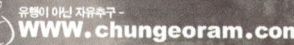

유행이 아닌 자유추구 -
WWW.chungeoram.com
Book Publishing CHUNGEORAM

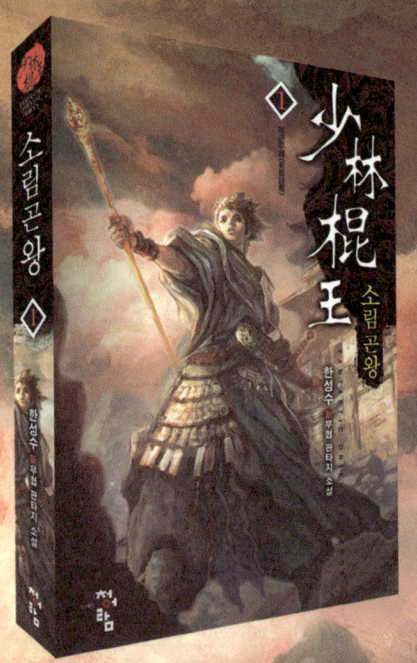

少林棍王
소림곤왕

한성수 新무협 판타지 소설

감동의 행진을 멈추지 않는 작가 한성수!

구대문파 시리즈의 두 번째 이야기 『소림곤왕』!!
그 화려한 무림행이 펼쳐진다

"너는 지금부터 날 사부님이라 불러야만 하느니라.
소림사의 파문제자인 나, 보종의 제자가 되어서 앞으로 군소리없이 수발을 들고 모진
고통을 이겨내며 무공 수련을 해야만 한다."

잡극계의 천금공자 엽자건!
소림의 파문제자 보종의 제자가 되다!!

역사와 가상,
실존의 천하제일인과 가상의 천하제일인에 도전하는 주인공!
이제부터 들어갑니다. 부디 마음껏 즐겨주시기 바랍니다.
– 작가 서문 中에서.

유행이 아닌 자유추구 ~
WWW.chungeoram.com
Book Publishing CHUNGEORAM